대성
臺城

강 위에 비 흩뿌리고 강가의 풀은 가지런한데
육조의 영화는 꿈과 같고 새만 부질없이 울고 있다
무정한 것은 궁성에 늘어진 버드나무이건만
변함없이 연기처럼 십리 제방을 감싸고 있다

江雨霏霏江草齊
六朝如夢鳥空啼
無情最是臺城柳
依舊煙籠十里堤

대성
臺城

강 위에 비 흩뿌리고 강가의 풀은 가지런한데
육조의 영화는 꿈과 같고 새만 부질없이 울고 있다
무정한 것은 궁성에 늘어진 버드나무이건만
변함없이 연기처럼 십 리 제방을 감싸고 있다

江雨霏霏江草齊
六朝如夢鳥空啼
無情最是臺城柳
依舊煙籠十里堤

이름아강
一葦罡

일위강 4

일류 新무협 판타지소설

초판 1쇄 찍은 날 § 2006년 3월 13일
초판 1쇄 펴낸 날 § 2006년 3월 18일

지은이 § 일류
펴낸이 § 서경석

편집장 § 문혜영
편집책임 § 서지현
편집 § 이재권

펴낸곳 § 도서출판 청어람
등록번호 § 제1081-1-89호
등록일자 § 1999. 5. 31
어람번호 § 제2-0864호

주소 § 경기도 부천시 원미구 심곡1동 350-1 남성B/D 3F (우) 420-011
전화 § 032-656-4452 팩스 § 032-656-4453
http://www.chungeoram.com
E-mail § eoram99@chollian.net

ⓒ 일류, 2006

ISBN 89-251-0034-7 04810
ISBN 89-5831-930-5 (세트)

一葦匹正

일륜 新무협 판타지 소설

4

천고기병

이름없강

도서출판 청어람

목차

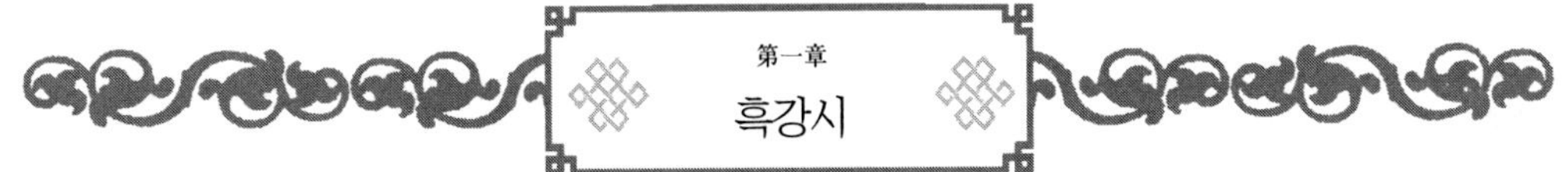

흑강시

정천으로 돌아온 백리풍은 황당한 광경을 목격해야 했다.

단소동만 보일 뿐, 다른 사람은 보이지 않은 것이다.

의아한 표정을 짓자, 단소동이 북궁악과 소소마군 등이 겪은 일을 자세히 들려주었다.

"북궁부주가 암습을 당했다고 합니다. 등에 난 검은 손자국을 보지 않았다면 믿지 않았을 겁니다."

"뭐라고요! 상태는 어떻습니까?"

"어이없는 공격이라 당황했을 뿐이라고 합니다."

말이 되질 않는 소리였다.

어이없는 공격에 당황할 북궁악이 아니잖은가.

"도대체 누굽니까."

"전신을 하얀색 천으로 두른 괴인이었다고 합니다."

“뭣!”

“왜 그러십니까?”

“…….”

백리풍이 반경인을 구해간 괴인을 떠올리는 동안 단소동의 말은 계속됐다.

“그뿐 아니라, 같이 갔던 암황무적군단의 삼마군 중 둘도 다쳐서 돌아왔습니다.”

“그들까지… 크흠. 그들은 지금 어디 있습니까?”

“천마와 함께 있습니다.”

백리풍이 괴인을 보지 못했다면 단소동의 말을 터무니없다고 생각했을지도 모르지만, 이미 경험을 해보지 않았던가.

헛웃음이 다 나왔다.

“허……!”

“……?”

“마마천황의 후예의 완전히 농락당하고 말았구려. 지금까지 절치부심하며 익힌 무공의 한계입니다.”

백리풍의 표정을 바라보는 단소동의 눈빛은 그대로였다.

‘적당히 상대한 까닭이겠지.’

얘기를 과장되게 부풀린다고 여긴 것이다. 그래야 원하는 대로 일이 풀릴 테니까.

단소동은 모른 척 고개를 끄덕였다.

“그렇군요. 그 정도일 줄은 몰랐습니다. 북궁 부주와 함께 갔었어야 했는데, 정말 입이 열 개라도 할 말이 없습니다.”

“…….”

말뿐이었다.

'단 부주가 내말을 믿지 않는 것이 오히려 당연하지. 허허허.'

더 말해봤자 단소동과는 상관없는 얘기가 되리라.

"아이들에게 우리의 무공을 좀 더 빨리 전해줄 수 있는 방법을 모색해 봅시다."

"……."

"가장 빠른 성취를 얻는 아이가 삼극무황의 진전을 모두 잇게 될 것이오. 지금은 천검부니, 무적암살부니 하는 걸 내세울 때가 아니오."

"동감합니다."

단소동은 그제야 생각이 났다는 듯이 말을 이었다.

"그나저나 무혼지주가 살아 있는 것은 의외였습니다."

"지금 의외라고 했습니까? 허허허."

"천마와 의식을 잃은 채로 왔지만, 외부로 보여지는 상처가 거의 없기에 한 말입니다."

"외부의 상처라… 단 부주께서 무혼지주를 유심히 지켜본 모양입니다. 허허허."

"……."

단소동 덕분에 백리풍은 잊고 있던 장면이 생각났다.

하얀 천을 두른 괴인이 반경인을 데리고 떠날 때, 악성의 손에서 빠져나간 빛의 정체는 아직도 의문이었다.

'비록 빗나가긴 했어도 대단한 집중력이 아닐 수 없었다. 흐흠, 천이가 무혼지주를 왜 그리 신경 썼는지 알 것 같기도 하구나.'

악성이 그들의 공간으로 들어가지 않았다면, 결과는 지금보다 훨씬 참담했을지도 몰랐다.

이내 생각을 잊기로 하고 고개를 저었다.

그 모습을 지켜보던 단소동은 고개를 갸웃거렸다.

'무언가 있구나.'

제제는 제룡과 악성을 간호하느라 사흘 낮밤을 꼬박 세웠다.

전신이 검게 물들어가는 제룡의 모습이 안타까워 얼마나 울었는지 몰랐다.

지금은 악성을 바라보고 있었다.

얼굴을 조금 세게 닦아주었나?

악성의 몸이 꿈틀거렸다.

"깨어났어?"

"……."

몸이 무의식중에 반응한 모양이다.

제제는 숨을 쉬는지 알아보기 위해 머리맡으로 고개를 숙였다.

숨결은 고르다.

괜히 긴장해서는.

다가가 악성의 머리를 '툭' 하고 쥐어박았다.

"왜 안 일어나는 거야. 매번 잘도 일어나고서는……."

모든 일이 자신 때문인 것처럼 느껴져 너무 미안했다.

제룡도, 악성도 그녀를 찾기 위해 나왔다고 하지 않은가.

"깨어나지 못하면 어쩌지? 미안해, 정말 미안해."

악성의 며칠 동안 자란 수염이 거뭇하게 코와 턱을 감싸고 있었다. 슬쩍 만져 보았다.

"까칠해."

그래도 기분은 좋았다.

혀를 살짝 내밀었다가 쏙 집어넣었다.

그때였다.

"으……."

제제는 기겁을 하며 손을 떼다가 악성의 턱을 때리고 말았다.

"어맛!"

퍽!

재빨리 일어나 악성의 몸을 이리저리 흔들어보았다.

심장은 여전히 미세하게 뛰었고, 숨도 고르게 내쉬고 있었다.

"휴우……."

엉뚱한 생각을 했다가 큰일날 뻔했다.

이럴 때 위지무가 곁에 있으면 알아서 장난도 쳐주고 분위기를 바꿔줄 텐데.

위지무는 정천으로 돌아온 후에 코빼기도 볼 수 없었다.

간간히 들러서 악성의 상태를 묻는 북궁운혜를 보기 민망할 정도였다.

'이 망할 인간은 어디 있는 거야!'

뭐 하나 제대로 할 줄 모르는 담사우를 데리고 있으려니 너무 답답했던 것이다.

그날 저녁 무렵.

위지무가 해쓱해져서 문을 열고 들어왔다.

대뜸 무릎을 꿇고서 잘못부터 청했다.

"죄송합니다, 제 총령님."

제제는 이미 그가 들어올 때 봤으면서 괘씸한 생각에 화부터 냈다.

"꺼져."

"······."

"주군이 아파서 누워 있는데 사흘 내내 코빼기도 안 보이다 이제야 나타나? 니가 그러고도 사람이냐! 됐으니까, 꺼져."

평소의 위지무였다면 어떡해서든 사정을 말하고 적당한 타협 선을 찾으리라.

그러나 한참이 지나도 위지무는 일어설 생각을 하지 않았다.

'쟤가 왜 저래?'

제제의 당황하는 모습에 담사우가 위지무를 일으켜 세워주었다.

"나중에 얘기하세. 제 총령께선 며칠 동안 잠 한 숨 못 주무셨어. 소소마군께서 제조한 약을 꾸준히 드셨으니, 두 분께선 곧 깨어나실 거야. 방으로 들어가 쉬게."

위지무는 담사우의 손길을 뿌리쳤다.

"아니요. 드릴 말씀이 있습니다."

"나중에 하라고······."

"제 총령님, 죄송합니다."

평소의 그답지 않게 진지한 목소리였다.

제제는 불길한 예감이 들었다.

특유의 톡 쏘는 말투로 오히려 화를 냈다.

"들어가라잖아! 힘도 없어 죽겠는데, 뭐 하자고!"

"···갈 수 없게 됐습니다."

"뭐?"

"······."

대답을 기다렸으나, 그는 함구한 채 아무 말도 하지 않았다.

“다시 말해봐.”

그녀의 질문에 대한 대답은 엉뚱한 곳에서 나왔다.

소소마군이 들어서며 대신 말해준 것이다.

“제 아가씨, 제가 그렇게 하라고 했습니다.”

“……?”

“어차피 위지 각주가 암황무적군단으로 가봐야 이젠 있을 곳도 없잖습니까. 구유대제의 전인이 되는 것도 나쁘지는 않을 것 같습니다.”

“구, 구유대제의 전인?”

“지난 사흘간 구유대제를 돌볼 사람은 위지 각주밖에 없었답니다.”

“위지 각주, 저게 무슨 소리야?”

위지무가 머리를 바닥에 그대로 찧었다.

쿵―

“악 공자님을 뵐 면목이 없습니다. 구유대제님의 치료를 돕다가, 제가 아니면 갈 수 없는 곳으로 모셔다 드리게 됐습니다.”

제제는 어이없는 표정을 지었다.

“뭐야… 난 또. 안 가면 되잖아. 너 바보야? 가기 싫다고 그래.”

곧바로 장난스런 웃음을 지으며 ‘네, 알겠습니다’ 라고 해야 위지무다운 것이다. 그러나 그는 또다시 침묵으로 대답을 미루다가 조용히 입을 열었다.

“…가고 싶습니다.”

“뭐?!”

“무슨 소린가, 위지 각주!”

제제와 담사우가 동시에 외쳤다.

지금까지 그가 보여줬던 모습과는 완전히 달랐다.

제제는 아랫입술을 깨물었다.

악성을 그렇게 따랐으면서 겨우 구유대제의 전인이란 유혹을 못 견뎌?

화가 난 그녀의 전신이 떨렸고, 입으로는 마음에도 없는 말을 꺼냈다.

"가."

"악 공자님을 마지막으로 한 번 뵙고……."

제제는 고개를 가로저어졌다.

"안 돼. 나도 너를 확 패대기치고 싶은데, 유난히 너를 좋아했던 그가 가만히 둘 것 같아? 가. 가서 네 살길이나 찾아."

"……!"

한마디, 한마디가 위지무의 가슴에 팍팍 꽂혀들었다.

그러나 웃을 수 있었다.

'차라리 다행이다. 지금은 아무것도 할 수 없는 놈이지만, 구유대제님의 진전을 얻으면, 반드시 악 공자님의 한 팔이 될 수 있을 것이다.'

철완과의 인연은 악성이 준 음양경에서 비롯됐다.

스스로 치료를 하던 철완이 갑자기 요동을 치자, 위지무가 그의 몸에 손을 대게 된 것이다.

들끓던 그의 몸이 방어를 하기 위해 음과 양의 기운을 번갈아 폭출했으나, 그것은 음양경을 익히고 있는 위지무에겐 기연과 다름없는 힘을 갖게 만들었다.

지난 사흘 동안 철완이 깨어나길 기다린 이유가 거기에 있었다.

깨어난 그는 그 일을 듣고서 한참을 웃기만 했다.

위지무는 죄의식에, 되돌려 줄 수 있는 방법을 알려달라고 했다.

그러나 철완의 대답은 '고향에 데려다다오' 라는 말이 전부였다.

거부하고 싶어도 그곳을 갈 수 있는 사람이 위지무뿐이라는데, 어쩌겠는가.

'제 총령님께서 정을 떼신 것만으로 만족하자.'

자리에서 일어난 위지무는 제륭과 악성이 있는 방을 향해 절을 몇 번이고 올렸다.

소소마군은 그 모습을 끝까지 지켜보면서 고개를 끄덕였다.

'잘된 일이다. 그들의 무시무시한 힘을 기억하고 반드시 나중에는 악 공자한테 필요한 사람이 돼라.'

그렇게 제륭과 악성이 깨어나기도 전에 위지무는 이별을 고하고 떠나 버렸다.

*　　　　　*　　　　　*

"정말로 자네가 그를 해치웠다고?"

촘촘하게 내려진 주렴 뒤쪽에서 놀랍다는 음성이 흘러나왔다.

그러자 앞쪽에 앉아 있던 여인이 낭랑하면서도 귀여운 목소리로 답했다.

"승랑은 그를, 화룡은 그자가 데리고 있는 강시를 상대했어요."

"강시?"

"예. 승랑, 그자를 죽일 때 사용한 수법이 뭐죠? 반달 모양의 강기가 막 회전을 한 것 같던데."

그녀를 바라보던 단목천승은 깜짝 놀란 표정을 숨기지 않았다.

유형화된 검이라고만 했을 뿐인데, 그녀는 정확히 봤던 것이다.

주렴 뒤에서 꾸짖는 음성이 들려왔다.

"운아, 그게 무슨 말 버릇이냐. 앞으로 신랑이 될 사람한테."

"까르르. 괜찮아요. 항상 진지한 승랑과 항상 즐거운 아리운. 잘 어울리잖아요. 승랑도 그렇게 생각하죠?"

단목천승은 진지한 얼굴로 고개를 끄덕였다.

화령화 아리운이 아름답지 않다면, 세상에는 아름다운 것이 하나도 없으리라.

"운매는 어떤 말을 해도 저를 기쁘게 합니다. 장모님께서는 염려하지 않으셔도 됩니다."

"흠… 자네가 괜찮다면 상관없겠지. 암황무적군단이 드디어 본거지를 비운 모양일세. 정천도 머지않아 그렇게 될 것 같고."

"어머, 정말? 엄마가 말한 대로 척척 진행되고 있네. 도대체 우리를 도와주는 사람이 누구예요. 예?"

단목천승도 궁금했는지 주렴 뒤쪽을 쳐다봤다.

그러자 잠시 대답이 끊어졌다가 다시 이어졌다.

"사람들이 착각하고 있는 것이 있다. 과연 백 년 전에도 암황무적군단과 정천이 세상을 쥐고 있었을까?"

"에이, 엄마도. 그때는 이름도 날리지 못할 때잖아요. 그… 아! 철전패왕, 구유대제, 묵면섬와창(墨面閃渦槍)… 또 누가 있더라? 아무튼, 그런 사람들이 대여섯 명이나 있었는데, 그게 가능했겠어요?"

"제대로 기억하고 있구나."

조용하던 단목천승이 입을 열었다.

"한 명이 더 있습니다."

"……?"

“단목세가를 세우신 분이죠.”

“호호호. 그분이라면 잘 알지. 말하기 좋아하는 호사가들 때문에 가장 많은 피해를 보신 분이잖은가. 무림 사상 처음으로 이기어검의 경지에 들었다고 해서 유명해진 천검부주. 그는 생존시에 최고의 적수가 있기에 이기어검을 이룰 수가 있다고 했지. 그가 바로 단목세가의 초대가주 단목유, 그분이 아닌가. 그렇지?”

“……!”

“놀라긴. 세상은 그동안 잠자고 있지 않았네. 지금은 비록 삼황과 삼선의 전인들 얘기만 나와도 벌벌 떨지만, 곧 세상은 자네를 비롯해, 진의맹의 원로를 자청해 주신 분들로 인해서 놀라고 말 걸세.”

단목천승은 그동안 아리운의 어머니, 아리대부인이 자신에게 베풀었던 기연들을 생각하자, 무릎을 꿇고 고개를 숙였다.

“장모님의 은혜는 평생 동안 갚아도 모자랍니다.”

“사람도, 우리는 남이 아닐세. 다음부터는 그런 소리 말게.”

“…예.”

“참, 놓친 강시는 어떻게 됐지? 그자의 시체는?”

아리대부인의 말에 아리운은 화들짝 놀라서 손을 맞잡았다.

“어머! 엄마가 그걸 어떻게 아세요? 혹시 우리 뒤를 미행시킨 거예요?”

“호호호. 이 어미를 우습게보지 마라.”

“까르르. 역시 엄마 눈은 못 속인다니까. 놓쳤어요. 화룡보고 쫓아가라고 했는데, 그자의 시체를 매고 사라졌어요.”

“화룡이 놓쳤다고?”

“예.”

아리대부인은 주렴 뒤에서 아무런 말도 하지 않았다.

'흑강시인 화룡이 놓쳤다? 그럼 그 놀랍다는 강시는 암황무적군단에서 만든 강시가 아니었나? 차라리 잘됐는지도 모르지. 천천히 숨통을 조여줄 수 있으니. 호호호.'

검으로는 절대 천검부에 뒤지지 않는 실력을 지녔으면서도 단 한 번도 그들을 넘어서지 못한 단목세가. 정천에 속하지 못해서 항상 정파 명문에 들지 못한 수많은 문파들. 그 외에도 그녀가 진의맹에 끌어들인 고수는 무수히 많았다.

최절정에 이른 고수로는 단목천승이 가장 뛰어났지만, 그에 못지않은 열한 명이 있었다.

그들의 이름까지 지어놓았다.

진의십이천(眞義十二天)!

몇 년만 지나면 그 이름에 걸 맞는 실력들을 갖추게 되리라.

그들이 수족처럼 부릴 수 있는 열두 구의 흑강시도 따로 준비해 놓은 상태였다. 물론, 화룡과 그녀가 데리고 있는 흑강시 한 구에 비할 바는 아니었지만, 무림에서는 모두 흑강시로 불리게 될 것이다.

그녀의 신념으로 만든 열두 구의 강시가 만들어낼 세상은 생각만 해도 웃음이 나오게 만들었다.

"운아, 화룡을 내게 보내고 그만 가서 쉬도록 해라."

"예. 가요, 승랑."

두 남녀가 다정하게 나가자, 주렴이 걷혔다.

차르륵―

주렴이 걷히면서 드러나는 아리대부인의 모습.

서른 중반의 농염한 미태가 자르르 흐르는 얼굴과 도드라진 육체의

굴곡을 간신히 옷으로 막아놓은 듯한 몸매가 방 안 전체를 꽉 채우는 것만 같았다.

그녀가 일흔 살의 노파라는 걸 누가 믿겠는가.

젊음을 유지할 수 있는 주안술을 익히고 있기에, 강북 최고의 재력을 가진 화벌을 만들 수 있었다.

"호호호. 하민중(何憫重), 이제 너 따위는 언제든 죽일 수 있어. 암황무적군단에 숨어 있으면 못 찾을 줄 알았지? 아버지의 원한을 갚는 것은 시간문제일 뿐이야. 우연찮게 생긴 욕심 때문에 참고 있지만, 곧……."

그녀의 머릿속에 죽이고 싶은 한 사람의 영상이 떠올랐다.

젊은 시절의 소소마군의 얼굴이었다.

"네가 만든 영혼시든 무혼시든, 모두 흑강시로 부서주마! 호호호호호!"

하민중의 행적은 벌써 그녀의 손바닥 위에 놓여 있었다.

슬며시 아리운에게 전해주면 나머지는 알아서 착착 굴러가리라.

그녀의 복수도, 새로운 그녀만의 세상도.

＊　　　＊　　　＊

정천에 온 지 팔 일째가 되는 날, 제륭의 의식은 돌아왔다.

"어르신, 깨어나셨습니까!"

악성의 목소리였다.

제륭은 아무렇지도 않다는 듯이 눈을 떴다.

악성과 소소마군이 오른쪽에 앉아 있었다.

“흐흐… 아직 살아 있다.”

지금에서야 정신을 차린 것처럼 어색하게 웃었다.

그가 정신을 차리고 가장 먼저 한 일은 운기를 하기 위해 단전을 연 것이다.

그 순간, 현월의 기운이 스멀거리며 단전으로 기어들어 오는 것이 아닌가.

급히 운기를 멈추고 단전을 임의로 닫아버렸다.

‘천마신공의 열기로 태워 보려고 그토록 애를 썼건만…….’

만에 하나라도 힘을 사용했다가는 언제 침입당할지 알 수 없었다. 그런 그의 심정도 모르고 악성이 금방이라도 달려들 것처럼 환하게 웃었다.

“이놈아, 왜 그런 눈을 하는 게야.”

“아닙니다. 깨어나서서 정말, 정… 말 다행입니다. 하하하.”

“당연하지. 누가 죽기라도 한 것 같은 얼굴하고는. 소소, 내가 얼마 만에 깨어났지?”

“팔 일 만입니다.”

“팔 일? 흠…….”

제룡은 무언가를 골똘히 생각하더니, 소소마군을 내보냈다.

악성과 단둘이 남자, 먼저 제제부터 찾았다.

“제는?”

“아침까지 있다가 잠시 눈을 붙이러 갔습니다.”

“뭐야? 이런 고얀!”

“그, 그게 아닙니다. 싫다는 걸 제가 억지로 보냈습니다.”

“엥? 그걸 말이라고 하느냐?”

"죄송합니다, 어르신. 오늘 깨어나실 줄 몰랐습니다."

"더 일찍 눈을 붙이게 했어야지! 하여간 요즘 것들은 몸을 너무 혹사시켜. 할아비가 아무리 좋아도 그렇지, 왜 밤을 새! 다 네놈 때문일 게야."

"어, 어르신……."

"왜!"

"아닙니다."

손을 내저으며 제룡을 향해 웃었다.

장난기 어린 그의 말투는 천산에서 처음 봤을 때와 전혀 변하지 않았다.

"흐흐흐. 몸은 아파 보이는데, 이 늙은이가 왜 저렇게 떠드는지 모르겠다는 표정이구나."

"예? 말도 안 됩니다!"

"얼굴에 그렇게 쓰여 있어. 뭐, 됐다. 네 녀석의 속마음을 알았으니, 그동안 헛수고 한 셈 쳐야지. 한 가지 일을 시키려고 했더니… 안 되겠구나."

"어떤 일이든 말씀하십시오, 어르신!"

"놈아, 귀청 떨어지겠다."

"하하하."

"흐흐흐."

악성은 음흉하게 웃는 제룡이 또 이상한 장난을 하기 전에 슬며시 손을 잡았다. 그러면서 손자가 할아버지 보듯이 빤히 바라보는 것이 아닌가.

"징그럽게 실실 웃기는. 저런 물러터진 얼굴이 뭐가 좋다고 난린지."

"예? 제… 가 그런 말을 했습니까?"

"말하지 않아도 팍, 느껴지는 게 있어."

"아, 예에……."

악성이 별일 아니구나, 싶다고 여기는 순간.

제륭의 안색이 갑자기 어두워졌다.

"그나저나 이제 어떻게 할지, 걱정이구나……."

"또 무슨 걱정이라도……."

"내가 살날이 얼마 남지 않은 것 같다."

"……!"

악성은 순간적으로 숨이 턱하고 막혀왔다.

죽는다. 제륭이 죽는다.

검게 변한 얼굴을 빤히 바라본 채 아무런 말도 할 수가 없었다.

"노, 농담… 이시죠… 제 어르신!"

제륭은 다급하게 다가서는 악성을 힐끔 쳐다보고는 말을 이었다. 마치 자신과는 무관한 일에 대해 말을 하듯이.

"방법이 전혀 없지는 않아."

"뭡니까, 어르신!"

"내 사형께 가면 돼."

"사형… 아! 천산!"

"흐흐흐. 용케도 기억하는구나. 내 몸이 그때까지 버틸 진 모르겠지만, 사형이라면 나를 살려낼 수 있… 이놈아!"

악성이 벌써 방문을 열며 사람들을 부르고 있었다.

"삼마군 어르신들! 제! 담 전주! 모두 이곳으로 오세요, 어서요!"

제륭은 누운 상태로 희미한 웃음을 지었다.

농담처럼 말했지만, 정말로 사형을 만나지 못하면 장담할 수 없는 위중한 상태였다.

아직은 살고 싶었다.

악성과 제제가 혼사를 치르는 모습까지는 봐야 할 게 아닌가.

제룡이 깨어났다는 소식에 백리풍이 찾아왔다.

베개를 약간 높여서 누워 있는 제룡의 얼굴에는 편안한 미소가 그려져 있었다.

머리맡을 지키는 삼마군과 양손을 한쪽씩 잡고 있는 악성과 제제, 그리고 마지막으로 손님을 맞이하듯이 안내하는 담사우까지.

제룡의 평소 모습을 그대로 옮겨놓은 것만 같았다.

"천마께선 무척 편안한가 봅니다. 허허허."

"백리천주 덕분에 완쾌된 것 같습니다. 흐흐흐."

한마디씩 주고받은 두 사람은 더 이상 말을 하지 않았다.

반평생을 호적수로 살았으나, 서로에 대해 알게 된 것은 불과 며칠 전이었다.

백리풍이 인자한 얼굴을 하고 있지만 누구보다 승부욕이 강하며, 제룡이 천마로 소문이 자자한 마두지만 누구보다 자상하다는 것을.

그러나 그들의 자긍심과 후계자에 대한 사랑은 같았다.

제룡이 검은 얼굴에 몇 가닥 주름을 만들며 먼저 말을 꺼냈다.

"가야 할 것 같소."

"천마께서 하신 말씀, 잊지 않고 있습니다."

"무얼 말이오."

"삼황과 삼선이 살던 시대에 있었다면, 그들의 무공은 결코 지금까지 전해지지 않았을 것이라는. 그들의 자리가 없을 테니까.”

“…….”

“…….”

“호호호. 기억력이 아직은 쓸 만한 걸 보니, 지겨운 싸움을 한 판 더 벌여도 될 것 같구려.”

“그때는 정천주와 암황무적군단주의 싸움이 아니라, 다른 이름이 되어 있겠지요.”

“그렇지. 그때는 다른 이름을 가지고 우리의 싸움을 이어갈 테니까. 으… 호호호.”

“허허허.”

두 사람의 대화를 듣던 악성은 팔을 주물렀다.

찌릿한 느낌이 몸으로 전달되면서 생각에 잠겼다.

‘나와 백리천의 싸움도 두 분처럼 이어질까?

백리풍과 같은 사람의 피를 이었다면, 분명히 그렇게 되리라.

명확한 목표와 힘을 쓸 줄 아는 백리천.

악성은 묘한 흥분에 휩싸여 두 사람의 모습을 번갈아 가며 쳐다보았다.

그런 악성의 모습을 바라보며 안심하는 여인.

제륭이 아닌 악성의 안위가 걱정되어 며칠째 방 안에만 있던 북궁운혜였다.

‘헤어진다니, 고백도 못했는데…….’

지금 손을 내밀지 못하면 악성은 그녀의 손이 어떻게 생겼는지도 모를 것이다.

그래서는 안 된다!

"악 공자님, 잠시 뵐 수 있을까요?"

'북궁 소저가 왜 전음으로……'

악성은 눈동자만 살짝 움직여 그녀를 쳐다봤다.

면사 위로 간절함이 가득한 눈이 보였다.

때마침 백리풍도 나가려던 참이라, 어렵지 않게 시간을 낼 수 있을 것 같았다.

"천마께서 가시는 모습을 배웅하고 저도 준비해 둔 걸 시작해야겠습니다."

"흐흐흐. 배웅은 무슨… 그냥 조용히 가리다."

백리풍의 신형이 이내 돌아섰고, 악성이 따라나섰다.

머무는 거처 밖까지 나가자, 백리풍이 지금까지 보여주었던 모습과 전혀 다른 얼굴로 웃으며 한마디 건넸다.

"나는 지금까지 자네 또래 중에는 내 아들을 제일로 쳤네. 하나 아니더군. 그래서 이제부터라도 제일이 되도록 키울 생각이네. 자네도 그때가 되면 안심해선 안 될지도 모르지. 허허허."

돌아서서 가는 그의 얼굴이 보기 좋았다.

악성은 잠시 문에 등을 기대고 섰다.

지난 시간들이 빠르게 그의 머릿속에 자국을 남기고 사라졌다.

북궁운혜는 금방 되돌아왔다.

"잠시 다른 곳으로 가시면 안 될까요?"

"그건 곤란한데요. 제 어르신께서 찾으실지 모르니까요."

"아… 그렇… 죠."

"따로 하실 말씀이 있으시다고……."

"감사하다는 말씀을 드리고 싶어서요."

언제고 했던 말을 또다시 반복하고 있었다.

북궁현과 겨루지 않아서 고맙다고 했던 것이 그제야 기억이 났다.

"호호호. 저는 매번 감사하기만 하네요."

"하하하. 이번에는 또 뭐가 감사한 거죠?"

"무사하시잖아요. 그것만으로도 감사해요."

악성은 처음에는 농담인 줄 알고 웃으며 장난스런 표정을 지었다. 그러나 시간이 지나도 진지한 그녀의 눈빛은 여전히 뚫어지게 악성을 바라보고 있었다.

'……!'

퍼뜩, 깨어난 악성은 재빨리 헛기침을 발했다.

"험험. 하하하, 북궁 소저도 참… 이런 장난을 하지 않으셔도……."

"지금이 아니면 다시는 못 뵙게 될지도 모르잖아요. 예전에는 정과 사를 대표하는 적대관계기에 모른 척해야 했지만, 이젠 양쪽 모두의 적이 생겼어요. 그러니 이런 말을 한다고 해서 부끄럽거나 그렇지 않아요."

"북궁……."

"하아… 며칠간 잠 못 자고 생각해 낸 말이에요. 하고 싶은 말만 하고 가더라도 이해해 주세요. 다시 뵐 때까지 언제나처럼 건강하세요."

북궁운혜는 악성의 대답은 듣지도 않고서 몸을 돌려 사라졌다.

"……."

악성이 아무리 그녀의 뒷모습을 봐도 어떻게 받아들여야 하는지, 해답이 나오지 않았다.

"악 공자, 주군께서 찾으시네. 악 공자."

소소마군의 음성이었다.

한 번도 생각해 보지 않은 일이라, 그냥 잊기로 하고는 돌아섰다.

"예, 들어갑니다."

*　　　*　　　*

정천에서 나와 며칠을 이동했으나, 불편한 제룡 때문에 마차를 빨리 몰 수 없어 많은 거리를 이동하지 못했다. 그러나 주루에서 쉬는 건 처음이었다.

제룡이 서두르라는 말만 되풀이하는 바람에 쉴 수가 없었던 것이다.

평범한 크기의 주루 안.

왁자지껄한 소음이 주루 전체를 떠들썩하게 만들고 있었다.

와글와글—

그중 유난히 목소리가 큰 노인이 좌중을 압도하며 입을 쉴 새 없이 놀렸다. 그럴 때마다 노인의 턱 주변에 난 수염이 마구 흔들리면서 안주와 함께 튀어나왔다.

그러나 팍팍 튀는 입속의 음식물들이 술잔에 떨어지는 줄도 모르고 그는 얘기에 열을 올렸다.

"흐헐헐. 정말 대단하지 않냐, 대갈아?"

대갈이라 불린 중년인은 연신 고개를 끄덕이며 노인의 말을 받았다.

"역시 정천이 있어야지요, 아저씨."

"그러게. 크헐헐. 전설로만 내려오던 삼황의 후예를 못 본 건 무쟈게 아쉽지만, 정천주께서 물리치셨다니 디지게 쳐 맞고 도망칠 놈들이 있기는 있었나 보다. 으헐헐헐헐!"

"아! 아저씨도 그 소문도 들었수?"

“뭐?”

“정천이 당분간 무림의 일에는 관여하지 않겠다고 했잖아요.”

“엥? 그럼 무림의 평화는 누가 지키라고?”

“그거야 뭐 알아서들 지키겠죠. 한데 이상한 건, 정천주께서 공표를 한 내용입니다.”

“뭔데? 설마 다들 싸움 끝났다고 수수방관하겠다는 얘기는 아닐 테고.”

“어떻게 알았어요. 바로 그거예요! 정파 쪽에서 아무도 반대를 하지 않았다니까요.”

“반대를 안 해? 지들이 이젠 알아서 하겠다?”

일층이 쩌렁쩌렁 울리도록 큰 소리로 말하는 사람들은 하나둘씩 늘어갔다.

얼마 전 혈왕에 이어 반경인과의 싸움이 주 화제였기에 어느 탁자나 시끄러웠다.

‘암황무적군단과 정천이 연합할 줄 누가 알았겠느냐’부터 ‘역시 터줏대감이 무서운 법이라는’ 소리까지 온갖 얘기가 다 나왔다.

안주를 나르던 점소이는 한 손으로 귀를 틀어막으며 이층으로 올라갔다. 이층은 불과 한 층 사이인데도 시끄러운 일층과는 전혀 다르게 조용했다.

쿵쾅거리며 뛰어오는 점소이를 담사우가 조용히 제지시켰다.

“조용히 놓고 가라.”

점소이는 냉랭한 분위기에, 차라리 시끄러운 일층이 났다는 생각과 함께 재빨리 음식을 올려놓고는 내려갔다.

제릉을 돌보는 제제를 제외하고 나머지 인원이 모두 밖으로 나와 있었다.

소소마군은 집었던 잔을 내려놓고 악성을 돌아봤다.

"악 공자……."

말하기 어려운 얘기일 것 같았다.

위지무의 소식을 알려줄 때도 저런 표정을 지었기 때문이다.

"말씀하시죠, 소소 어르신."

맥이 풀린 악성의 대답에 소소마군은 헛기침을 발하고는 말을 꺼냈다.

"흠, 신도군사의 연락을 받고서 말하려 했지만, 지금 하는 것이 좋을 듯하네. 제 아가씨는 우리와 함께 가야 할 것 같네."

"예?"

"어제 내내 주군과 상의했네. 천산에 많은 사람이 갈 필요 없다고 완강히 거부하시니, 별 도리가 없잖은가. 신도군사와 천마구로, 암황사패가 함께 있을 테니 걱정할 필요는 없네."

"……."

"자네가 다시 세상에 나오면 제 아가씨께서 찾아가실 걸세. 자네가 잘 다독여주었으면 하네."

'그래서 제 어르신께서 극구 하루를 머무르라고 하셨구나.'

아마도 제제에게 먼저 말을 하리라.

'응?

웅성거리던 일층이 일시에 조용해졌다.

담사우가 어정쩡하게 일어나 일층을 둘러보다가 사람들의 시선이 향한 곳을 따라갔다.

주루 입구.

푸른 경장을 입은 하얀 피부의 매력적인 여인이 머리칼을 좌우로 흔들며 걸어 들어오는 모습이 보였다. 자신감 넘치는 표정과 주위를 압도하는 시선이 눈을 떼지 못하게 했다.

그녀의 미모에 주루 안의 모든 사람들은 동작을 멈추었다.

이상한 분위기에 악성도 고개를 돌려 그녀를 쳐다봤다.

그녀가 걸을 때마다 몸에서 향기가 나는지, 사람들의 코가 그녀를 따라갔다.

악성의 눈은 여인의 옷을 바라보고 있었다.

'움직이기 편하게 몸에 꼭 맞는 옷차림을 입은 건가? 허리에 두른 허리띠가 인상적이구나.'

눈에 확 뜨일 만큼 화려한 허리띠였다. 그것뿐이었다.

'그리고 보니 정천을 떠날 때 북궁 소저를 보지 못한 것 같구나. 왜 배웅을 나오지 않았을까? 한 번 보고 싶었는데… 무슨 사정이 있었던 것일까?'

북궁운혜의 면사 위로 빛나는 눈이 떠오르자, 악성은 혼자서 피식 웃었다.

그때, 담사우가 조용히 말을 건넸다.

"악 공자님, 저 여인이 누군지 아십니까?"

담사우는 알고 있는 것 같았다.

"아는 여인인가?"

"예. 천하가 아무리 넓어도 저 정도의 미모를 지닌 여인은 흔치 않습니다. 게다가 화령화 아리운이 아니면 차고 다닐 수 없는 화룡검(火龍劍)까지 차고 있습니다."

'화룡검?

담사우의 설명이 이어졌다.

"한데, 이상한 일이네요. 아리대부인은 하북에서 나온 적이 거의 없는데, 그의 여식인 저 여인이 이곳엔 웬일일까요?"

"담 전주가 모르는데, 내가 어떻게 알아. 뭐, 이유가 있겠지. 우린 모른 척 식사나 하자고. 삼마군 어르신들께서도 식사부터 하시지요."

'화룡검이라……'

악성은 허리에 찬 무혼검을 내려다봤다.

묘하게 비슷한 느낌이 드는 이유가 뭔지.

어딘지 낯설지 않게 여겨졌기 때문이었다. 그러면서도 무심결에 무혼검을 만지작거렸다.

또각. 또각.

식사를 하던 일행 전원이 계단 쪽을 바라봤다.

그녀가 일부러 발자국 소리를 내며 올라오고 있었다.

완전히 올라온 그녀는 사람들을 죽 둘러보다가 악성을 발견하고 이채를 발했다.

불길처럼 뜨거운 눈길이었다.

악성은 그녀의 눈길이 고정되자, 당황하고 말았다.

"험, 험. 소저는 제게 볼일이 있으십니까?"

"……."

"소저?"

아리운은 고개를 갸웃거렸다.

찾는 사람이 맞는 것 같은데 확신은 하지 못하겠다는 눈치였다.

"당신, 무혼지주?"

"……!"

담사우가 재빨리 일어났다.

악성은 괜찮다는 신호를 하고 대답했다.

"맞습니다. 저를 아시나요?"

아리운은 악성의 말에 입을 가리며 웃었다.

"까르르. 찾았다! 한눈에 딱, 알아봤다니까. 한데 소문이 하도 괴이하게 나서 특이하게 생긴 줄 알고 얼마나 걱정했게요. 너무 멀쩡하게 생겨서 아닌 줄 알았잖아요. 까르르."

"……."

"아, 참. 무혼은 어디 있죠? 엄마가 쉬쉬하며 숨기셨지만, 내 눈으로 확인하기 전에는 안심이 되질 않아서요."

"……?"

그녀는 어리둥절한 표정의 악성을 신경도 쓰지 않고 주위를 훑어보기 시작했다.

"이러면 나타나려나? 나와, 화룡."

그녀가 옆으로 손을 뻗자, 손바닥이 가리키는 바닥이 묽어졌다.

스물스물―

바닥은 점점 검은 얼굴로 변하더니, 곧이어 놀랄 만한 일이 벌어졌다. 그 안에서 사람의 형체를 갖춘 인영이 일어서는 것이 아닌가.

"……!"

소소마군의 눈빛이 무척 복잡해졌다.

눈앞에서 일어나는 기이한 광경 때문만은 아닌 듯, 벌떡 일어나 아리운을 노려봤다.

'호, 혹시… 흑강시?'

소소마군은 자신의 예상이 틀리길 간절히 바랐다.

흑강시의 제조법을 알고 있는 사람이 아직까지 남아 있을 리 없기 때문이었다.

'그녀는 죽었다.'

바닥에서 일어나던 검은 얼룩이 완전히 인간으로 화했을 때, 아리운이 웃으며 소개했다.

"화룡이라고 해요."

악성이 볼 때, 무표정한 얼굴에 이지가 상실된 눈… 무혼의 그것과 똑같았다. 재빨리 반문했다.

"화룡? 그것이 저… 이름인가요, 아니면 소저가 부르는……."

"처음부터 그렇게 불렀어요. 까르르. 알고 있어요, 당신도 하나 가지고 있죠? 나는 화룡검을 가지고 있으니까 화룡이고, 당신은 무혼검을 가지고 있으니까 무혼. 재밌어요, 정말. 까르르. 엄마 말대로 정말로 있었네요. 내가 먼저 보여줬으니, 어서 무혼을 보여줘요."

그녀의 눈에서 얼음장 같은 한광이 잠깐이지만 흘러나왔다가 사라졌다.

'크음…….'

소소마군은 속으로 침음을 삼켰다.

악성은 아리운의 수다스러움에 난감한 표정을 지었다.

'가만. 소소 어르신이 말씀하기로는 주인과 생각이 통하는 영혼시는 무혼밖에 없다고 하지 않으셨나?

설명을 바라고 소소마군을 돌아봤다.

소소마군은 악성의 궁금증이 무언지 알고 있었다.

"악 공자, 내 잠시 후에 설명을 하도록 하지."

"…예. 아!"

악성은 완전한 형체를 이룬 화룡의 모습에 입을 쩍 벌렸다.

화룡의 외모는 마력이라도 전신에 뿌린 것처럼 눈을 뗄 수 없게 만들었다. 남자인 악성이 봐도 시선을 뗄 수 없게 만드는 요사스러움이 넘쳐흘렀다.

스무 살 여인인 아리운의 취향에 맞도록 일부러 만든 게 아닌지 의심이 갈 정도였다.

아리운은 화룡이 모습을 드러냈음에도 악성이 무혼을 보여주지 않자, 다시 한 번 보챘다.

"어떡하지, 어떡하지. 아리운은 보고 싶다. 무혼, 안 보여주세요? 예? 또 보여 달라고 말하면 너무 자존심 상하는데. 아니야. 아리운, 힘내. 보여줄 거야. 그렇고말고."

'윽!'

악성은 자신이 대답할 새도 없이 아리운이 쫑알거리자, 머리를 한 대 쥐어박고 싶었다.

모자람없이 자란 무가의 여식들은 그런 성향, 즉 하고 싶은 일은 반드시 해야만 직성이 풀리는 성격을 갖고 있다는 걸 진즉에 알고 있었지만, 제제와는 또 달랐다.

삐친 표정을 하며 뒷짐을 지고 몸을 좌우로 흔드는 모습이 귀엽게 보일 수도 있지만, 그녀가 눈을 돌릴 때마다 드러나는 저 기묘한 눈빛은 뭐란 말인가.

'여운휘로 행세할 때의 탁휘룡이 주던 느낌과 너무 비슷해. 섣부른 판단으로 같은 실수를 할 필요는 없으니, 조심하자.'

악성이 무혼을 부를 생각이 없어 보이자, 소소마군이 나섰다.

"흠, 너는 하북 최고의 재벌가문인 화벌(火閥)에서 왔구나. 옥향(玉

좀)… 아니지, 지금은 아리대부인이라고 불리는가 보구나. 허허. 그래서 찾을 수 없었던 게야. 그녀의 집념이 그토록 대단할 줄은 꿈에도 몰랐구나. 정말 대단하다는 말밖에는 할 말이 없다.”

“어머! 우리 엄마를 아세요?”

소소마군의 고개가 갸웃거렸다.

“예전에… 아주 예전에 잠깐 봤었다.”

‘소소 어르신께서 왜 저리 조심스러우시지?’

악성은 소소마군의 평상시와 다른 모습에 다른 삼마군을 돌아봤다. 탑탑마군과 마영마군도 의아하긴 마찬가지인지 인상을 찌푸릴 뿐, 다른 말은 하지 않고 있었다.

‘혹시 저 여인과 무슨 관계가 있단 말인가?’

아리운의 웃음이 생각을 깨뜨렸다.

“까르르. 그랬구나. 엄마가 이 얘기를 들으면 얼마나 좋아하실까? 누구세요. 예? 엄마께 말씀드려야겠어요. 이름을 말씀해 주실 수 있으세요?”

소소마군은 자신의 본명 대신 악성에게 무혼을 불러줄 것을 부탁했다.

“부탁하네.”

“예?”

“괜찮네. 한 가지 확인할 것이 있어서 그러네.”

“알겠습니다. 부탁이라니요, 당치 않으십니다.”

곧바로 무혼을 머릿속으로 불렀다.

‘무혼.’

생각과 동시에 주루의 이층 창문으로 무혼이 들어왔다.

무혼은 들어오자마자 악성의 뒤에 시립했다.

아리운은 무혼을 보며 손뼉을 치며 너무 좋아했다.

"어머! 어머! 세상에. 어머, 너무 아름답다아."

'또…….'

그녀의 눈은 차가운데, 입은 연신 떠벌린다. 습관처럼 교육받지 않고는 저렇게 자연스러울 수 없었다.

삼마군의 시선이 빛난 것은 그녀의 눈을 봤기 때문이었으나, 악성은 저절로 느꼈다. 이미 무혼과 영이 통하고 있는 악성이기에 화룡의 몸이 붉어지는 동시에 알아챈 것이다.

'본능인가? 저 화룡이란 강시의 몸에서 나오는 기운이 예사롭지 않다.'

움찔.

반경인을 구해간 강시를 만났을 때처럼 무혼의 몸이 살짝 떨렸다. 그럼에도 무혼은 가녀린 몸을 움직여 악성의 앞으로 나서며 화룡의 기세에 대항했다.

'나도 반경인이란 자의 무공을 보고서 심장이 떨렸으니, 지금 무혼의 심정이 어떨지 알 것 같다.'

감정을 지닌 사람에게나 어울릴 말을 스스럼없이 떠올렸다.

그러나 악성의 생각으로는 당연했다. 오히려 괜히 불렀다는 생각에 미안함까지 들었다.

소소마군은 한참을 무혼과 화룡을 바라보다가 씁쓸한 표정을 지으며 말했다.

"저 화룡이란 놈은 흑강시군."

"예? 흑강시… 흑강시라면 그……."

"그렇네. 무혼을 전해줄 때 잠깐 말했던 것 같군. 화룡은 저 여아와 완전히 일체가 된 것 같아. 확실히 그녀는 원하는 것을 얻은 모양일세."

'그녀? 저 여인의 어머니란 분을 잘 아시는구나.'

악성의 궁금함은 곧바로 질문으로 이어졌다.

"소소 어르신, 그자를 데려간 하얀 천의 강시와 비교하면 어떤지 물어봐도 되겠습니까?"

"허허허."

소소마군은 잠시 동안 웃기만 했다.

"비교란 말은, 비등하거나 조금 못할 때 할 수 있네. 흑강시나, 그 이상한 강시는 내가 만들 수 있는 범위를 벗어난 괴물들이네. 굳이 비교를 하자면, 그 하얀 천을 두른 강시가 더 강하지 않을까 싶군."

아리운이 소소마군의 말에 쌍심지를 치켜세웠다.

그가 말하는 강시를, 그녀의 화룡이 박살나기 일보직전까지 몰고 갔잖은가. 그런 것 따위를 감히 화룡보다 강하다고? 당연히 화가 목까지 올라왔다.

"말도 안 되는 소리!"

"아이야, 노부는 하민중이란 사람이다. 네 어머니께 물어보면 내말이 사실임을 알려줄 게다."

'하민중?'

그녀는 한 번도 들어본 적 없는 이름이었다.

"흥, 당신이 누군지 관심없어요. 단지."

"……?"

"당신이 말하는 하얀 천을 두른 강시가 흑발의 청년과 함께 있었나요?"

"헛, 어떻게 알았느냐?"

소소마군의 외침에 악성과 담사우는 물론이고, 탑탑마군과 마영마 군도 자리에서 일어났다.

"까르르. 그게 그렇게 놀랄 일인가요?"

그녀의 대답에 악성의 얼굴이 딱딱하게 굳어지며 한 발 앞으로 나섰다.

"그는 지금 어디 있소?"

"몰라요."

"그자와 함께 있는 강시를 봤다는 말로 들었습니다!"

악성은 당장이라도 아리운의 어깨를 잡고 흔들 기세였다.

이 정도의 기세라면 벌서 물러서야 정상이었으나, 그녀는 오히려 아찔한 미소를 머금으며 대답했다.

"봤죠. 하나, 그자가 어디로 갔는지는 몰라요. 그 강시에 대해서는 조금 알지만."

그녀의 놀리는 듯한 말에 뒤에 있던 탑탑마군이 참지 못하고 나섰다. 그 모습을 참아내기엔 그의 성격은 너무 급했다.

"헐! 어린 것이 얼굴만 뻔지르 한 강시 따위를 데리고 와서 하늘 높은 줄 모르고 나대고 있구나!"

소소마군이 재빨리 나서서 말렸다.

"탑탑, 참게. 아직 아무것도 모를 나이 아닌가."

"무슨 소리! 나올 곳 다 나왔고, 들어갈 곳 다 들어갔네. 뭘 모를 나이란 말인가. 저런 버르장머리없는 계집은 제대로 임자를 만나 봐야 하네. 저따위 강시, 내가 확 부숴 버리겠네. 비키게."

조금 전의 그녀라면 탑탑마군의 말에 당장 펄쩍 뛰고 난리가 났어야 하건만, 오히려 생글거리며 웃었다. 아니, 그것도 모자라 이층이 떠나가도록 깔깔대며 웃기 시작했다.

"까르르. 정말 다행이에요. 이 정도 모욕을 받았으니, 그냥 돌려보내진 않겠죠? 뭐, 돌려보낸다고 해도 내가 미안해서 못 가겠지만 말에요."

"푸헐, 고것 참 맹랑하구나!"

탑탑마군의 호통에도 이젠 눈 하나 깜짝하지 않고 말을 받았다.

"참! 난 저 투덜이 노인보다 무혼이 좋은데, 어떡하죠? 아웅, 어떡한다? 실수는 저쪽이 먼저 했으니, 부탁을 하기도 그런데. 웅… 어떡한다. 이럴 줄 알았으면 승랑을 졸라서 함께 올 걸 그랬어. 칫."

"투, 투덜이 노인!"

"그럼 당신이 순딩이 노인이겠어요? 그건 그렇고, 어쩔 수 없죠. 무혼지주에게 한 가지 제안을 할게요."

그녀의 시선이 갑자기 악성한테로 향했다.

"뭐죠?"

"화룡과 무혼이 싸우게 해주면, 그 하얀 천을 두른 강시에 대해 말해줄게요. 어때요?"

"……!"

그녀는 분명히 백왕에 대해서 알고 있었다.

악성은 제릉이 있는 방을 돌아봤다.

제릉을 저렇게 만든 자의 행방을 알기 위해서라도 다른 선택은 없었다.

"자리를 옮기죠, 소저."

“까르르. 잘 생각했어요.”

“먼저 가겠소.”

“같이 가요! 화룡, 날 안아.”

화룡이 그녀를 안고 악성의 뒤를 따라갔다.

“푸헐, 저런 천둥벌거숭이… 크헉! 거기 서!”

아리운이 가면서 탑탑마군을 향해 혀를 쏙 내밀었던 것이다.

“이보게, 탑탑!”

어쩔 수 없이 소소마군도 뒤를 따라갔다.

담사우도 뒤따르려는 걸 마영마군이 잡았다.

거의 말을 하지 않는 그였다.

이번에도 고개만 저을 뿐 이렇다 할 말은 하지 않았다.

第二章
오늘, 나랑 함께 있자

제는 제륭의 얼굴과 목 언저리를 닦아주다가 바같의 소음에 자리에서 일어났다.

스르륵―

제륭의 눈이 떠졌다.

조금 전부터 깨어 있었다.

그의 몸은 그 자신이 가장 잘 알고 있었다.

현월의 기운이 아직 피부를 뚫고 나오진 못하고 있었으나, 잠식할 공간이 사라지면, 그의 기운까지 외부로 흘러나오게 하는 것은 시간문제이다. 그 상태에서 죽음에 이르기까지는 얼마 걸리지 않을 것이다.

일어선 제제를 향해 장난스럽게 질문을 던졌다.

"흐흐흐. 녀석과 헤어지기 싫은 게냐?"

"깨셨……."

제제는 바라보는 제룡의 까만 얼굴을 볼 수 없어 외면했다.

"일어나셨으면 말씀을 하시지 그러셨어요."

잠들기 전에 제룡이 한 말 때문이었다.

악성과 떨어져 있어야 할 것 같다는. 함께 있으면 언제고 발목을 잡게 된다는 말을 들었다.

예전의 제룡이라면 손녀에게 그런 말을 하지 않았으리라.

명령을 내리고 무조건 따르게 만들었을 테니까.

'할아버지도 이젠 나이가 드셨구나. 하아, 그 빨간 얼굴의 여운휘만큼만 강했어도 저 사람과 헤어지지 않겠다고 했을 텐데…….'

하필 지금 재수없는 여운휘가 떠오를 게 뭔가.

정말이지 처음 봤을 때부터 지금까지 재수없는 인간은 뭐가 달라도 달랐다.

고개를 마구 저으며 생각을 끊었다.

"호호호. 사파의 생살여탈권을 쥐고 계신 분께서 내린 명령을 어떻게 감히 거부하겠어요."

"녀석… 이 할아비는 강요하는 게 아니……."

"그래도 하루만 시간을 주세요. 그와 헤어질 시간은 주셔야죠."

제제의 목소리가 가늘게 떨렸다.

'이놈 봐라? 울어?'

"솔직히 화나요!"

참았던 화가 치밀어 오른 모양이다. 그러나 투정 부리는 목소리는 잊지 않았다.

"엄청난 놈들이 한둘이 아니야, 정말. 혹, 만날 쫓기는 것도… 창피해 죽겠어요. 할아버지, 저는요… 전! 암황무적군단에서만 강했던 거라구요. 미치겠어, 정말! 그러기에 제게 달라고 했잖아요! 엉엉……."

제제는 눈물을 재빨리 훔치고는 딸꾹질처럼 숨을 뱉으며 감정을 억눌렀다.

"녀석에게 단단히 빠졌구나. 어떠냐, 이 할아비가 사람 보는 눈은 꽤 정확하지? <u>흐흐흐</u>."

제륭의 장난기 어린 말에 눈물을 마저 훔치며 순순히 고개를 끄덕였다.

"예. 그 사람, 좋아요."

"잉?"

당연하다는 대답에 제륭은 풀썩 웃음을 터뜨렸다.

"녀석… 흐흐… 에고, 너무 웃기지 마라."

"<u>호호호</u>. 한 번은요, 저를 위해서 물고기도 구워줬어요. 다른 사람도 있었는데, 제가 배고프다고 하니까 구워줬어요. 그 사람… 다시 만나게 해주실 거죠?"

"녀석아, 이 할아비는 죽든, 말든 그 녀석만 멀쩡하게 해달라는 말이냐?"

제제는 잠시 말을 멈추었다.

눈물 자국이 그대로 남아 있는 얼굴로 제륭을 바라봤다.

"할아버지는 최고잖아요. 아빠도 항상 할아버지를 닮고 싶어 했고, 저도 할아버지 말이라면 꼼짝도 못 하잖아요. 괜찮으실 거죠? 그죠?"

"……."

제륭이 평생을 살아오면서 지금보다 가슴이 따뜻해진 적은 없었다. 계속해서 손녀와 눈을 마주치고 있으니, 괜스레 고개를 돌리게 된다.

"…할아비 얼굴이 이젠 금빛으로 변하겠다. 흘흘. 나가봐. 이 할아비도, 저 녀석도 괜찮을 거라고 약속할 테니.”

“할아······.”

“쉬어야겠다.”

제륭이 옆으로 돌아누웠다.

‘할아버지, 정말 괜찮으셔야 돼요.’

눈물이 마구 쏟아져 내렸다.

악성은 무혼을 믿었다.

무혼은 움직이는 천고기병과 마찬가지였다.

도검에 의해 거의 상하지 않는 피부와 강기를 맨손으로 잡아내는 능력을 지닌 강시가 흔할 리 없잖은가.

믿었다.

당연히 무혼보다 더 엄청난 능력을 가진 강시가 하나도 아니고, 몇 구나 존재한다는 사실을 믿고 싶지 않았다.

악성의 뒤를 따라서 내린 아리운은 이전의 산만한 모습이 아니었다. 싸늘하고 자신만만한 표정이었다.

‘엄마 말을 확인하고 싶어.’

아리대부인이 말하길, 화룡은 현존하는 모든 강시들 중 가장 강하다고 했다. 그러나 그 정도로는 아리운이 만족할 수 없었다. 한 가지를 더 얻고 싶기 때문이다.

최고로 강하면서도 오로지 그녀만 따르는 인형.

적어도 현재의 화룡은 그녀에게 그런 존재였다.

‘화룡, 언제나 그렇듯이 이번에도 한 방이야. 저 무혼이란 강시의 배에 큼직한 구멍을 내는 거야, 알았지?’

화룡을 바라보는 그녀의 표정이 야릇하게 변했다.

마치 정인을 대하는 것처럼 눈웃음까지 치는 것이 아닌가?

소소마군은 탑탑마군의 노기를 진정시키다 우연히 그 표정을 봤다.

'아니겠지.'

그가 알고 있는 흑강시에 관한 지식은 무척 단편적이었다.

오로지 광기와 죽음만을 갈구하는 살인병기라는 것과 산 사람을 생매장시켜서 죽기 바로 직전에 만든다는 것 정도였다.

죽기 직전에 일어나는 분노와 살기를 최고조로 만들어 감정과 함께 봉인시키니, 당연히 괴물이 탄생할 수밖에 없잖은가.

그 힘을 제어할 수 없다면 지배당하게 된다.

'원한은 돌고 돈다는 말이 사실이구나.'

아리운은 아리대부인, 아리옥향의 친자식이 아닐 것이다.

아리옥향이 그가 알고 있는 그녀가 분명하다면, 그녀의 나이는 올해로 칠십 가까이 되는 노파였다.

아리운의 나이가 스무 살이라고 해도 나이 오십에 낳았어야 한다는 말인데, 있을 수 없는 일이었다.

그가 철없을 시절, 강시를 만들겠다며 한 사람을 죽게 만든 적이 있었다. 당연히 그의 딸은 복수를 하겠다며 이를 갈았고, 수단과 방법을 가리지 않고 소소마군의 집안을 쑥대밭으로 만들었다.

복수란 돌고 도는 법.

이번엔 그가 복수의 일념으로 이를 악물고 무혼시를 완성해서 그녀의 모든 기반을 무너뜨렸다.

그런 그녀가 버젓이 다시 나타난 것이다.

그녀의 딸이라고 자랑스럽게 말하는 아리운까지 데리고서.

‘그녀가 흑강시를 만들 줄이야.’

무혼시를 이길 수 있는 강시가 있다는 걸 알 수 있는 사람은, 그의 가문이라면 터럭까지 조사할 원한을 가진 그녀 외에는 없었다.

그러한 모든 사실을 알면서도 흑강시의 위력을 두 눈으로 확인하고 싶었다. 얼마나 대단한지, 정말로 강시비전에 쓰여진 것처럼 무혼시는 상대도 안 되는 물건인지, 또… 그 하얀 천을 두른 강시와 비교해서 어느 쪽이 강한지.

“악 공자, 최선을 다해야 할 걸세.”

그의 시선은 아리운에게 닿아 떨어지지 않고 있었다.

마침 아리운의 입이 열렸다.

“화룡, 너의 힘을 보여줘.”

화르륵—

그녀의 명령이 떨어지자마자, 화룡은 돌팔매질이라도 하려는 것처럼 한 손을 뒤로 돌린 채 상체를 반 회전시켰다.

악성은 웃었다.

저런 자세로 무슨 공격을 할 수 있단 말인가.

‘무혼, 공격하기 전에 제압해. …무혼?’

악성의 명령이 떨어졌음에도 무혼은 제자리에서 움직이지 않았다.

‘혹시 그 하얀 천의 강시 때문에 이상이 생겼나?’

가능성이 전혀 없지는 않았다.

“소소 어르신, 무혼이 몸에 이상이 있나 봅니다. 여기서 그만 두는 것이 나을 것 같습니다.”

“악 공자, 늦었네.”

“예?”

악성이 소소마군의 시선을 따라 고개를 돌렸다.

고무를 한껏 돌린 채로 잡고 있다가 손을 놓으면 저런 모양이 될까?

쿵―

아주 짤막하고 탄력적인 소리가 화룡의 몸에서 들렸다. 아니, 들린 순간 큼지막한 불덩이가 무혼의 복부에 꽂히는 것이 보였다.

"……!"

악성은 기겁을 하며 소리쳤다.

"무혼, 피해!"

피해라는 말이 채 끝나기도 전에 무혼의 몸에서 폭죽 터지는 소리가 들렸다.

쿠쾅―!

"무혼……!"

믿을 수 없게도 무혼이 화룡의 단순하기 이를 데 없어 보이는 주먹을 피하지 못하고 고스란히 맞은 채로 날아가고 있었다.

"푸헐!"

지켜보던 탑탑마군이 황당한 얼굴로 중얼거렸다.

"한갓 미물 따위가 펼친 주먹질이 저 정도라니."

화룡의 움직임은 탑탑마군의 말 그대로 주먹질 한 번 외에는 아무것도 아닌 몸짓이었다.

그러나 그 한 번의 몸짓은 엄청났다.

벽에 처박힌 무혼은 일어나지 못했다.

악성은 재빨리 무혼을 향해 날아갔다. 그러면서도 화룡의 다음 공격을 막기 위해 뒤를 돌아보는 것도 잊지 않았다.

"응?"

　공격이 이어질 것이라 여긴 예상을 깨고, 아리운이 화룡의 목을 안고서 한 몸이 되어 허공으로 날아오르고 있는 것이 아닌가?

　'뭐지, 그냥 간다고? 정말로 그저 무혼과 싸워보기 위해 왔다는 말인가?'

　지금까지 악성이 경험한 싸움과 너무 달라서 잠시 당혹스러운 표정을 지은 채 멍해지고 말았다.

　기뻐서 어쩔 줄 모르는 그녀의 목소리가 허공에서 들렸다.

　"까르르. 엄마 말이 맞네. 화룡이 최고야!"

　마치 무혼이 부서진 것을 전혀 의심하지 않는 말투였다.

　소소마군은 그녀의 어린애 같은 모습에 실소를 터뜨렸다.

　"허허. 괜한 걱정을 했군. 먼저 쓰러뜨린 사람이 이겼다고 생각하는 모양이야. 어린애는 어린애군."

　탑탑마군은 소소마군의 말을 듣다가 고개를 갸웃거렸다.

　'헐. 소소, 저 친구가 오늘 따라 왜 저러지? 아니면 내가 이상한 건가? 앞으로 몇 년 후면 피바람을 일으킬 마녀를 보고 어린애라고? 그것 참……'

　한마디 건네지 않을 수 없었다.

　"소소, 어린애가 더 위험할 수도 있네."

　"사람도… 무슨 사연이 있겠지."

　"사연? 그 사연이 뭔지 나는 하나도 궁금하지 않네. 저런 성격을 가진 계집은 나중에 무슨 짓을 할지 아무도 몰라. 지금 손을 쓰지 않으면 나중에……"

　"아무 일도 일어나지 않을지도 모르잖은가. 갑자기 천하의 안위가 걱정되기라도 하는 모양이군 그래. 허허허. 일단 얘기는 돌아가서 마저 하세나. 악 공자, 무혼을 데리고 돌아가세."

'이 무슨⋯⋯.'

소소마군의 이런 모습을 본 적이 없는 탑탑마군으로서는 그저 인상만 쓸 뿐이었다.

"⋯⋯."

악성은 무혼의 상처를 보며, 경솔했던 판단을 뼈저리게 후회하고 있었다.

주인을 보고 종을 판단하라고 했다.

아리운만 보고 화룡을 판단한 것이 실수였다.

'미안하다, 무혼.'

화룡의 목을 양손으로 꼭 끌어안으며 날아가던 아리운은 몽롱한 눈이 됐다.

"너무 즐거워. 엄마가 갖고 싶은 건 놓치지 말라고 하셨지만, 그건 잘못된 말이야. 놓칠지도 모르는 걸 왜 손을 대. 나는 놓칠지도 모르는 건 손 안 대. 최고의 것만 가질 거야. 최고는 언제나 또 다른 최고의 것을 안겨주거든. 화룡, 날 안아."

빙글—

그녀의 몸이 화룡의 앞으로 돌아갔다.

화룡의 무감정한 눈이 보인다.

"화룡, 나는 네가 참 좋다? 그거 알아? 까르르."

슥—

화룡의 빰을 쓰다듬었다.

그녀가 알고 있는 어떤 기재들도 화룡에 비하면 한참 모자랐다.

"네가 사람이었다면 매일 밤, 너를 위해 보낼 텐데……."

대답이 있을 리 없었다.

아쉬운 눈으로 고개를 화룡의 가슴에 묻었다.

'파르락' 거리는 바람 소리가 그녀의 몸을 쓰다듬고 지나갔다.

그녀는 최고의 순간을 만끽하고 싶은 것뿐, 남자가 필요한 것은 아니었다. 떠나오면서 한 가지 아쉬운 것이 있다면, 무혼의 아름다운 얼굴을 짓이기지 못한 것이다.

화룡의 손에 나가떨어지는 순간에도 무표정하다니.

'강시 따위!'

움찔.

화룡은 그녀의 생각을 듣기라도 한 것처럼 눈꺼풀을 살짝 떨었다. 그러나 겉으로는 전혀 표나지 않게 금방 초점없는 눈으로 되돌아왔다.

아리운은 화룡의 반응을 보지 못한 채 마냥 행복해했다.

*　　　*　　　*

주루로 돌아오자마자 악성은 무혼을 방에 뉘이고 잔뜩 인상을 쓰며 옷을 정성껏 벗겼다.

스륵—

'이럴 줄 알았으면 소소 어르신께서 치료하겠다고 하실 때 따르는 것인데…….'

미안한 마음에 무혼을 직접 치료하겠다며 방으로 데리고 온 것이 실수였다.

상처 부위를 확인하고 천마환의 기운만 넣으면 될 줄 알았다.

그러나 복부를 감싼 옷을 여는 순간.

황당하게도 화룡의 주먹에 맞은 자국이 어디에도 없었다.

이제 와서 소소마군을 부를 수도 없잖은가.

어쩔 수 없이 무혼의 옷을 모두 벗겨내야만 했다.

상의와 하의, 두 개뿐이지만, 그것만으로도 곤욕이었다.

"……!"

눈으로 한 가득 들어오는 무혼의 나신.

창문으로 들어오는 빛이 반사됐는지, 푸르스름하게 빛나는 살결이 잠시 동안 악성을 어쩔 줄 모르게 만들었다.

"…….'

외면하기에는 이미 늦어버렸다.

여인의 벗은 몸을 한 번도 본 적이 없는 악성이었다.

가슴이 쿵쾅거리는 것을 최대한 진정시켜야 했다.

그만큼 무혼의 몸은 완벽에 가까웠다.

"응?"

상처가 없었다.

무혼이 곧 부서질지도 모른다는 생각에 정신이 번뜩 들었다.

재빨리 무혼을 뒤로 돌렸다.

어깨부터 늘씬하게 뻗은 종아리까지 한눈에 확 들어왔다.

"헉!"

붓으로 먹물을 찍어 화선지에 떨어뜨리면 순간적으로 번진다.

지금 무혼의 등이 그랬다.

커다란 멍 자국이 척추를 타고 양쪽 갈비뼈까지 번져 있었다.

악성은 긴장된 눈으로 멍을 만졌다.

'딱딱하다!'

이젠 더 이상 가릴 것이 없었다.

심장을 뛰게 만들어 피를 최대한 빠르게 순환시켰다.

슷─

왼손으로 빠르게 달려가는 힘을 느끼자마자, 천마환에서 회색빛 무리가 모습을 드러냈다.

악성은 천천히 무혼의 등에 손을 댔다.

저녁이 되자, 주루는 다시 술손님으로 왁자했다.

아래층을 가만히 내려다보던 제제는 방문 닫히는 소리에 뒤로 돌아섰다.

'담 전주가 왜 저곳에서 나오지?'

악성과 담사우는 한 방을 쓰고 있었다.

나오려면 악성의 방에서 나와야지, 삼마군이 자는 방에서 나오는 이유가 뭐란 말인가.

손짓하며 담사우를 불렀다.

"담 전주, 이리 와봐."

담사우는 제제를 발견하고 선뜻 다가서질 못했다.

"무슨 하실 말씀이라도……."

"호호호. 할 말은 무슨. 그냥 불렀어. 한데, 담 전주는 왜 삼마군 할아버지들 방에서 나오는 거지?"

"그, 그게……."

"뭔데. 응? 응?"

담사우의 망설이는 모습에서 제제는 무언가 이상함을 눈치챘다.

“왜 그렇게 말을 더듬지?”

“그, 그게 아니라……..”

제제는 식은땀까지 흘리는데 더 이상 붙잡아두고 싶지 않았다.

“알았어, 말하기 곤란하면 그만 두고. 그 사람은 뭐해?”

‘그것 때문이라고요!’

담사우는 감히 소리 지를 용기는 없고 속만 탔다.

‘아니지, 그분이 제 아가씨의 목숨을 여러 번 구해줬다고 하지 않았
나?’

“아, 뭐해!”

“무혼이란 분께서 다치셨습니다.”

“뭐?”

“그분이 다쳐서 돌아오셨습니다.”

“언제? 어, 소소 할아버지와 다른 두 분은 저 방에 있잖아. 담 전주
도 거기…….”

제제의 안색이 삽시간에 굳어버렸다.

꿀꺽—

담사우는 마른침을 삼켰다.

그동안의 어떠한 위기보다 더욱 긴장되는 순간이었다.

“그냥 치료만 하시겠죠. 하하, 하…….”

“…….”

“제가 가서 제 아가씨께서 찾는다고 보고를…….”

“서.”

“아닙니다, 잠시만 기다리시면…….”

“서!”

착.

잽싸게 제자리에 선 채로 동작을 멈췄다.

휘리릭―

제제의 신형이 바람같이 그의 곁을 지나갔다.

정면의 벽을 따라 오른쪽으로 다시 왼쪽으로 돌았다.

악성의 방문이 보였다.

제제는 곧장 문을 활짝 열어젖혔다.

혹시나 모를 추궁을 무마하기 위해 문을 당긴 이유를 큰 소리로 외쳤다.

"다쳤… 힉!"

방 안의 광경에 재빨리 돌아서며 문을 닫았다.

"헉헉……."

두근두근.

제제는 가슴이 왜 이렇게 뛰는지 몰랐다.

그러나 이상한 것은 악성의 반응이었다.

그녀가 들어온 것을 알기나 하는지, 진지한 자세로 계속해서 무혼의 몸을 쓰다듬고 있었다.

얼마나 집중하고 있었으면!

화가 나기보다 은근히 서러웠다.

그래서였을 것이다.

조심스럽게 말을 붙였다.

"나… 왔어."

악성은 대답없이 무혼의 몸을 쓰다듬었다.

'익! 내가 저따위 강시보다 못하다는 거야, 뭐야!'

그녀의 눈에서 불길이 치솟았다.

이럴 수는 없었다.

오늘밤, 엄청난 결심을 하고 있었건만!

발끈해서 화를 내려는 순간, 악성이 호흡을 뱉으며 돌아봤다.

"휴우, 괜히 곤란한 일을 자초해선… 어, 왔어? 말을 하지. 제 어르신과 함께 있는 것 같아서 일부러 말하지 않았어. 걱정돼서 왔구나? 역시 생각해 주는 사람은 제뿐이라니까."

'새, 생각… 해주는 사람?'

제제는 조금 전까지 화가 났었다는 걸 까먹고, 악성이 한 말을 생각하면 배시시 웃었다.

"그, 그럼. 걱정, 걱정되지."

"하하하. 무슨 말이 그래. 얘기 듣고 온 거야?"

'얘기?'

악성은 무혼의 상태에 관한 얘기였으나, 제제가 듣기에는 담사우에게 이곳에 있다는 얘기를 들었냐는 질문으로 받아들였다.

"응."

"그래서 서둘러 왔구나. 잘 왔어. 이리 와서 좀 도와줘. 자꾸 얼굴이 붉어져서 혼났다니까."

무혼의 옷을 벗기느라 혼났다는 말을 제제 앞에서 할 말인가.

제제는 아무렇지도 않다는 듯이 비꼬는 목소리로 물었다.

"왜에……?"

악성은 그런 제제의 심경을 읽지 못하고 대수롭지 않게 말했다.

"왜긴. 상처가 보이지 않아서 오… 흠, 하여간 혼났어. 다음부터는 아무리 급해도 직접 치료하겠다고 고집부리지 말아야지, 정말… 휘유."

난처하게 웃는 악성의 얼굴을 보자, 제제는 낮게 숨을 내쉬고 말았다. 화를 내기보다 빨리 악성의 난처한 상황을 해결해 주고 싶다는 생각 때문이었다.

'저 얼굴 때문에 내가 미치지. 화를 못 내게 하잖아. 칫!'

돌아앉은 악성의 뒤로 무혼의 뒷모습이 보였다.

질투가 날 정도로 아름다운 모습에 서둘러 악성을 내보냈다.

"나가 있어. 내가 옷 입혀서 내보낼 테니까."

"응, 부탁해."

"우리 사이에 무슨."

"응?"

"아, 아니야, 빨리 나가봐."

"……."

악성은 서두르는 제제의 모습을 보고 밖으로 나갔다.

탁—

문을 닫으며 방금 전 제제가 한 말을 생각했다.

'우리 사이? 후후후. 괜찮은 말인걸.'

밖으로 나와 이층 난간에 등을 기대고 기지개를 폈다.

"주군, 무사하십니까?"

담사우가 조심스럽게 다가오면 물었다.

"무사? 무슨 말이야, 무혼을 치료한 것뿐인데?"

"그게… 제 아가씨께서 들어가시는 걸 봤습니다."

"아! 담 전주가 알려준 거야?"

'헉!'

담사우는 마른침을 삼키고 급하게 대답했다.

“주, 주군, 저는 정말 그럴 의도는 없었습니다. 제 아가씨께서 다짜고짜 묻는 바람에…….”

“잘했어. 괜히 걱정할까 봐 알리지 않았는데, 오히려 자기 일처럼 달려와 주는 모습을 보고 좋았거든.”

“아…….”

“왜?”

“그, 그러셨군요. 도와주러… 하하하. 그러셨겠지요.”

“……?”

악성의 방에서 나와 정면이 있는 난간에서 나눈 말이었다.

방 안에서 무혼의 옷을 입혀주던 제제는 두 사람의 대화를 들으며 무혼을 흐뭇하게 바라봤다.

“너도 들었지, 저이는 내가 너무 좋다네? 호호호. 난 이래서 탈이야. 저이 앞에서는 화도 못 낸다니까.”

콧노래까지 섞으며 옷을 입혀주고는 밖으로 나왔다.

오늘밤을 위해서 몇 가지 일을 처리해야 하기 때문이다.

담사우는 제제가 아무렇지도 않게 밖으로 나오는 걸 확인하고 나서도 한참 동안 밖을 서성였다.

제제의 방에 불이 꺼지는 걸 확인하고서야 악성이 있는 방으로 들어가려 했다.

그때였다.

“담 전주, 어딜 가?”

‘컥!’

담사우는 '올 것이 왔구나' 싶었다.

곧이어 쥐어 터질 생각에 어깨를 움츠렸다.

"호호호. 내일 떠나는 걸 알고 긴장하고 있었구나."

"예?"

"담 전주는 사망적혈단으로 돌아간다며?"

"예."

"삼마군 할아버지들과 나도 따로 가야 해."

'왜 이런 말을……'

사실 담사우는 헤어진다는 말을 별로 크게 생각하고 있지 않았다. 사망적혈단에 들렀다가 재정비시켜 곧바로 악성을 찾아 합류할 생각이었기 때문이다.

그러나 상황은 그의 생각만큼 쉽지 않았다.

제룡은 악성과 단 둘이서 천산으로 갈 것이고, 그렇기 때문에 제제를 삼마군의 보호 아래 두려 한 것이다.

당연히 그가 악성을 볼 수 있는 시간은, 악성이 다시 세상에 나오기 전에는 오늘이 마지막인 것이다.

여기까지 설명을 간략하게 마친 제제가 확인을 받기 위해 물었다.

"알았어?"

추궁하는 제제의 질문에 고개를 끄덕였다.

"역시 말귀는 잘 알아듣는다니까. 그럼 저 방으로 가봐."

'엑! 저 방은 잡지도 않은 방인데.'

"빈 방이래. 특별히 싸게 빌렸어."

"……?"

담사우도 나름대로 머리 회전이 빠른 편이었다.

악성이 혼자서 편하게 지내도록 해주라는 의미는 아닐 것이다.

"아!'

할 말이 있으니 자리를 비켜 달라는 뜻이리라.

"하하하. 알겠습니다. 제가 너무 눈치가 없었습니다."

"알면 됐으니까, 빨리 가."

"예. 점소이를 불러서……."

"다 얘기 해놨으니까, 가서 자면 돼."

"예? 예에……."

담사우는 슬그머니 꽁무니를 빼며 제제가 알려준 방으로 갔다.

그제야 제제는 터질 것 같은 심장을 다독이며 악성의 방문 앞에서 숨을 크게 몰아쉬었다.

똑. 똑.

"들어와."

악성은 별일이라고 생각했다.

담사우가 안 하던 짓을 한다고 여겼기 때문이다.

"……."

그러나 기다려도 아무도 들어오지 않았다.

의아한 생각에 자리에서 일어나 문으로 다가갔다.

문을 열어주려 문고리를 잡아당겼다.

'응?'

문이 꼼짝을 하지 않았다.

밖에서도 힘을 쓰고 있는 것이다.

"담 전주?"

"……"

"하하하. 담 전주, 장난 그만하고 들어와."

"……"

역시 대답이 없었다.

문득 악성은 담사우가 아닐지도 모른다고 생각했다.

'이, 이거 어쩌지. 용기를 낸 것까지는 좋았는데, 이제부터는 어떻게 해야 하냐고. 아이, 씨.'

제제는 막상 악성의 방으로 들어설 생각을 하자, 오금이 저렸다. 문고리를 붙잡고 열리면 죽는다는 생각에 얼굴이 하얗게 질려 있었다.

'좋아. 이렇게 된 이상, 결정을 하자. 들어가서 먼저 말을 해? 아니야. 그랬다가 이상한 오해라도 받으면 어떡해? 일단… 덮쳐?'

그녀의 성격상 이차저차 따지며 행동하는 것은 어울리지 않았다. 일단 생각이 드는 순간, 실천으로 옮기기로 마음먹었다.

움찔.

문고리가 또다시 안쪽으로 당겨진다.

'에라, 모르겠다!'

손을 놓고서 안으로 몸을 날렸다.

악성은 문을 세게 잡아당겼다.

휙—

"엇!"

느닷없이 안으로 쏟아지는 인영.

누군지 확인하기도 전에 재빨리 피했다.

"제?"

눈을 감은 채 양손을 번쩍 치켜들고 '만세'라도 부르는 것처럼 바닥에 떨어지는 제제가 보였다.

턱—

받아 든 악성은 신기한 눈으로 제제를 불렀다.

"제, 뭐 해?"

제제는 질끈 눈을 감은 채 방문이 닫혔는지, 아니면 아직도 열린 채로 있는지 궁금해서 미칠 지경이었다.

슬며시 눈을 떠 고개를 살짝 돌렸다.

'이 인간은 도대체……'

열려 있었다.

곧 사람들이 한 명, 두 명 나와 볼 것은 자명한 일.

제제는 더듬거리며 눈으로 문을 가리켰다.

"무, 문부터 다, 닫자……."

"응? 응."

악성은 그녀의 몸을 받치고 있던 손을 떼고서 방문 쪽으로 걸어갔다.

털썩.

'끙……'

뭘 기대하겠는가.

알아서 일어나며 머리를 쓸어 넘겼다.

문을 닫은 악성은 여전히 의아한 얼굴이었다.

"무슨 일이야?"

"호호호. 그, 그냥… 아! 우리 내일 떠나잖아."

"그런데?"

"놀랐지? 놀래주려고 왔지, 뭐. 한데 어쩜, 생각한 대로 된 거 있지? 호호호."

"……."

"호, 호호……."

"……."

악성은 요란하게 핑계를 대는 제제를 빤히 쳐다봤다.

서둘렀으면 곧바로 말을 이어야지.

악성의 얼굴을 보자 호흡을 놓치고 말았다.

덕분에 둘은 아주 어색한 시간을 보내야 했다.

'이대로 있다가는 내쫓길 것 같은데.'

제제는 용기를 내어 먼저 말을 걸었다. 아니, 막 말문을 열려는 순간이었다.

"제 어르신께서 뭐라고 하셨어?"

악성의 질문에 제제는 화들짝 놀라서 대답했다.

"웅? 아, 아니! 할아버지는 아무 말씀 안 하셨어."

"흠, 이렇게 허둥댈 때는 뭔가 말하고 싶거나, 억지 부릴 때 외에는 못 봤는데. 뭐야, 솔직하게 말하면 다 용서해 줄게."

'나에 대해 이만큼 아는 사람… 없잖아. 제제야, 용기를 내. 여기서 물러나면 안 돼!'

생긋.

제제는 활짝 웃으며 말했다.

"정말 용서해 줄 거지?"

"하하하. 그렇다니까."

더 이상 뭘 망설이겠는가.

힘껏 악성의 목을 양손으로 감았다.

"헛!"

악성은 그녀의 갑작스런 행동에 놀라서 몸을 피하려 했으나, 그럴수록 그녀는 더욱 그의 목을 조여 왔다.

"할아버지께서… 내일 당신하고만 떠나신대."

"……!"

"당신을 다시 보려면 앞으로 얼마나 기다려야 할지 몰라. 내 맘… 알지? 그러니까 거부하지 마."

그러나 처음에는 순순히 안아줄 것 같던 악성이 그녀의 양손을 떼어 내는 것이 아닌가.

"왜……."

제제는 곧 울음이라도 터뜨릴 것처럼 놀란 눈이 됐다.

악성이 그녀의 입술을 '툭' 건드렸다.

"이건 아닌 것 같은데?"

"……!"

눈물이 그렁거리다 기어코 흐르고 말았다.

"흑… 나, 난… 같이 있고 싶어서……."

"오늘, 나랑 함께 있자."

"……!"

다시 한 번 그녀의 눈이 크게 떠졌다.

악성은 그녀의 머리를 쓸어 넘겨주며 웃었다.

"다른 건 잘 모르지만, 이런 건 남자가 먼저 하는 거라고. 그런 걸 뺏으면 안 되지. 하하하."

악성이 짐짓 혼내는 시늉을 하자, 기어코 제제는 울음을 터뜨리고 말았다.

"힝… 바부가, 칫."

제제는 속도 상하지만 그래서 더 설레는 감정을 어쩔 줄 몰라 계속 픽픽 댔다.

그러나 다가오는 악성을 막지는 않았다.

따뜻한 감촉이 입술을 덮었고, 너무 좋다는 생각과 함께 등과 머리칼을 쓰다듬는 악성의 손길을 느끼며 스르르 눈을 감았다.

급하지 않게 옷을 벗겨내는 악성의 손길을 허락할 때는 살짝 토라질 뻔도 했다.

'너무 자연스럽잖아, 이거. 혹시 무혼, 그 강시하고 연습한 거 아냐?'

그럼에도 불구하고 싫지 않았다. 아니, 오히려 몸을 살짝살짝 움직여 도와주기까지 했다.

실오라기 하나 걸치지 않은 상태가 됐을 때, 마음이 편안해졌다. 거칠게 들어오는 악성을 받아들이는 순간, 고통보다는 '이제야 하나가 됐다는' 생각에 안심하고 기쁘게 울 수 있었다.

한 남자의 여자가 된 것이다.

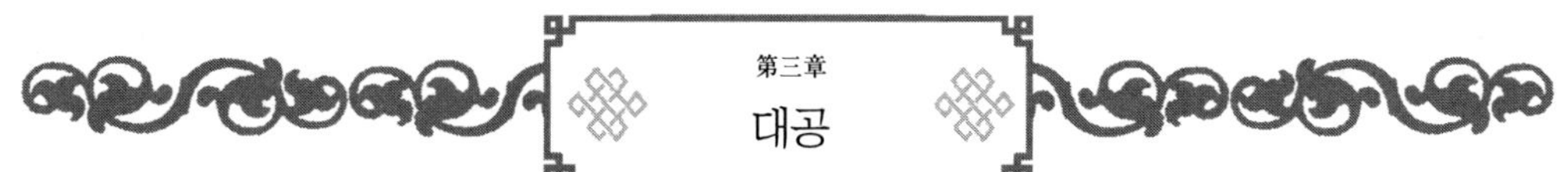

대공

아침인데도 후끈 달아오른 땅에서 아지랑이가 피어오르며 시야를 일그러지게 만들었다.

악성은 제룡을 마차에 눕히고 나서 뒤로 돌아섰다.

지난밤 한 숨도 못 자고 몸으로, 눈으로 제제와 많은 얘기를 나눴다.

"제매, 어르신의 상처가 치료되는 대로 빨리 나올게."

밤새 제제를 '제매'라고 부른 탓에 이젠 어색함이 없었다.

제제는 악성의 말처럼 되지 않을 걸 알지만, 밝게 웃으며 그의 손을 잡았다.

"…예, 성랑."

수줍은 얼굴로 고개를 끄덕이는 그녀의 모습이 귀여웠다.

그 모습을 뒤에서 지켜보던 담사우는 몸이 근지러운지 이곳저곳을 긁었다.

‘윽, 제… 아니지, 이젠 주모님이라 불러야지.’

지난 몇 달간, 담사우 역시 많은 변화가 있었다.

무공을 익혀 정보와 힘, 두 마리 토끼를 한꺼번에 잡겠다는 생각은 벌써 달아난 뒤였다.

악성이 다시 세상에 나올 때를 위해 준비할 것이 많았다.

어젯밤 삼마군들과 얘기를 나누며 많은 생각을 했다.

‘주군께선 언제나 나와 위지 각주를 동료로 대하셨지, 부하로 대하지 않으셨다. 주군께서 다시 세상에 나오실 때를 대비해 깜짝 선물을 준비해 볼까? 하하하.’

각오를 다지는 그를 옆에 있던 탑탑마군이 ‘툭’ 하고 건드렸다.

“예?”

“헐헐. 어떠냐, 우리 제 아가씨, 완전 현모양처감 아니냐?”

“…….”

담사우는 감동 먹은 얼굴로 대답을 기다리는 탑탑마군의 모습에 할 말을 잃었다. 그러나 곧바로 대답을 하지 않으면 응징이 날아올 것이 뻔했다.

삐딱한 시선이 그의 얼굴을 꿰뚫어 버릴 것 같았다.

‘흭!’

재빨리 대답했다.

“아, 아름답습니다!”

“큼. 그렇지? 헐헐헐. 소소는 어제 그만큼 얘기를 했으면 주군을 놓아드려야지. 쯧.”

소소마군은 마차 문을 닫지 못하고 계속해서 제릉과 대화를 하고 있었다.

"주군, 천산까지만이라도 보필할 수 있도록……."

"흠. 괜찮아. 너무 더워서 빨리 천산으로 가고 싶은데, 우르르 몰려가면 늦어져."

제륭이 말을 딱 끊었다. 그래야 삼마군들이 더 이상 따라오지 않을 것이기 때문이다.

소소마군은 어쩔 수 없다는 듯이 고개를 숙였다.

"그럼, 보고드린 대로 시행하겠습니다."

"제, 그 녀석이 그토록 원하던 거니까, 잘 해낼 게야. 옆에서 많이 도와주고."

"예."

소소마군은 마차의 문을 꾹 눌러 닫고서 돌아섰다.

그의 눈에 마차 옆에 선 채로 얘기를 나누는 악성과 제제가 보였다.

어제저녁의 일이 생각났다.

저녁식사가 끝나고 무혼을 데리고 들어오는 악성의 모습에 기함을 질렀다. 치료를 포기한 줄 알고 다독여 주려 했건만, 오히려 말끔히 치료된 무혼을 데리고 온 것이다.

치료는 했지만, 아직 완전한지는 모르겠다는 악성의 말에, 그는 무혼의 몸을 꼼꼼히 살펴봤다. 그러나 불과 일 다경도 되지 않아 혀를 내둘러야 했다.

너무 멀쩡했기 때문이었다.

'주군께 여쭤봐도 웃기만 하시고. 도대체 악 공자는 어떤 능력을 지니고 있는 거지? 허허허.'

그의 눈에 제제의 활짝 웃는 얼굴이 들어왔다.

'잘 다독여 준 모양이군.'

악성이 제제에게 다가가 얼굴을 양손으로 잡는 모습에 헛기침을 발하며 고개를 돌렸다.

양손으로 제제의 볼을 잡은 악성은 활짝 웃으며 말했다.

"제매와 함께 보낸 몇 달 동안 내가 제일 그리웠던 게 뭔지 알아?"

제제의 고개가 좌우로 저어졌다.

"아니요, 뭔데요?"

"천산에서 이십오 년을 지냈어. 그곳에선 항상 같은 곳을 봐서 편하기는 했지만, 지루했던 것도 사실이거든. 하지만 한시라도 빨리 돌아가고 싶었어."

"…예에……."

제제는 갑자기 '핑' 하고 눈물이 돌았다.

함께 있으면서 천산으로 돌아가고 싶었다니.

그러나 입술을 깨물고 최대한 내색하지 않았다.

악성의 말은 아직 끝나지 않았다.

"이젠."

"……?"

"제매에게 돌아가고 싶을 테니까, 천산에 가도 괜찮을 거야. 하루도 그립지 않은 날이 없을 거 아냐. 하하하."

"……!"

백 마디 말보다 제제에겐 더없이 특별하기만 한 말이었다.

기어코 참지 못하고 눈물을 쏟아냈다.

"흑. 악랑… 미안… 미안해요… 전 제 생각만……."

"그런 말 들으면 내가 더 미안해지잖아, 그만."

제제는 악성의 말을 따라하며 우는 눈으로, 웃는 얼굴을 했다.

"예. 그만. 호호……."

"나는, 제매가 뭘 해도 다 괜찮아. 전부 다, 정말이야. 하하하."

'아!'

악성의 웃는 모습이 왜 이리 눈이 부신가.

이젠 됐다. 보고 싶을 때마다 떠올릴 눈부신 모습이 눈앞에 있잖은가.

'악랑…….'

살포시 안으며 등을 두드려 주는 그의 손길이 더없이 기분 좋았다. 좀 더 이대로 있었으면 좋으련만, 그녀의 눈에 소소마군의 손짓이 들어왔다.

서두르라는, 떠날 시간이 다가왔다는 신호였다.

그녀는 눈짓으로 알았다고 대답을 한 후, 악성의 품에서 조심스럽게 빠져나왔다. 서두르면 싫어할까 봐 아주 천천히 뛰고 있는 심장에서 손을 뗐다.

이젠 모든 것이 조심스러웠다.

"악랑, 산서에 가서서 담 전주를 찾으면 돼요."

악성이 천산에서 나왔을 때를 말하는 것이다.

"알아."

"그곳의 위치는……."

악성은 사망적혈전의 위치를 알려주려는 그녀의 손을 잡았다.

그렇게 걱정하지 않아도 된다고. 곧 다시 만나게 될 거라고. 따뜻한 눈으로 제제를 안심시켜 주었다.

어느 정도 정리가 됐다 싶을 때, 제룡이 탄 마차를 움직였다.

그 모습을 바라보는 소소마군의 눈빛이 평상시와 다르게 많이 어두웠다.

제룡 때문이리라.

탑탑마군과 마영마군은 그렇게 생각했다.

*   *   *

또 한 사람이 정천을 떠나 하북 동남쪽으로 계속해서 내려가고 있었다.

따각. 따각.

위지무는 철완과 함께 흔들리는 말 잔등에 몸을 맡긴 채 움직이고 있었다.

하늘을 바라보던 그의 입에서 불현듯 탄식이 흘러나왔다.

"하아······."

악성과 제룡이 천산으로 떠났고, 제제와 삼마군이 신도장후가 있는 곳으로 떠났고, 담사우마저 사망적혈전으로 떠났으나, 그걸 모르기에 함께 있는 사람들이 보고 싶었다.

억지로라도 악성을 보고 왔어야 했다.

철완과 함께 남쪽으로 향한 지 벌써 십여 일이 지나고 있었다.

'이렇게 후회될 줄이야. 죄송합니다, 악 공자님.'

불편한 마음으로 입에 물고 있던 풀을 마구 씹었다.

떨떠름한 풀 즙이 혀를 감쌌다.

"윽, 퉤."

"······."

마차 안에서 위지무의 모습을 지켜보던 철완은 심드렁한 표정을 지었다.

'천하의 구유대제가 제자 눈치나 봐야 하다니. 켈켈.'

그는 위지무에게 제자가 되라고 할 때만 해도 거절당하리란 생각 자체를 하지 않았다.

뭐 볼 게 있다고.

그러나 구유대제의 제자가 되라는 말이 채 끝나기도 전에 위지무는 바로 거절했다.

철완은 한동안 할 말을 잃고 위지무를 쳐다보기만 했다.

"말씀은 고맙지만, 저는 이미 마음속으로 주군을 모시고 있습니다. 제가 곁에서 챙겨 드리지 않으면 여러 가지로 불편해하십니다."

어처구니가 없었다.

제자가 되라는 말과 지가 주군을 모시는 것하고 무슨 상관이란 말인가?

입은 생각을 따르게 마련이잖은가.

위지무의 거절의 의사표시에 철완은 '다시 한 번 생각해 봐라'와 '네가 강해져야 네 주군을 도와줄 수 있잖느냐'라는 은근한 회유의 말이 쏟아졌다.

위지무를 잡겠다는 의지가 그만큼 강했던 것이다.

사실 당시의 철완이 할 수 있는 선택으로는 최선이었다.

음과 양.

두 가지 기운을 한 몸에 지니고 있는 인간은 드물다. 선천적은 아니더라도 후천적인 노력으로 특별한 내공을 쌓았음이 분명했다.

조곤조곤 이유를 캐물었고, 음양경에 대한 얘기를 들을 수 있었다.

그때, 철완은 전신을 벼락 맞은 것처럼 떨었다.

그가 그토록 바라던 구유음양수를 전해줄 놈을 발견한 것이다.

악성에게 갈길이 있듯이, 위지무도 갈길이 있다고 해주었다. 또, 그 걸 모르면 악성의 주변만 얼쩡거리다 귀찮은 존재로 전락하게 될지도 모른다는 말도 해주었다.

반복해서 위지무를 비하시키자, 심각한 얼굴로 대뜸 한 가지를 물었 다. 이런 상황에서 할 수 있는 질문이 뭐가 있겠는가. 철완의 무공에 대한 질문일 것이라 여겼다.

그러나 그의 예상과는 달리, 위지무의 질문은 아주 엉뚱했다.

"정말로 제가 악 공자님을 다시 만나게 되면 그땐 도움이 될 수 있나요?"

참으로 충직하기 이를 데가 없는 녀석이었다.

그의 구유음양수를 익히면 천하를 통틀어 상대할 자가 다섯을 넘지 않을 것이라 장담하는 그였다.

쓴웃음을 지으며 고개를 끄덕여 주었다.

대단한 문파도 필요없고, 엄청난 무공에도 큰 관심이 없었다.

오로지, 구유의 절기를 완성할 가능성만 지녔으면 됐다.

물론 전혀 아쉬움이 없다고는 할 수 없었다.

천신만고 끝에 찾아낸 제자가 남의 수하가 되기 위해 자신의 절기를 배우겠다니!

그것이 어이없을 뿐이었다.

"사부님, 아직도 멀었습니까?"

넉살 좋은 웃음으로 돌아보는 위지무에게 구유의 절기가 그리 녹록 하지 않음을 깨우쳐 줄 요량으로 말했다.

"켈켈. 너무 보채지 마라."

"헤헤. 사부님의 무공을 빨리 배우고 싶어서 그러죠."

"켈. 네가 생각하는 것처럼 구유의 절기는 빨리 배워지지 않는다."

"상관없습니다."

"뭐가 상관없다는 게야?"

"어차피 제가 뭘 배우든 악 공자님보다 강해질 리 없으니, 적당히 배우고 나오면 되니까요."

"컹……."

"사부님도 그건 인정하실 거 아닙니까, 아시면서."

이 정도의 신뢰라면 이미 말로 생각을 바꾸기엔 늦은 것이다.

'괘씸한 놈. 지 사부가 젊은 놈보다 약하다는 말을 저렇게 아무렇지도 않게 하다니. 켈…….'

철완은 생각만으로 그쳐야 하는 걸 잘 알고 있었다.

입 밖으로 그의 생각이 나왔다가는 싫다고 돌아서서 가버릴 위인이 위지무였다.

'켈켈켈. 몇 년 뒤면 생각이 바뀔걸? 힘을 가지면 생각은 언제든 바뀌는 법이니까.'

지금은 일단 데려가지만, 구유음양수와 자신의 목숨을 건네받게 되면 생각이 바뀌리라.

그러나 그건 위지무가 악성을 향한 마음을 모르기에 할 수 있는 생각이었다.

위지무가 철완을 따라나선 결정적인 이유는 악성의 한 팔이 될 수 있다는 그 한마디 때문이었다.

그 이상은 필요없었다.

'지금은 차마 말씀조차 드리지 못하고 떠나지만, 몇 년 후엔 다를 겁니다. 그때는… 죽은 척도 안 할 거고, 당당히 악 공자님의 오른쪽에 설 것입니다!'

주먹을 불끈 쥔 위지무의 눈이 빛났다.

*　　　*　　　*

악성은 불과 얼마 전까지만 해도 천산으로 되돌아올 줄은 상상도 하지 못했다.

사사삭―

청해성에 들어서자 그리운 냄새가 바람에 실려 와 코를 자극했다.

"흐읍……."

저 위에 있을 눈 냄새였고, 얼음 냄새였다.

사방이 푸르기만 한 곳에서 왜 그 생각이 떠올랐을까.

'빙화어가 먹고 싶다.'

어쩌면 차가운 얼음물에 손을 담구고 싶은지도 모르겠다.

급해진 마음은 발걸음을 빠르게 만들었고, 얼마 지나지 않아 마차로 올라가기 어려운 곳까지 도달했다.

오는 내내 못 살게 굴던 제룡은 마차에서 내리라고 하자, 역시나 버럭 화를 냈다. 이미 습관처럼 되어버린 그만의 장난이었다.

"이제부터는 마차로 갈 수 없는 길입니다, 어르신."

"헹. 그게 나하고 무슨 상관이냐?"

"예? 더 이상은 마차로 이동이 힘듭니다."

"아, 그러니까 그걸 왜 나한테 말하냐고!"

'끙……'

악성은 어쩔 수 없이 무혼에게 제룡을 안으라고 시켰다.

또 화를 낼까 봐 조심스럽게 말을 건넸으나, 그럴 필요 없었다.

제룡은 무혼의 품에 안기자마자, 마치 기다렸다는 듯이 어린애처럼 장난기 가득한 얼굴로 웃었다.

"흘흘흘. 이 녀석은 강시면서 가슴이 왜 이리 말랑말랑한 게냐. 정말 모를 일이구나. 이것 봐라, 그것 참."

"……."

악성은 모른 척 앞으로 움직였다. 그러자 마치 알아서 길을 내주는 것처럼 빠르게 산의 정상에 다다를 수 있었다.

"역시… 천산이구나."

정상에 서자, 딱딱하고 부드러우며 오래되기까지 한 하얀색들이 시야를 빼곡히 메웠다.

"어르신, 잠시만 기다려 주십시오. 요깃거리를 구해오겠습니다."

빠르게 산 아래로 내려간 악성은 신이 나서 코끝을 스쳐 가는 차가운 공기를 맡았다.

제룡과 만났던 강가는 여전히 얼어 있었다.

이젠 구멍 낼 도구도 필요없잖은가.

그대로 물속에 손을 집어넣었다.

폭—

구멍 안에서 팔을 휘휘 젓다가 웃으며 손을 꺼냈다.

빙화어 대여섯 마리가 올라왔다.

"차갑다……."

차가운 물이라 더욱 정겨웠다.

"하하하."

빙화어는 천산의 만년빙이 녹아내린 물을 먹고 산다.

잡은 채로 입에 넣으면 그만인 것이다.

제룡은 악성이 가져온 빙화어 한 마리를 입에 넣고 우물거렸다.

"음음… 맛나구나. 아주 물 만난 물고기처럼 신이 나서는… 음음……."

"하하하. 어르신을 처음 뵌 곳에서 잡아왔습니다."

"처음? 아, 그 강가!"

"예."

"흘흘. 우리가 가는 곳은 아주 깊은 곳이다. 마지막 식사가 될지 모르니, 많이 먹어둬라. 고약한 사형을 만나면 눈만 먹어야 할지도 모르니까."

"예?"

"아니다, 어서 먹으라고."

"……."

제룡은 죽기 전의 마지막 음식이라도 되는 것처럼 빙화어를 마구 입에 넣었다. 그 모습을 바라보는 것만으로도 제룡이 회복된 것처럼 느껴질 정도였다.

천산의 이름 모를 계곡.

허공을 유영하듯이 움직이던 인영이 바닥에 내려선 후, 하늘을 쳐다봤다. 어림잡아도 족히 천 장은 될 만한 깊이로, 까마득한 정상이 하나의 점으로 밖에 보이지 않았다.

날카롭게 보이지는 않지만, 옆으로 길게 누운 직사각형 눈매를 가진 청년이었다.

입고 있는 청의를 슬쩍 움직여 내려올 때 보았던 입구로 향했다.

슥—

움직임과 동시에 수십 개의 잔상이 그를 따라 움직였다.

잔상보다 빠르게 움직인 것이다.

곡(谷)은 오랜 세월 동안 인적의 출입을 허락하지 않았는지, 태고의 모습을 그대로 보여주었다. 마치 거대한 괴물의 입 안처럼 천장과 바닥에 사람 키보다 서너 배는 큰 이빨들이 즐비했다.

누군가가 일부러 취해놓은 장치라면 위험천만한 일이리라.

그러나 청년은 미미한 변화도 없이 걸음을 옮겼다.

석양조차 얼어버릴까 조심스럽게 발을 내미는 시각.

휘이잉—

모든 것을 얼릴 듯한 차가운 바람이 곡을 휘감았다.

바람을 따라 또다시 안쪽으로 깊숙이 들어갔다.

곡의 중간에 호수가 찰랑이는 걸 보고서야 신형을 멈췄다.

'얼지 않은 호수와 낚시를 하는 사람이라……'

상식적으로는 도저히 이해할 수 없는 일이었다.

낚시를 하는 노인은 수염을 가슴께까지 늘어뜨린 채로 가만히 앉아 있었다.

그의 옆에는 동물 가죽으로 중요한 부분만 가린 갓 스물 정도나 됐을 법한 여인이 턱을 괴고 앉아 있었다. 역시나 청의 인영에겐 관심도 없다는 듯이 낚시 줄만을 뚫어지게 쳐다봤다.

"핏, 오늘도 잡기는 틀렸어요. 저렇게 차가운 물에 어떻게 물고기가 살아요?"

그녀는 뾰로퉁한 얼굴로 노인을 바라봤다.

맑은 목소리였다.

외부와 단절된 곳에서 살면서 저 정도의 매끄러운 말을 사용하기란 쉽지 않을 텐데도 자연스러웠다.

"은진(恩津)아, 이 할아비가 언제 물고기 잡는다든?"

"만날 뭘 잡는다고 하셨잖아요."

처음으로 노인의 고개가 들려졌다.

"이제나저제나 기다릴 뿐, 잡을 수 있을는지는 모르겠다."

"뭘요?"

"세월이라고 할 수도 있고, 사람이라고 할 수도 있지. 허허허."

"……?"

"한데 기다린 보람이 있나 보구나. 웃차!"

출렁―

낚싯대는 그대로인데 호수의 수면이 크게 요동치기 시작했다.

그 모습에 은진이라 불린 미녀는 깜짝 놀라 자리에서 일어났다.

"어머!"

출렁이던 물결이 급하게 커지며 청년을 집어삼킬 듯이 덮쳐 버리는 것이 아닌가.

촤아악―

그제야 그녀의 눈에 청년이 보였다.

"할아버지, 조심하세요. 손님이 와 계시잖아요!"

커다란 눈을 껌뻑이며 양손으로 입을 막았다.

청년의 입에서 지루한 듯한 말투가 나왔다.

"이제야 제대로 된 반야무극수(般若無極手)를 보게 되는군."

불현듯 튀어나온 말이라 놀랄 만도 하건만 노인은 아무렇지도 않다는 듯이 청년 쪽으로는 시선도 돌리지 않고 말을 받았다.

"기다리게 했구려."

"……?"

청년의 눈이 빛났다.

이미 그의 정체를 알고 있는 것처럼 말을 하는 것이 아닌가.

'나를 안다?'

가능성없는 생각이었다.

거대한 물기둥이 벌써 그의 머리 위쪽으로 내려왔다.

손바닥이 위쪽을 향하게 들어올렸다. 그러자 '웅웅' 거리는 소리와 함께 기이한 빛이 손바닥 위에 생겼다.

처음에는 구슬 형태였으나, 순식간에 검의 형태로 변했다.

츠앙―

청년은 왜 이런 추운 곳에서 호수가 얼지 않고 있는지 알 것 같았다.

호수 전체를 지금까지 저 노인이 녹이고 있었던 것이다.

어마어마한 내공이 아닐 수 없었다.

"잘려라!"

청년의 짤막한 명령을 알아듣기라도 한 것처럼 기로 만든 검이 허공을 갈랐다.

살아 있는 검이 있다면 다른 형태일 수가 없을 것 같았다.

뱀처럼 꼬리를 청년의 손바닥에 남긴 채로 물기둥을 향해 날아가는 검. 가히 한 마리 용이라 해도 과언이 아닐 정도였다.

쉬― 악―

물기둥이 깨끗하게 반으로 잘렸다.

쩡—!

"……!"

악성은 갑자기 심장이 덜컥 내려앉는 느낌에 재빨리 일어나 주위를 둘러봤다.

휘이잉—

매서운 바람만이 뺨을 스치고 지나갔다.

'뭐지? 만년빙이 깨질 때나 나는 소리인데…….'

"무슨 일인 게냐."

제룡은 아무것도 느끼지 못한 모양이었다.

'천산에서는 흔한 일인데, 왜 이렇게 가슴이 따갑지?'

두근두근.

호흡도 가빠졌다.

물기둥을 가른 검은 청년의 손바닥으로 빨리듯이 이내 사라졌다. 그의 뒤로 잘려진 물기둥이 바닥에 떨어지며 '철벅' 거리는 소리를 냈다.

이상한 것은 노인의 반응이었다.

노인은 물기둥이 깨끗하게 잘린 걸 보고도 전혀 놀라지 않았다.

오히려 예상하고 있었다는 듯이 웃기까지 했다.

"껄껄껄. 훌륭하오! 동주(洞主)시오?"

"……?"

청년의 표정에 처음으로 변화가 일었다.

"동주? 천 년 전 절대육인… 아니지, 삼황과 삼선 중 반야무극선의 후예가 맞겠군. 당신의 정체를 알고 있는데도 동주란 사람과 헷갈리는가?"

"……!"

노인의 안색이 급격히 굳어져 갔다.

이윽고 아니길 바라는 마음이 담긴 목소리가 이어졌다.

"대… 공이시오?"

청년은 가볍게 고개를 끄덕였다.

"내 눈이 정확하다면 조금 전에 펼친 것은 이기어검이겠구려."

역시나 청년의 고개가 살짝 끄덕여졌다.

"허허허. 참으로 하늘은 제멋대로구려. 은(恩)을 위해 기다렸건만, 결(結)로 매듭을 짓게 해주려는 모양이오. 은진이의 아비와 형제들은……."

"……."

청년은 긍정의 침묵으로 대신했다.

천 장 깊이의 계곡으로 떨어지기 전에 막아섰던 자들이 바로 노인의 자식들인 모양이었다.

노인은 손녀를 돌아보며 말했다.

"은진아, 안으로 피해 있어라."

그녀는 괜히 불안해져서 울고 싶었다.

"할아버지……."

"괜찮다. 아주 오래전에 약속된 일이라, 어쩔 수가 없구나."

노인이 저렇게까지 말하는 데에야 그녀도 어쩔 수 없었다.

곡 안쪽으로 몸을 피했다.

손녀의 모습이 완전히 감춰질 때까지 지켜보던 노인은 그제야 돌아섰다.

“내가 이곳에 있는 건 어찌 알았소?”

“천 년 전의 대공께서 적어놓으셨소. 반야무극수를 지닌 자가 살기 위해서 갈 곳은 두 곳밖에 없다고. 북해와 천산.”

“한 가지 더. 왜 나를 찾았소?”

“지루해서.”

“큭. 역시나 그 황당함은 천 년 전이나 지금이나 변함이 없구려. 하나나, 풍호(風虎)의 실력이 천 년 전과 같지 않음이니. 천간(天干)의 힘을 흡수한 반야무극천간을 보여주마.”

풍호는 비장한 눈으로 청년을 노려봤다.

그러나 청년의 얼굴에는 아무런 감정도 떠올라 있지 않았다.

“참!”

“……?”

“동주가 누군지 알고 싶군.”

“큭큭큭.”

“……?”

“당신이 어검술을 익혔다면 가르쳐 줄 생각은 있소만, 일단은 나부터 꺾는 것이 순서요.”

“오, 어검술. 후후후. 그렇다면 더 더욱 알아야겠는 걸?”

풍호는 깜짝 놀라 청년을 쳐다봤다. 마치 어검술을 펼칠 수 있다는 듯이 말을 하는 것이 아닌가?

“그…….”

차마 입을 뗄 수가 없었다.

사실일 리가 없잖은가.

이곳에서 천 년을 수련해 온 그조차 반야무극수를 따로 내어 날리는 경지가 한계이기 때문이다.

"반야무극천간!"

노인의 손에서 빛이 터졌다. 다시 터졌고, 또다시 터졌다.

빛의 폭렬 상태였다.

쿠콰앙─ 콰앙─ 콰앙─!

화려한 청광 덩이가 된 노인의 전신이 곧장 청년을 향해 날아갔다.

그그궁─

호수 표면이 쩍 갈라지며 노인의 뒤를 따라 일어났다.

조금 전과는 비교도 할 수 없는 냉기가 물보라를 얼려 버렸다.

'현월여의선보다 강하다!'

그러나 그것뿐이었다.

물기둥을 잘랐던 구슬이 다시 그의 손에 올려졌다.

절대 방심할 수 없다.

청년은 검으로 형체를 변하게 만든 후, 백광을 뿜어내어 그걸 다시 검과 합쳤다.

'저, 저 모습은……'

머릿속을 확 깨버리는 것 같은 충격!

"형(形)을 유지하면 형으로 남을 것이나, 형을 없애면 정(精)으로 남는다. 정은 의(意)를 이루기 위해 존재할지니, 형, 의, 정은 하나요, 다름이다."

공격해 가던 풍호의 신형이 순간적으로 주춤했다.

왜 이 순간 그토록 고민하던 반야무극의 깨달음이 오려고 하는가.

청년의 손을 떠난 빛보다 아직은 그가 뿜어내는 빛이 강했다.

일단은 이 싸움부터 끝내기로 했다.

쿠콰콰콰쾅—!

두 사람의 충돌로 곡 전체가 크게 흔들렸다.

드드드등—

'또……!'

악성은 또다시 두리번거렸다.

여전히 조용하기만 한 천산의 바람과 눈과 얼음들만이 그의 눈에 밟혔다.

감각은 위험한 일이 일어나고 있다는 걸 알려주는데, 어디에도 그런 조짐은 보이지 않았다. 혹시나 제룡이 느꼈을지 몰라 안심시키듯이 엉뚱한 질문을 했다.

"아직도 멀었습니까, 어르신?"

악성은 입김을 확 퍼뜨리며 무혼의 품에 안긴 제룡을 돌아봤다.

꼬박 하루 동안 걷고 또 걸었다.

제룡은 여전히 이렇다 할 말 한마디없이 손짓으로 가라는 신호를 보냈다.

"…예."

신법도 펼치기 힘든 협소한 계곡 안으로 또다시 발걸음을 재촉했다.

악성의 질문은 아무런 뜻도 담기지 않았다. 단지, 길을 몰라서 답답할 뿐이지, 그것만 제외하면 모든 것이 신기한 계곡에 넋을 뺏기고 있었다.

천산에서 이십오 년을 살았던 것이 맞기나 한지 지금까지 몰랐던 천산의 거대함에 감탄하는 중이었다.

그동안 악성이 알고 있던 천산은 빙산의 일각에 불과했던 것이다.

천산은 엄청나게 넓었다.

상상하던 넓이의 몇 배는 족히 넘었다.

제룡은 잦은 악성의 질문에 놀리듯이 말을 건넸다.

"힘든 게냐? 한데 어쩌지? 앞으로 며칠은 가야 한다. 뭐… 멀다고 생각하면 멀지만. 거길 가야 내가 살 수 있을 듯한 걸 어쩌겠느냐. 다 부인 잘못 얻은 네 탓으로 돌려라."

악성은 침통한 제룡의 목소리에 화들짝 놀라서 급하게 손을 내저었다.

"제, 제가 말씀드린 얘기는 그런 뜻이 아니었습니다, 어르신."

기다렸다는 듯이 제룡은 입을 가리며 기침을 해댔다.

"쿨룩쿨룩. 괜찮다. 늙고 힘없으면 다 그런 거지, 뭐. 젊은 놈이 귀찮은 표정이나 곽곽 짓고서 노려본다고 내가 뭘 어쩌겠느냐. 그저… 조금 서러울 뿐이지."

"어, 어르신!"

"아직 귀는 멀지 않았다."

악성은 재빨리 바닥에 무릎을 꿇었다.

"죄송합니다, 어르신. 하지만 정말 저는 한 번도 귀찮다는 생각을 한 적도 없을 뿐더러, 어르신과 함께 움직이는 것이 너무 좋습니다. 혹여 제게 그런 모습이 보였다면 용서해 주십시오."

"흐… 아니었단 말이지?"

제룡의 살짝 내리깐 눈이 보였다.

장난을 친 것이다.

"하하하. 당연하지요."

"엥, 웃어? 크… 이젠 늙은이를 놀리기까지 하는구나. 서럽다, 서러워……."

‘윽!’

악성의 얼굴이 완전히 구겨졌다.

‘흐흐흐.’

제룡은 곤란해하는 악성의 표정을 보는 건 좋았으나, 속으로는 웃을 수가 없었다.

‘저 순진한 놈 앞에서야… 그러시지 않겠지?’

무언가를 떠올리던 제룡은 생각을 흩뜨리듯이 고개를 흔들었다.

풍호는 숨을 거칠게 몰아쉬며 달리고 또 달렸다.

옷은 이미 피로 인해 붉게 변한 지 오래였다.

사방이 백색 천지인 곳이다.

바닥에 떨어진 붉은 피는 멀리서도 확연히 볼 수 있었다.

길게 이어진 핏자국은 그 끝이 보이지 않았다.

무척 많은 양의 피를 흘렸음에도 그의 달리는 속도는 전혀 줄어들지 않았다.

한계에 이르렀는지, 땅이 들쑥날쑥하며 높낮이가 잘 구분이 가지 않는 것 같더니, 드디어 그의 눈에 기다리던 땅과 허공을 구분 짓는 선이 나타났다.

길이 끝난 것이다.

누가 봐도 결코 안도의 눈빛을 떠올릴 상황이 아니었다.

그러나 그는 환상이라도 본 것처럼 최대한 호흡을 짧게 내뱉으며 마지막 힘을 쥐어짜서 달렸다.

절벽 끝에 다다랐을 때 그는 양팔을 들어올리며 날개처럼 활짝 폈다.

‘파라락’ 거리며 전신을 압박하는 바람이 몸을 감싸며 빠르게 잡아당겼다. 떨어지는 그의 표정은 삶을 포기한 자의 얼굴이 아니었다.

마치 희망이 절벽 저 아래에 있기라도 한 것처럼 환한 웃음을 신고 있었다.

'사조께서는 분명히 이곳 어디라고 하셨다. 그분의 후예를 뵐 수 있다면 그것만으로도 죽음을 위장한 부끄러움은 참을 수 있다. 제발⋯⋯.'

그의 눈에 모든 것이 하얗기만 한 은빛 세상이 달 아래 교교히 빛났다.

모든 신경이 아래쪽으로 향해 있어서일까?

한 인영이 허공에서 그를 내려다보는 걸 전혀 느끼지 못했다.

그의 떨어지는 속도가 처음에 비해 현저히 느려졌다.

재빨리 고개를 뒤로 돌렸다.

"헉!"

칼날 같은 바람이 눈동자를 때리는 데도 고개를 돌릴 생각은 않고, 허공에 떠 있는 대공을 바라봤다.

"어, 어떻게⋯ 크헉!"

반야무극천간은 분명히 대공의 이기어검을 부쉈다.

그러나 부서진 이기어검 사이를 뚫고 날아오는 인영!

대공은 이기어검과 어검술을 동시에 펼칠 수 있었던 것이다.

"당신이 그렇게 쉽게 죽으리라고는 생각하지 않았소."

"큭. 그렇군. 한 가지만 무, 묻고 싶⋯ 다."

"⋯⋯."

"저, 정말로 어⋯ 검⋯ 술?"

여전히 그의 가슴에서는 피가 흘러나왔다.

대공의 고개가 끄덕여졌다.

"거의 마지막 단계라 여기고 있소."

“허허⋯⋯.”

풍호는 절망 어린 신음을 터뜨리고는 하늘을 올려다봤다.

죽은 척하며 일부러 무너지는 만년빙에 깔렸다.

하루를 꼬박 참았건만, 대공을 속일 수는 없었던 모양이다.

이내 체념 어린 목소리로 입을 열었다.

“내 손녀는⋯⋯.”

“죽이기 아까워 잠시 데리고 있소. 어차피 반야무극선의 맥은 끊어지면 안 되니까.”

“⋯⋯?”

“어찌할 생각 없으니 안심하시오. 그런 건 아무래도 좋고. 당신이 거짓 죽음을 보이면서까지 이곳에 온 이유가 뭔지 궁금하군.”

“⋯⋯!”

“나의 이기어검까지 막아낸 실력으로 도움을 요청하러 왔다? 그 동주라는 사람인가? 기대를 무너뜨리지 않았으면 좋겠군.”

청년은 스스로가 한 말이 너무 광오하다고 생각했던 것일까?

풍호가 내려다보는 바닥으로 시선을 내렸다.

‘정말 그런 자가 있을까? 하얗게 빛나는 바닥 외에는 아무것도 없는 저곳에?’

청년은 겉모습만 청년일 뿐, 풍호와 비슷한 세월을 살아왔다.

풍호도 그걸 잘 알고 있었다. 그렇지 않고서야 저런 눈을 지닐 리가 없었다.

‘동주께서 구해주지 않았다면 사조께서는 살아날 수 없었다고 전하셨다. 천 년을 지켜온 기다림이 무의미해져 버리는구나. 크흑⋯⋯.’

대공은 풍호를 잡고 있던 진기를 풀었다.

“그런 사람이 있다면 당신을 죽게 내버려 두진 않겠지. 가보시오.”

풍호의 신형이 끝없는 바닥으로 추락해 갔다.

바람에 날리기라도 하면 어김없이 산산조각나리라.

팔짱을 끼고 노인을 지켜보던 대공의 눈에 이채가 발해졌다.

나뭇잎이 떨어지는 것처럼 펄렁이던 노인의 신형이 일정한 높이가 되자, 무언가에 이끌리듯이 빨려 들어가는 모습을 봤기 때문이다.

슉—

잔상이 좌우로 퍼지다가 순간적으로 사라졌다.

백설이 내려앉아 옷으로 화한 듯한 백의가 스스로 빛을 냈다.

얼굴과 손에 주름이 가득한 노인은 자신의 눈앞에 있는 풍호를 바라보고 있었다.

그의 주름 가득한 손이 움직였다.

절벽에서 떨어진 풍호의 몸은 정상이 아니었다.

떨어지면서 내공을 끌어올리지 못한 모양이다.

뼈가 제자리를 벗어나 제멋대로 살 속을 파고든 상태였다.

노인의 머리 위 천장에는 커다란 글씨로 ‘묵동(默洞)’이라 적혀 있었다.

치료하는 노인이 바로 이곳의 동주였다.

“어리석은 자로고. 쯧쯧쯧. 사제만큼이나 무모한 자로고. 하나 노부와 인연이 닿았으니, 살려주기는 하겠다.”

스스슷—

동주의 손에서 나온 기운이 막 풍호를 감쌀 때였다.

묵직한 진동이 묵동을 흔들었다.

쿠쿠쿠— 웅—!

"……!"

천장에서 만년빙 조각이 떨어질 정도였다.

묵동의 천장은 땅과의 두께가 족히 어른 둘의 키를 합친 것만큼이나 두꺼웠다. 그런 두께가 흔들릴 정도라면 어마어마한 힘으로 일시에 짓누르기 전에는 있을 수 없는 일이었다.

"놀라운 내공이로고."

노인의 표정은 전혀 놀랍지 않아 보였다.

그러나 그 말을 대공이 들었다면 까무러치고 말았으리라.

"떠나기 전에 하늘이 마지막 선물을 주려나. 허허허."

묵동을 흔들게 만든 정체는 사람의 힘이었다, 그것도 무지막지한 내공을 지닌.

＊　　　＊　　　＊

하루가 또 지났다.

악성은 그동안 겪은 제룡의 장난 때문에 일체 질문을 하지 않았다. 괜히 말을 걸었다가 또 '죽을 날이 얼마 남지 않았다'는 말이라도 들으면 마음이 아프기 때문이다.

제룡도 그런 악성의 마음을 알았는지, 방향만 알려주고 별말없이 고분고분 따라주었다.

깎아지른 절벽보다 그리 큰 차이는 없으나, 약간 완만한 길을 선택해 내려가게 했다.

백 장, 이백 장… 칠백 장.

이쯤 되면 한 번쯤 물어볼 만도 하건만, 악성은 내려가는 길에만 신경 쓰고 있었다.

‘심심하게시리…….’

기어코 천 장이 넘는 계곡 끝에 도착해서야 처음으로 뒤를 돌아봤다.

“제 어르신, 바닥에 도착했습니다.”

“나도 안다.”

“이젠 어디로 가야 하는지요.”

“뭘 가. 다 왔어.”

“예?”

악성이 아무리 둘러보아도 사람 사는 흔적이 아무 곳에도 없었다. 그러나 제룡은 무혼의 품에서 내려 어딘가로 걸어갔다.

“일 년도 안 됐는데 그 새를 못 참고 땡땡하게 얼었군. 쿵.”

“……?”

“녀석아, 뭐 해!”

“예?”

“이 늙은이더러 이 거대한 바위를 밀라는 게냐? 저 물건하고 같이 와서 어여 밀어.”

“……?”

제룡의 말을 그대로 해석하면, 계곡의 한쪽 벽을 인간의 힘으로 밀라는 뜻이었다. 악성은 설마 하는 생각에 한참을 멀뚱한 눈으로 서 있어야 했다.

그러나 제룡은 친절한 설명은커녕 호통을 쳤다.

“아, 뭐 해!”

"어, 어르신… 정말로 이 벽을 밀라는…….”

"내가 언제 거짓말하더냐!"

"아니요."

"그럼 밀어. 훅훅…….”

제룡은 겨우 몇 마디하고서 뒤로 물러서며 심호흡을 했다.

'후우, 한 달 보름이 넘도록 그 미친놈이 심어놓은 기운을 몰아내려 했지만, 실패했다. 농담처럼 말하긴 했지만, 정말 사형은 치료가 가능할까? 치료가 불가능하더라도 저 녀석이 일위강 원리를 알 때까지만 버틸 수 있으면 좋으련만…….'

제룡의 상처가 치료되는 것과 악성이 일위강을 익히는 것.

두 가지 모두 확신은 없었다.

'내가 저 녀석을 만난 것과 기다렸다는 듯이 삼황과 삼선의 후예들이 나타난 것. 우연이라고 하기엔 이상하잖은가. 게다가 일위강의 원리에 가까운 모습들도…….'

안간힘을 쓰며 벽을 밀어내는 악성의 모습을 보며 웃었다.

지금까지 사부라고 부르지 않게 한 데에는 제제와 맺어주려 한 것도 있지만, '혹시나' 하는 생각 때문이었다.

일위강의 원리를 알려준 사람이 저 안에 있었다.

맥을 이을 수만 있으면 제룡은 충분히 제 몫을 다한 것이다.

그그― 그― 웅―

힘겹게 밀려나는 벽 틈으로 먼저 들어갔다.

"어르…….”

"먼저 들어가마."

"예?"

제룡이 안으로 휙 하고 들어갔다.

"어르신!"

악성은 급히 무혼과 함께 제룡의 뒤를 따랐다.

그그궁—

악성이 안으로 들어서자, 저절로 절벽이 닫혔다.

막 벽이 완전히 닫히려 할 때.

쿠르르— 쿠콰—!

닫혀가는 벽 틈으로 거대한 만년빙 조각이 떨어졌다.

'응?

바닥에 닿으며 부서진 얼음 조각이 닫히는 문 안으로 들어왔다.

저런 크기의 거대한 만년빙은 악성조차 본 적이 없었다.

누군가가 일부러 저런 형태로 자르기 전에는 잘게 부순 모양이 정상이기 때문이다.

제룡을 부르려다 아무것도 모르고 걷는 그의 모습에 고개를 갸웃거리고 말았다.

제룡이 몇 걸음 더 움직이는 걸 보고 따라서 움직이려 할 때였다. 갑자기 눈앞이 확 밝아지며 사방에서 빛이 쏟아졌다.

"윽!"

악성은 양손으로 눈을 가리며 앞을 보려 했다.

빛무리 저편에서 제룡의 목소리가 들렸다.

"흘흘. 사형, 잘 지내셨……."

"……?"

제룡의 목소리가 중간에 잘린 것이다.

얼음 천지라 반사된 빛들이 일제히 눈으로 쏟아져 들어왔다.

제룡 역시 밝은 빛 때문에 당황하던 중이었으나, 그의 머릿속에 곧바로 들려온 낯익은 음성에 얼굴이 밝아졌다.

―몸은 어쩌다 그렇게 만들었느냐.

‘사형!’

제룡은 한 번도 이런 적이 없기에 의아한 얼굴로 잔뜩 긴장한 표정을 지었다.

“어디계십니까, 사형?”

―저 아이와 인간이 아닌 물건은 왜 데리고 왔느냐.

“마안을 전한 녀석입니다.”

―마안?

“아, 사형께서 전해주신 그… 눈에서 쏘아내어 머릿속에 곧바로 박히도록 하는 수법이요.”

―놈! 그것이 어찌 마안이냐! 광안(光眼)을 왜 함부로 사용한 게냐!

“이름이야 어찌 됐든 제대로 전하면 되는 거잖아요.”

―허허. 내가 네게 전한 것과 네가 저 아이에게 전한 것이 어떻게 똑같다는 말이냐.

“아, 아니… 제 말은… 그러니까 일위강의 원리를 전해줬다는 말이죠.”

―알지도 못하는 원리를 네가 무슨 수로 전해?

“사형도 참. 알지는 못해도 전해줄… 힉!”

제룡은 전신을 감싸는 거력에 입을 다물고 재빨리 악성을 향해 말했다.

“성아, 사형께 인사드려라.”

“……”

"성……."

―그 아이는 네 목소리를 듣지 못해. 잠시 두고 볼 요량이니, 너는 잠자코 안으로 들어와라.

"……."

악성은 전혀 눈치를 못 채고 있었다. 아마도 둘만의 대화를 모두 차단시킨 모양이었다.

'하여간 무공 하나는 죽여준단 말이… 웅?

제룡은 몸이 붕 뜨는 걸 느꼈다.

악성은 이상한 느낌에 다급히 제룡을 불렀다.

"어르신! 어르신, 괜찮으십니까?"

제룡의 대답이 없었다.

무혼을 불렀다.

'무혼, 어르신을 보호해.'

그러나 무혼 역시 움직이는 기척이 느껴지지 않았다.

'뭐지? 무혼, 무혼!'

생각만으로 안 되기에 입으로 불렀다.

"무혼! 무……!"

악성의 동작이 순간적으로 멈췄다.

소름이 쫙 끼쳤다.

밀폐된 공간에 바람이 있을 리 없었다.

이상한 느낌.

주위를 흐르는 공기에 실려서 다가오는 무언가가 있었다.

공기가 무거워지며 일제히 악성의 눈으로 빨려 들어오는 듯한 느낌.

마치 공기 중에 생각을 담아 상대에게 전한다고나 할까?

천산에서 제륭을 처음 만났을 때, 제륭의 눈에서 쏟아지던 눈빛에 의해 정신을 잃기 전과 비슷했다.

차분히 마음을 가라앉히고 흐름이 어디서 시작되는지 알아내기 위해 최대한 낮게 호흡을 내쉬었다.

"후……."

그때였다.

─소리가 아니라 흐름을 느끼려 한다? 사제가 처음으로 마음에 드는 일을 했구나. 허허.

"……!"

제륭의 목소리가 아니었다.

그의 말은 계속 이어졌다.

─어찌 이런 일이……. 정말 불가사의한 일이로구나. 아이야, 네가 광안을 받았다는 것이 사실이냐?

"……?"

악성은 나직하지만 청아한 음성에 살풋 경계심이 풀어지는 것이 느껴졌다. 너무 자상했다.

"광안이란 걸 받은 적은 없습니다만… 누구십니까?"

주위를 돌아보는 걸 잊지 않았다.

─사제가 마안이라고 하더구나. 노부는 이곳을 오랫동안 지켜온 사람이다. 좀 더 가까이에서 봤으면 좋겠구나. 이리로.

붕─

"엇!"

악성의 신형이 떠오른 채로 서서히 움직였다.

‘떨어뜨린다!’

하체에 힘을 주며 버텼으나, 한 번 떠오른 신형은 내려갈 기미를 보이지 않았다. 외려 하체로 내리는 힘까지 흡수하는 것만 같았다.

쉭—

악성의 몸은 곡면을 따라 휘어지길 여러 번 반복했고, 몇 차례는 급속하게 아래로 곤두박질치기도 했으나, 그때마다 벽과 벽을 통과할 수 있는 공간으로 빨려 들어갔다.

정말 백여 장은 족히 악성의 의지와 상관없이 날아온 것 같았다. 그러다 갑자기 뚝, 멈췄다.

‘뭐지? 다 왔나? 도대체 어떻게 여기까지…….’

생각은 이어지지 않았다.

예의 노인의 음성이 들려왔다.

—들어오게.

악성은 망설이지 않고 곧장 안으로 들어갔다.

좌정을 한 채로 한 노인이 앉아 있었다.

백설이 내려앉아 옷으로 화한 듯 백의가 밝게 빛을 내며 노인의 몸을 감쌌고, 검은색 머리칼은 나이를 짐작할 수 없게 만들었다.

“제 어르신은 어떠신지요.”

—사제는 걱정 말게.

‘아! 사제란 분이 제 어르신을 뜻하는 말씀이셨구나. 제 어르신의 사형이시다!’

그러나 이상한 생각이 들었다.

제룡이 사형에 관한 얘기를 할 때마다 이를 갈던 모습이 떠올랐기 때문이다.

지금 악성의 눈앞에 있는 노인의 모습은 뭐란 말인가?

제룡보다 더하면 더했지, 결코 못하지 않은 노인일 거란 생각이 한순간에 깨졌다.

고개를 갸웃거린 것도 잠시, 악성은 곧바로 자세를 고쳐 잡으며 무릎을 꿇고 절을 올렸다.

"인사드리겠습니다. 악성입니다."

잠시 침묵이 흘렀다.

─허허. 무릇, 스스로의 눈은 타인을 비추는 거울이라 했느니라. 사제의 눈으로 본 것이 처음으로 올바르다 여기게 됐느니. 이젠 사제에게 전하지 않아도 되겠구나.

"……?"

─허, 허허허.

웅─ 웅웅웅─

아주 가벼운 노인의 허허로운 웃음에, 갑자기 동굴이 슬퍼하기 시작했다.

노인이 이미 공기의 흐름을 마음대로 조절하는 경지에 올라섰음을 보여주는 것이다.

우우웅─

"……!"

악성은 모르고 있었다.

노인의 아쉬운 마음이 담긴 말은 그의 머릿속으로 곧장 들어왔으며, 한 번도 그의 입이 열려진 적이 없다는 것을.

第四章
묵동

제릉의 사형, 동주는 검은 얼굴의 제릉을 측은하게 바라봤다. 일위강의 원리와는 인연이 없는 사제였다.

내쳤어야 하지만, 인연이란 그런 것이 아니잖은가.

단서를 달아 오 년에 한 번씩 찾아오게 만들었다.

제릉은 한 번도 약속을 어기지 않고 찾아왔고, 매번 모든 내공을 잃고서 돌아갔다.

일위강의 원리를 익힐 수도 있지 않을까, 싶었던 배려였던 것이다.

그러나 오 년이 지나면 제릉은 보란 듯이 이전보다 강한 내공을 지니고 나타났다.

—내공을 지니려면 누구도 넘볼 수 없는 경지에 이르러야 한다고 일렀거늘.

"그, 그게 마음대로 안 됩디다. 계산대로라면 벌써 삼황과 삼선의 후예들보다 높은 경지에 도달했어야 하는데… 쩝. 저도 애초에 일위강을 익혔어야… 힉!"

제룡은 사형의 눈빛이 변하는 걸 보고 재빨리 양손으로 머리를 감쌌다.

─그렇게 없애고 없애도 내공을 키운 놈이 누군데 이제 와서 딴소리인 게냐!

"아, 아니… 제 딴에는 사형이 무서우니까, 그런 편법을 쓴 거죠. 그리고! 말이야 바른 말이지, 안 되는 걸 붙잡고 있는 것보다야 그 편이 훨씬 낫죠."

사형을 만나니 어느새 어린애가 되어버린 제룡이었다.

─쯧쯧. 언제 철이 들려는지.

백 살에 가까운 사제에게 할 말은 아니었으나, 제룡은 당연하게 받아들이며 늘 하듯이 머쓱해했다.

"사형 때문에 철들긴 글렀어요."

─뭐라?

"사형이 묵동(墨洞)을 근 백오십 년 동안 지켜오는 바람에 제가 동주가 될 기회도 없잖아요."

─놈! 일위강의 원리도 모르는 놈이 뭐가 어째!

"제가 배우기 싫어서 안 배웠나요? 사형이 가르쳐 주지 않았잖아요!"

─놈!

시작됐다.

언제나 두 사형제간의 싸움은 이 문제로 인해 일어났다.

제룡의 사형은 자신의 이름을 잊었다며 그저 동주로만 불리길 원했다.

제릉도 이제는 그렇게 부르는 것이 편했다. 전대 동주인 사부 역시 마찬가지였기에.

머리가 깨지는 충격이 벌써 왔어야 함에도 별다른 소식이 없었다. 오늘따라 유난히 손길을 아끼는 사형이었다.

"……?"

슬며시 눈을 뜨고 바라보는데도 동주는 전혀 움직일 생각이 없어 보였다.

이상했다.

'가만. 그러고 보니까 사형이 오늘은 한 번도 자리에서 일어나질 않으시네?'

의아한 눈으로 이리저리 살폈다.

"사형, 어디 불편하세요?"

―아픈 건 네가 아니냐.

"……?"

걱정이 가득 담긴 한마디에 불안한 예감이 머리를 스치고 지나갔다.

"사형… 혹시…….

―…….

"무슨 일이세요. 예?"

―지금 네게 눈으로 말을 전하고 있다.

"……!"

살아 있은 기관이 오직 눈밖에 없음을 암시하는 말이었다.

제릉이 이렇다 할 말을 하지 않자, 한마디 더 이어졌다.

―곧… 떠날 것 같다.

“헉! 사, 사형!”

제룡은 부르짖듯 크게 소리쳤다.

그러나 동주는 담담한 눈으로 바라볼 뿐이었다.

―좋은 아이에게 광안을 심어줘서 고맙구나. 처음으로 사제가 있어 기쁨을 느낀다. 묻겠다. 묵동이 존재하는 이유가 무엇이냐.

철렁―

제룡의 가슴이 쿵쾅거리며 뛰었다.

저 질문, 저 눈빛.

기억하고 있었다.

사부가 떠나기 전에 둘을 앉히고 했던 말이기 때문이다.

울컥!

눈으로 뜨거운 것이 흘러나올 것 같았다.

“사…….”

―사형이 묻지 않느냐.

“…….”

제룡은 잠시 대답을 하지 않고 자세를 고쳐 앉았다.

무릎을 꿇고 존경 어린 눈으로 사형을 쳐다봤다.

“원리를 전하기 위해서입니다.”

―전했느냐?

“…모르겠습니다.”

―모르긴. 원리도 모르는 녀석이 어떻게 전했는지는 불가사의하지만, 전했더구나. 해서, 안심하고 떠나기로 했다. 네 덕분에 사부님을 뵈어도 혼나진 않겠다. 허허.

“사형…….”

─네 몸을 잠식하고 있는 그 이상한 기운은 내공을 지니고 있는 한 절대 사라지지 않는다. 오히려 더욱 강성해지지.

"……!"

─일위강의 원리를 알았다면 내공이 잠식당하는 따위의 일은 당하지 않았을 게 아니냐. 쯧.

제륭은 할 말이 없었다.

"죄송해요, 사형."

─네가 살 수 있는 방법은, 네가 지닌 내공을 모두 저 강시에 주입하는 것 외에는 없을 것 같구나.

"예?"

─네 내공을 따라 네 몸을 잠식하는 기운도 따라서 옮겨진다.

"그럼 무혼은 어떻게 되는 겁니까?"

─좀 더 딱딱한 몸을 가진 강시가 되겠지. 네가 훔쳐 간 무무환의 기운까지 전해진 것 같으니, 괴물이 되려나? 허허허.

"그럼, 저는 죽… 습니까?"

─왜 죽기는 싫으냐?

제륭은 피식 웃었다.

"싫기는요. 그냥 저 녀석이 일위강의 원리를 알게 되면, 사형 생각하면서 괴롭히고 싶어서 그럽니다. 흐흐흐. 그래도 장하지 않습니까? 제가 생각해도 참 용하기는 합니다. 푸하하하."

─나는 네가 죽는다고는 하지 않았다.

"……?"

─내공을 전하되, 천천히. 네가 데려온 아이가 동주가 될 때를 염두에 두고 매일 일정량씩 전해라. 그럼, 저 아이가 묵동을 나올 때 만날

수 있다.

제룡의 얼굴이 갑자기 환해졌다.

"알겠습니다!"

그러나 그에 따라 사형의 눈빛은 점점 굳어갔다.

—좋아하기는 일러. 마지막으로, 묵동을 열기 전에 저 사람을 부탁해야겠다.

"누구를… 아!"

어두워서 보지 못했던 노인이 그제야 제룡의 눈에 들어왔다.

풍호였다.

—만년빙에 넣어놨으나, 의식은 깨어 있다. 스스로 치료가 끝나면 나올 것이니, 나중에 저 아이에게 도움이 되도록 해주어라. 그가 먼저 저 아이를 찾을지, 저 아이가 먼저 그를 찾을지는 모른다. 하나 어차피 천 년의 사슬은 풀려야 하느니.

동주는 말을 끝내고 잠시 제룡을 바라봤다.

대공을 만난 얘기를 해줘야 할지, 말아야 할지를 고민하는 것이다. 이내 그만두기로 했다. 묵동의 천장을 묵직하게 때리던 대공의 얼굴이 떠올랐다.

'저 아이가 어떤 일위강을 익히느냐에 따라 달라지겠지.'

제룡이 다급히 소리쳤다.

"사, 사형! 그럼 저 녀석이 나오면 일위강은 어떻게 합니까!"

—네가 그걸 왜 걱정해. 동주가 되면 자연히 알게 되느니.

제룡을 바라보는 동주의 입가에 미소가 번졌다.

—이젠 정말… 묵동을 열… 힘밖에는… 없구나. 사제가 있어 이곳을 지킬 수 있… 었… 즐거웠다……

“……!”

점점 옅어지는 사형의 목소리와 저 너머 어딘가에서 기관 장치가 움직이는 소리가 겹쳐서 들렸다.

그그궁—

제룡은 서서히 굳어가는 동주의 몸을 바라보며 아무것도 할 수 없었다.

“사, 사형…….”

속이 부글부글 끓는다.

왜 이리 심통이 날까.

“잘됐어! 만날 사제만 때리고… 아, 씨! 이렇게 가면 미안하잖아요!”

그의 인사를 듣기나 한 걸까?

동주는 완전히 얼음덩이로 화했다.

까가각—

“…….”

기어코 제룡은 참지 못하고 눈물을 흘리고 말았다.

“제에기… 사형! 사형! 사형!”

부모와 같은 사형을 이제 다시는 볼 수 없다는 생각에 하염없이 눈물을 흘리고, 또 흘렸다.

혼란스러운 악성을 제룡이 찾아온 건 한참이 지난 후였다.

제룡은 악성을 어딘가로 데려갔다.

천 장 깊이의 계곡을 내려올 때보다 지금이 더욱 기괴했다.

조용한 제룡의 뒷모습이 무척이나 안쓰러워 보였다. 그냥 그렇게 보였다.

‘무슨 일이 있으셨나?

"여기다."

"예?"

"이 안에 나를 살려줄 영물이 있단다."

"이 안에요?"

악성은 반쯤 열린, 얼음으로 된 거대한 문을 올려다봤다.

높이 십 장, 폭 이 장은 족히 될 법한 입구가 입을 벌리고 있었다.

"큼. 누구는 평생을 두들겨 맞으면서도 들어갈 수 없는 곳을, 누구는 오자마자 들어가는 복을 누리다니. 흘흘흘."

"지금 들어갑니까, 어르신?"

제룡은 급히 손을 저었다.

"아니, 서두를 필요 없다. 하지만. 뭐… 내가 빨리 죽는 게 보고 싶으면 늦장 부려도 돼."

"어르신!"

"이놈아, 귀청 떨어지겠다."

"찾는 대로 곧장 나오겠습니다."

악성은 망설이지 않고 빙문을 밀어 안으로 들어갔다.

곧 거대한 입구가 닫혔고, 제룡의 얼굴에 미소가 걸렸다.

‘사형, 이젠 내 할 일은 다한 것 같은데요? 흘흘흘.’

흘끗, 제룡은 마치 사형의 잘했다는 칭찬이라도 들은 것처럼 귀를 파며, 사형이 잠들어 있는 곳을 돌아봤다.

‘떠난 분이 끝까지 걱정은… 성아, 언제가 될지는 모르지만, 네가 나올 때까지는 죽지 않으마. 가능하다면 말이야.’

이제 묵동에서 빠져나올 수 있는 방법은 전무했다.

묵직하게 닫힌 문은 오로지 일위강의 원리에만 반응하여 움직이도
록 되어 있기 때문이다.

흐뭇한 웃음을 짓던 제룡은 곧 시무룩해져서 어딘가로 걸어갔다. 그
의 사형이 알려준 방법을 실행에 옮기기 위해서였다.

악성에게 말하지 않은 또 한 가지.

무혼의 몸을 만년빙에 가두어 두었다.

앞으로 매일 조금씩 무혼의 몸에 내공을 주입하는 것과 정체를 알
수 없는 노인, 풍호가 깨어나길 기다리며 보내야 할 것 같았다.

*　　　　*　　　　*

새벽같이 일어나 풍호와 함께 호숫가에 들르고, 점심 때가 되기 전
에 아빠와 오빠들이 잡은 고기로 요리를 한다. 그리고 다시 요리를 갖
고 호숫가에 간다. 저녁에도 반복되고, 또 내일을 맞는다.

이것이 지루하지만 지루할 틈 없는 풍은진의 하루 일과였다.

풍호가 오래전부터 전해준 반야무극선의 무공도 비록 구결을 암기
하는 수준이기는 하지만, 모두 알고 있었다.

그랬는데…….

그녀의 눈물 가득한 눈이 대공을 죽일 듯이 쏘아봤다.

'저자가 가족을 모두 뺏어갔어.'

원독 어린 그녀의 시선을 느꼈는지, 대공이 걸음을 멈추고 돌아봤
다.

"죽이고 싶은가 보구나."

대공은 노려보는 풍은진의 눈을 빠히 쳐다봤다.

그가 세상에 나와 처음 한 일은 삼황과 삼선의 후예들 중 현월여의 선을 찾아간 일이었다. 복종하라는 그의 말을 끝까지 거부한 대가로 그녀는 죽었다.

현월여의동부를 벗어나면서 만만찮은 기운을 품고 있는 서넛을 그 냥 내버려 두고 왔다. 절대육인을 찾아가 모두 무릎 꿇게 만들면 달라 질 줄 알았다.

그러나 남은 자들은 그를 찾을 것이다.

사부가 그랬듯이 누군가를 또다시 키우리라.

그때 들었던 회의감은 현월여의선의 후예를 죽이고 나서 한동안 아 무것도 할 수 없게 만들었다.

점점 커지는 허무를 달래기 위해 수년 만에 세상으로 나온 것이다.

두 번째 절대육인의 후예, 풍호는 쉽게 찾을 수 있었다.

풍호의 큰아들인 풍운강이 바로 현월여의동부에서 본 자와 연관이 있었기 때문이다.

"나를 죽이고 싶으냐?"

"……."

풍은진은 원독 어린 눈으로 당연한 말을 왜 묻느냐는 듯이 쳐다봤 다.

대공은 여전히 웃는 얼굴로 말했다.

"소중한 것은 잃으면, 다시 얻을 수 없음에도 계속 붙잡게 되지. 너 는 네 할아버지의 무공을 얼마나 알고 있느냐?"

"전부!"

"후후후. 그걸 완성해 봐야 네 할아버지 정도밖에 안 돼. 내게 배우 고 싶은 생각이 없느냐?"

"호호호! 할아버지를 죽게 만든 당신의 무공을 배우라고? 어림없는 소리! 꼭 할아버지의 무공으로 당신을 죽일 거야. 조금만 젊으셨어도… 죽는 사람은 당신이었을걸? 아빠와 오빠의 복수까지 반드시 하고 말 테야!"

대공은 고개를 끄덕였다.

"그런 마음이라면 가능성이 전혀 없지는 않겠구나."

앞서 걸으며 혼잣말처럼 중얼거렸다.

"네겐 이유가 있으니까. 열심히 해봐라."

"……!"

너무 태연한 그의 말에 풍은진은 할 말을 잃었다.

열심히 하라니!

그와 풍은진이 사부와 제자라도 되는가 말이다.

"그래도 소용없어. 당신에게 반.드.시. 복수하겠어."

"그러려무나."

"당신을 죽일 거라고! 겁나면 지금이라도 늦지 않았어. 죽여."

"겁? 그런 말도 있나?"

원래의 지루한 억양으로 되돌아왔다.

'나도 목표란 걸 가져 볼까. 그 노인…….'

스스로 동주라 밝힌 노인이, 아마도 그일 것이다.

일위강이란 무공은 경험한 적은 없지만, 사부를 통해서 귀에 못이 박히도록 들었다.

고갯짓 한 번에 계곡 전체를 흔드는 노인.

그가 일위강을 익힌 자든, 아니든 상관없었다.

소로록―

눈발이 날리다 그의 살갗에 닿았다.

'차갑다.'

잠시 긴장이 풀어졌던가?

살갗에 닿은 눈이 녹으며 차가움이 느껴졌다.

"이것이 눈이란 건가?"

동주는 첫눈에 반해 버릴 정도로 강한 상대였다.

풍호를 죽음으로 몰아갔던 그의 이기어검이 처음부터 뿜어져 나온 것만 봐도 알 수 있었다.

그러나 그의 이기어검은 노인의 유형화된 빛 덩어리, 지금도 그는 정확히 어떤 형체였는지 기억이 나지 않는, 그 빛 덩어리에 의해 너무도 간단히 막혔다.

계곡이 찢어질 듯 소리친 것은 일수를 교환한 후였다.

두 번째는 당연히 어검술을 시전하기 위해 힘을 끌어 모았다.

그 정도면 충분히 상대할 수 있으리라 생각했다.

현월여의선과 반야무극선의 후예도 막지 못했으니까.

그러나 그들과 동주는 차이가 나도 너무 났다.

'나는 검에 전 내공을 실어 올라탔다. 비행이란, 원하는 공간을 최대한 단축시킨다. 당연히 뚫을 수 있을 줄 알았다. 그러나……'

쿵쿵쿵—

지금도 생각만 했을 뿐인데, 당시의 팽팽했던 긴장감이 살아나는 것 같았다.

그때, 옆에 있던 풍은진의 비명이 들렸다.

"까악!"

놀라서 돌아보자, 풍은진의 신형이 빙벽 아래로 떨어지고 있었다.

‘이런······.’
그는 당황하지 않고 끌어당기는 시늉을 했다.
슛―
무의식중에 일어난 그의 기운을 견디지 못하고 벗어나려다가 발 디딜 곳을 찾지 못한 모양이었다.
턱.
그의 눈높이 정도의 위치에 멈춘 그녀는 정신을 잃고 있었다.
내상을 입었는지, 입가에 가늘게 피가 흐르는 것이 보였다.
그는 하늘을 보며 중얼거렸다.
“당신이 이곳에 있는데, 다시 오지 않을 이유가 없지 않소. 쿡.”
노인이 마지막으로 남긴 말이 떠올랐다.

“또 들르게.”

“큭큭. 크하하하하!”
웃음이 나왔다.
첫 만남에서 동주는 그의 한계를 봤던 것이다.
앞으로 살아야 하는 이유가 한 가지 생겼다.
노인과 다시 한 번 소름 돋는 기쁨을 느끼기 위해서라도 살 수 있을 것 같았다.
그러나 그가 본 것이 동주의 마지막 모습임을 그는 몰랐다.

그의 머릿속에 지나온 칠십 년 가까운 세월이… 그래 봐야 깨어 있던 시간은 아주 짧았으나, 그 시간이 주마등처럼 지나갔다.

그는 태어나자마자 보고, 만지고, 의지할 수 있는 것이라곤 검밖에 없었다.

세 살 때 검을 휘둘렀고, 그 후로 열두 살 때까지 전대 대공이 전해 주는 검을 익혔다.

열다섯 살이 되는 해.

처음으로 손에서 검을 놓았다.

그의 내공을 감당하지 못하고 검이 터져 버렸기 때문이다.

역시 처음으로 눈물이란 걸 흘렸다.

십오 년을 함께 했던 것을 잃는다는 것이 얼마나 슬픈 건지 안 것이다.

상중하, 삼단전이 모두 열린 상태의 내공을 견딜 만한 검은 많지 않았다. 새로운 검을 달라고 사부를 찾아갔으나, 사부는 새로운 검을 주는 것 대신, 삼십 년간 그의 신체 기능을 정지시킨 채로 독지(毒地)에 넣어버렸다.

황당한 사건이었지만, 깨어났을 때 변함없는 모습으로 그를 맞아준 사부의 얼굴 때문에 받아들였다. 그러나 채 정신을 수습하기도 전에 사부는 또다시 어딘가로 데려갔다.

뜨거운 고통이 전신을 지배할 때, 들려온 사부의 한마디.

"네 체내의 모든 피가 독혈로 변했기 때문에 상극인 열로 정화시켜 야 한다."

그렇게 이십 년을 용암 속에서 지내야 했다.

두 번째로 깨어났을 때.

그는 물에 비친 스스로의 모습을 봤다.

열다섯 살의 그는 사라지고, 성장이 멈춰 버린 이십대의 청년이 거기에 있었다.

그러나 사부는 어릴 때 봤던 그 모습 그대로였다.

칠십 년 가까운 세월 동안 옆에서 그를 돌봐주었던 것이다.

얼마 만의 대화던가?

십오 세 때 '일위강'에 대한 얘기를 들려준 이후로 처음인 것 같았다. 사부의 목소리는 여전히 딱딱하고 단조로웠다.

"대결은 기가 인식되는 순간부터 이루어진다."

대결이라니.

외부와 단절된 세월에 대해 한마디라도 해줬으면 했다.

'잘 버텨냈다' 든지, '이젠 너를 진정한 내 전인으로 인정하마' 든지 많잖은가.

그러나 사부는 예전과 똑같았다.

화가 났다.

"오십 년입니다!"

모용린의 격해진 음성 때문일까?

사부는 잠시 말을 멈추고 바라봤다.

그러나 예의 담담한 음성.

"린아."

"……!"

처음이었다.

'너' 라고 부르던 호칭이 바뀌었다.

모용린(貌容璘).

그의 이름이었다.

"네 말대로 오십 년이었다. 길고 긴 시간이었지. 그동안 이 사부가 무엇을 했겠느냐? …혼자였다고 말을 하는구나. 나는 한 번도 혼자였던 적이 없었거늘."

사부는 오른손을 심장에 얹고서 툭하고 쳤다.

"가슴! 언제나 이곳에 네가 살아 있었다. 말보다는 이 안에 담긴 것을 전했다고 여겼다. 아니었느냐?"

"……."

모용린이 혼자였듯이, 사부 역시 혼자였다.

아주 오래전부터 늘 어딘가를 바라보던 사부.

그 눈에서 나오는 무언가가 모용린의 가슴을 덮쳤다.

"일위강이 그렇게 대단한 무공인가요? 사부께서 오십 년 동안 외로워해야 할 만큼 대단하지 않으면 어떡하죠?"

사부의 입가에 미소가 번졌다.

"오십 년이 아니라, 백이십 년이니라."

그랬다. 사부는 모용린이 잃어버린 세월의 두 배 넘는 시간 동안 혼자서 지냈다.

'배부른 투정이라고 하시는구나.'

"아직 너는 누구도 만나서는 안 된다. 이제 겨우 심검을 익히기 위한 몸을 완성했을 뿐이다."

'이, 이제 겨우?'

모용린은 몸 안의 충만하다 못해 무엇이든 무너뜨릴 것 같은 힘을 느끼고 있었다.

"더구나 네가 먼저 만나봐야 할 사람들은 따로 있다. 사조께서 대공으로 불리실 때 만났던 일곱 사람이다."

"일곱……."

"절대육인을 꺾으면서 고금제일의 고수라 불리시기에 손색이 없었으나, 일위강의 주인을 만나신 후 이곳에 은거하셨다. 이백 년 가까운 세월 동안 오로지 검과 함께 보내셨던 분의 발걸음을 그가 멈추게 한 것이다."

"당시라면 삼황과 삼선 외에는……."

"맞다. 그들이 바로 절대육인이라 불렸다. 어이없게도 세인들에겐 대공과 일위강의 대결보다 삼황과 삼선이란 이름이 더 알려진 모양이더구나."

사부는 고개를 저었다.

"극의(極意)를 추구하는 자들이 이름이라니… 쯧. 덩치가 크면 둔하고, 둔하면 느리며, 느리면 놓치게 된다는 진리를 모르는 것이지."

모용린은 사부의 행동을 이해할 수 없었다.

"사부님, 약한 자들을 그렇게까지 신경 쓰실 필요 없습니다."

"아니, 이 사부가 신경 쓰는 건 그들이 아니니라. 그들이 갖고 있는 무공의 진보다."

'무공의 진보?'

"만극무독지(萬極無毒地)와 만년화염지(萬年火焰地)는 인간의 신체를 신의 경지까지 올려준다. 덕분에 너는 따로 내공을 쌓을 필요가 없게 됐다. 너는 지금까지 대공의 위를 받은 사람들 중 가장 완벽한 신체를 얻었다. 오십 년이다. 이 사부가 백 년을 노력해도 얻을 수 없는 신체를 오십 년에 얻은 것이다."

"……!"

사부의 설명은 더 이어졌다.

"열다섯 살 때까지 익힌 모든 무공은 사조의 깨달음을 좇아서 익힌

것에 불과하다. 그것만으로도 절대육인에 비해 뒤처지지 않을 것이
다.”

“……!”

진실은 입으로 열리는 문이 아니었다.

마음으로, 눈으로 전해지는 묘한 파동으로 인해, 공명하며 열리게
되는 것이다.

모용린이 잃어버렸다고 생각하던 오십 년의 세월이 사부의 마음으
로 인해 눈 녹듯이 사라졌다. 아니, 오히려 경외감이 들었다. 그 긴 세
월을 한 가지만 생각하고 추구해 온 사부의 집념에 대한 경외감이.

“묻고 싶겠지. 한데도 왜 만극무독지와 만년화염지에 넣었냐고. 클
클클. 베고, 찌르고, 부딪치는 초식들이 이제 네게는 무의미하기 때문
이다.”

“제자는 잘 모르겠습니다.”

사부는 검을 다루는 사람들의 꿈의 경지인 어검(御劍)의 경지에 대
해서 설명을 해주었다.

검강의 경지를 벗어나면, 검과 내가 서로 심령상으로 연결되어, 기
로서 검을 다루는 기어검(氣馭劍)에 이르고, 또 검과 내가 하나가 되는
어검(御劍)에 이를 수 있다고 했다.

그러나 그 경지에 만족해서는 안 되며, 마음으로 부리는 심도어검(心
道馭劍)의 경지에 들어야 한다고 당부했다. 그것이 심검이라고 했다.

“심검에 들지 않고서도 절대육인은 상대할 수 있다. 하나, 일위강을
깨기 위해선 그 정도로는 안 된다.”

“……!”

“내게 두 가지 약조를 해라.”

“무엇입니까?”

“절대육인의 후예들을 만나면 그들을 다시 한 번 무릎 꿇게 하거라. 또, 무의 극을 추구하는 모든 자들이 너를 우러러보게 만들어라. 해주겠느냐?”

할 수 있겠느냐는 질문이 아니라, 해주겠냐는 질문이었다.

이미 모든 것이 모용린의 손에 달린 것처럼 말을 하고 있었다.

모용린 또한 너무도 당연하다는 듯이 입을 열어 대답했다.

“예.”

“네 몸은 아무리 거대한 기운이라도 받아들이고 내보내지 않을 수 있다. 당연히 그 힘을 일시에 내보낼 수도 있다는 뜻이지. 이 사부는 실제로 일위강을 접해본 적이 없다. 그 위력을 사조께서 남기신 흔적만으로 짐작할 뿐이다. 네 몸속의 독을 태우던 만년화염지의 기운을 제어하느라 너무 힘을 소비한 모양이다. 사조께서 남기신 무공은…….”

“……?”

갑자기 사부가 몸을 비틀었다.

“사부님!”

사부는 손을 저었다.

다가오지 말라는 신호였다.

“내… 몸… 에 곧 글씨가 나타난… 익혀… 끄륵… 일위강… 반드시 대… 공… 무가… 더욱… 위…….”

그렇게… 사부는 대공무(大公武) 삼 초식을 전하고 눈을 감았다. 한 명의 대공을 만들었으니 당연한 결과였다. 모용린 역시 대공무를 완성하지 못하면 제자를 위해 사라지리라.

우욱!

모용린은 곡기를 섭취한 지 오십 년이 지났음에도 위에 무언가가 남은 것처럼 목구멍으로 넘어오는 것이 느껴졌다.

"웨에… 엑!"

자신을 살리기 위해 진기를 완전히 소진했으리라.

사부의 몸이 먼지처럼 날리기 시작했다.

이미 구결은 모두 암기한 후였다.

모용린은 바람을 타고 날아가는 재를 보며 중얼거렸다.

"홀가분하시겠습니다. 일위강이란 걸 꺾기 위해 백이십 년… 아니지, 사조부터라면 천 년이 지났군요. 그럴 만큼의 가치가 있는 건가요? 누군지 모르지만 일위강을 익힌 자도 불쌍합니다. 하나 이 모용린의 가장 소중하고 소중한 사람을 뺏어갔으니 대가는 치러야겠지요. 그래야, 그래야… 제 마음이 편하니까."

모용린의 눈에 완벽한 허무가 담겼다.

아무것도 없는, 허허롭기만 한 벌판이 그의 눈에 펼쳐졌다.

그럼에도 불구하고 눈물은 없다.

몸에서 나오지 않는 것이다.

독지에서 화지로 정화된 그의 몸이 눈물을 허락지 않는 것이다.

모용린은 생각에서 깨어나며 동주를 떠올렸다.

"어쩌면 사부님은 저보다 저를 잘 알고 계셨던 모양입니다."

모용린은 열다섯 살 때 상중하, 삼단전이 합일되면서 어마어마한 힘을 받아들일 수 있는 몸이 됐다. 그때 이미 어떻게 하면 주위 공간이 신음을 터뜨리는지 알고 있었다.

"사부님, 이제 마음이 닿으면, 닿는 곳의 모습이 머릿속에 형상화시킬 수 있습니다. 일부러 미루고 미룬 심검의 경지. 후후후. 그리 오래 걸리지 않을지도 모르겠습니다."

천산의 바람이 그의 말에 대답이라도 하듯이 매섭게 그의 뺨을 때렸다. 그러나 이미 그는 풍은진과 함께 그 자리에서 사라진 후였다.

휘이잉—

*   *   *

몇 달? 아니면, 몇 년이 지났을지도 몰랐다.

차가운 바닥이 이제는 편안한 안방처럼 따뜻하기만 할 정도이기 때문이다.

악성은 속으로 무혼을 몇 번이나 불렀는지 셀 수도 없었다.

그러나 단 한 번도 무혼에게서 반응이 오지 않았다.

'밖에 무슨 일이 있는 건가?

밖이었다면 다가오는 느낌, 악성과 무혼만이 느낄 수 있는 그 기묘한 느낌이 전해졌을 텐데, 동굴 안에 들어온 이후로는 그런 느낌이 전혀 느껴지지 않는 것이다.

무혼을 부르는 걸 포기하자, 다른 방법으로 이곳을 빠져나갈 궁리를 해야 했다.

전체가 만년빙으로 이루어진 곳에서 마냥 문이 열리기만을 기다리며 멍하니 있을 수는 없잖은가.

그렇게 시작된 이곳에서의 몇 달이나 지난 것이다.

벌써 다른 네 개의 방을 지나 정면에 있는 다섯 번째 방에 이르렀다.

그동안 많은 것을 깨닫게 됐다.

막연히 '의지'를 싣는다는 생각으로 피의 순환이며, 몸 밖으로 나오던 기운의 정체를 알게 된 것이다.

제룡이 보여준 '머리카락과 나무잔'은 지나온 네 개의 방에서 알려주고자 했던 모든 원리가 함축되어 있었다.

첫 번째 방에서는 피를 순환시키는 방법을, 두 번째 방에서는 피의 순환으로 얻어지는 몸의 변화를, 세 번째 방에서는 심장에서 몸 어느 곳으로든 힘을 전달할 수 있는 방법을, 네 번째 방에서는 바로 머리카락과 나무잔의 비유가 어떤 식으로 외부로 전해지는지에 대해서 나와 있었다.

네 개의 방에서 얻어야 할 것들은 다 얻은 상태였다.

다섯 번째 방을 열기 위해 손잡이를 잡았다.

일위강의 원리에 대해서 이제는 악성의 생각보다 몸이 먼저 반응하고 있었다.

이젠 오기 때문에라도 그만 둘 수 없었다.

"끙… 어?"

문이 꼼짝도 하지 않았다.

'어떻게 하라는 거지?

그렇다고 부술 수는 없었다.

다시 힘을 주어 열려 했다.

"끙……."

역시 열리지 않았다.

한 손으로는 힘들다고 여겼는지, 양손으로 문을 당겼다. 그러나 역시 열리지 않기는 마찬가지였다. 마지막으로 왼손을 손잡이 대고 오른

손으로 왼손을 감싸고 잡아당겼다.

웅웅웅―

기이한 소리를 내던 문의 색이 서서히 묵빛으로 물들기 시작했다. 깜짝 놀라 물러서려 했으나, 손이 떨어지지 않았다.

화앗―!

"억!"

갑자기 문에서 빛이 쏟아지며 악성의 눈으로 파고들었다.

눈을 동그랗게 뜨고 있던 악성은 그 빛이 검으로 보였다.

'검! 헉, 찌, 찔러온다!'

부지불식간에 헛바람이 터져 나왔다.

"으헛!"

두 눈을 질끈 감았다.

순간적으로 얼마나 긴장을 했는지, 땀이 일시에 흘러나와 악성의 전신을 젖게 만들었다.

그러나 죽었다는 생각으로 한참 동안 눈을 감은 채 가만히 있어도 몸엔 별다른 이상이 느껴지지 않았다.

슬며시 눈을 떴다.

'헉!'

눈을 감기 전까지 정지되어 있던 검이 또다시 움직였다.

악성의 머릿속은 텅 비었다.

그가 알고 있는 저런 유형의 검은 오로지 추경과 패륵이 만들어냈던 유형화된 검과 도 이외에는 없었다. 잠깐 동안 떠올렸을 뿐인데, 검으로 변했던 빛은 그것들과 똑같은 형체로 변해서 두 개가 됐다.

악성은 무의식중에 무혼검을 든 것처럼 두 개의 무기를 향해서 찌르고, 베고, 비틀어 회전시켰다. 찌를 때는 몸을 허공에 띄웠고, 벨 때는 몸을 좌우 대칭의 형상으로 만들었다.

심장이 빠르게 뛰는 것이 느껴졌다.

첫 번째 방에서 배운 대로 피를 순환시켰고, 그로 인해 몸에 기운이 충만하게 느껴지자, 무혼검을 쥔 손에 힘이 빡빡하게 들어갔고, 자르겠다는 생각과 함께 움직였다.

실제로 악성은 움직이지 않고 있었다.

무의식 속에서 악성이 두 개의 무기와 공방을 펼치는 것이다.

모든 것이 생각 속에서 이루어진 결과였다.

두 개의 무기를 베어낸 악성의 몸이 살짝 흔들렸다.

몸에서 기운이 일시에 빠져나가는 것이 느껴졌다.

지금까지와는 전혀 다른 경험에 절로 손에 힘을 주었다.

살갗은 차갑고, 몸속은 뜨겁다.

나온다. 무언가 나오려 한다.

이를 악물었다.

악성의 몸에서 갑자기 빛이 났다.

푸하학—!

뿜어지던 빛이 점점 커지더니, 이내 악성을 하나의 거대한 빛 덩어리로 화하게 만들며 일시에 왼손으로 힘이 집중되도록 만들었다.

손잡이를 통해 들어간 묵빛은 문에 수많은 글귀를 만들어갔다.

촤라라락—

선 하나하나가 그려지기 무섭게 악성의 의식 속으로 곧장 박혀들었다.

"아아……."

선이 하나 없어질 때마다 감탄인지, 아쉬움인지 모를 말이 흘러나왔다.

막 마지막 선이 사라질 때였다.

기묘한 음성이 귀에 들렸다.

―내 목소리가 들리는가?

언제고 들었던 적이 있는 목소리였다. 바로 마안을 통해 제륭의 목소리를 들을 때와 같은 느낌이었다. 악성의 머릿속에 직접 음성을 전달하는 것 같은 웅웅거림.

뭐라고 대답하기도 전에 음성은 계속됐다.

―노부는 이곳을 세운 초대 동주다.

'초대 동주……'

―내 목소리를 들었다 함은, 무무환(無無環)을 끼고 있다는 뜻이겠구나.

'무무… 아, 천마환!'

천마환의 본래 이름이 무무환인 모양이다.

―힘으로 문을 열려 했거나, 내공을 사용했다면 무무환은 반응하지 않았을 것이다.

'……?'

―의아한가? 기란 자유로운 것이지, 몸에 가두어 놓고 머물게 하는 것이 아니다.

'가두어 놓는다… 재미있는 말씀인걸? 하하하.'

그는 내공을 지닌 인간들의 욕심이 싫었다며, 일위강을 만들게 된 경위를 밝혔다.

승자가 되기 위해 자아를 버리고 무언가를 닮으려는 행태가 싫었으며, 그로 인해 이미 상당한 내공을 수련하고 있던 걸 모두 무무환에 봉인해 놓았다고 했다.

'아!'

―해서 괜한 문제가 생길까 봐 무무환을 피의 순환에만 반응하도록 만들었다.

'피의 순환? 혹시 거대한 눈을 부르는 걸 말씀하시는 건가?'

―사실 일위강의 원리는 무궁무진한 위력을 갖고 있다 하겠다. 평생 두 번밖에 사용하지 않은 나로서는 걱정스러운 것도 사실이었다.

'두, 두 번?'

―젊은 시절, 내공을 수련하고 있을 당시였다. 절대육인이라 스스로를 칭하던 자들 중 한 명과 만났지. 뭐가 그리 잘나고 강하다고 쉴 새 없이 나불거리는지……. 지금도 생각을 떠올리니 머리가 아플 정도다. 당시만 해도 일위강을 만들고 무척이나 즐거워하던 때였다. 우스운 자라고 생각했던 게지.

삼황과 삼선이 아주 우스운 자들로 전락하는 순간이었다.

그걸 알 리 없는 악성은 무심결에 고개를 끄덕이며 다음 내용에 신경을 집중시켰다.

―딱한 생각에 '한 번 겨뤄봤으면 한다' 고 먼저 청했다. 그러자 그 자가 뭐라고 했는지 아는가? '나를 상대하려면 백 년은 더 있다 와라' 라고 하더군. 당장 일위강의 원리를 응용해서 싸웠다. 결과는 당연히 그의 패배가 됐지. 한데, 그가 한 말이 뭔 줄 아는가? '내공만 따라줬어도 당신 정도는 상대도 안 된다' 란 어이없는 말이었다. 노부는 이해가 가질 않았다. 물론, 이미 내공이란 것에 대해 회의를 가지고 있었던 것도 있지만, 내공이 막무가내로 익힌다고 무한정 늘어나는 것이 아니

다. 이는, 싸울 때 무거운 무기를 들었다고 해서 절대 유리하지 않은 것과 다름 아니다. 만약 그럴 리야 없겠지만, 정말로 내공을 무한정 사용하는 자가 있다면 또 모르겠다.

'내공을 무한정 사용? 조금 아까 안 된다고 하시지 않았던가?'

—아무튼, 그자의 황당한 발상에 노부는 자존심이 크게 상했다. 그의 말을 따르면 마치 내가 무공은 형편없고, 내공이 강해서 이긴 것처럼 말했기 때문이다.

'음… 그것이 화를 내실 만한 일인가?'

악성의 표정은 순간적으로 멍해졌다.

그런 일로 자존심이 다칠 정도면 말하는 사람의 자존심은 하늘을 찌르고도 남을 정도라 여겨졌다.

그의 음성은 더 이어졌다.

—그 뒤로 수십 년이 흘렀고, 노부는 일위강의 원리를 완벽하게 만들고서 다시 그자를 찾아갔다. 내공만이 강기를 만들어내는 게 아니란 사실을 알려주고 싶었던 것이다. 그자와 싸울 때만 해도 적정한 힘을 내보내는데 익숙하지 않았다. 그러나…….

잠시 음성이 끊겼다.

"……?"

—나는 말이 씨가 된다는 걸 그때 처음 깨달았다.

'……?'

—정말로 내공을 무한정 사용하는 자를 만난 것이다. 공교롭게도 그는 노부와 마찬가지로 절대육인을 상대한 후였다. 노부는 태어나 그때처럼 행복했던 적이 없었다. 이미 그와 싸우면서 승부를 예측할 수 없다는 걸 깨달은 뒤라 겨뤄보기 전에 몇 날 며칠 동안 각자의 무공에 대

한 얘기를 주고받았다.

'행복하다는 말이 천 년이 지난 지금도 전해지는 것 같다.'

지금까지 얘기하던 음성과 완전히 달랐다.

꿈을 꾸듯이 몽롱한 음색이 전해진 것이다.

―일위강은 원리다. 즉, 내공이란 것에 의지하지 않고 지배 공간을 만들어간다는 뜻이지. 그는 달랐다. 그가 생각하는 지배 공간이란, 이미 한정적이라고 했다. 지배할 공간을 굳이 정해놓는 것조차 이미 지배할 수 없는 경계를 긋고 있다는 것이다. 그의 해결책이 뭔지 아나? 바로 심검이란 경지에 드는 것이라고 했다. 그 경지에 들면 공간이란 것이 전혀 필요없게 된다고.

'싸웠다고 하지 않으셨던가?'

―그와 나눈 대화로 나는 또 다른 원리를 생각하게 됐다. 원래는 내공없이 펼치는 강기를 만들려 했는데, 생각이 바뀌었다. 그가 말하는 심검이란 것과 대등하게 펼칠 수 있는 강기를 만들기로 한 것이다. 일단은 그 위력을 시험해야 했다. 해서, 심검이란 경지에 그는 도달했는지, 아니면 태고 이래로 쭉 있었던 경지를 인용한 건지 확인해 보기로 했다. 그가 나를 알아보고, 나 또한 그를 알아봤기에 한 번이면 됐다. 노부는 몸속을 도도히 떠다니는 피의 흐름을 응축해 강기화시켰다. 당연히 그의 검은 잘렸지.

'오!'

―그러나 그와 나, 모두 알고 있었다. 종이 한 장으로 돌멩이를 밀면 밀 수 있지만, 면을 세워 빠르게 후려치면 오히려 종이에 구멍이 난다는 것을. 부끄럽게도 노부가 느려서 이겼다. 아니, 이겼다고 말할 수도 없다. 그의 검과 부딪친 순간, 나 역시 정상이 아닌 상태가 됐으니.

'의부님의 검과 부딪쳤을 때 내가 느꼈던 충격과 비슷한 걸까?

─그 이후로 천산에 들어와 일위강의 원리에 몇 가지를 더 보완해서 남겼다. 진실로 일위강의 원리를 알고자 하는 사람의 손에 이 마지막 구결은 들어가게 될 것이다. 그 구결은…….

꿈틀!

'……?

머릿속에 들려오던 음성이 사라짐과 동시에 갑자기 뱃속에서 무언가가 움직인다.

'……!

마치 알이라도 품은 것처럼 심장에서 일어난 알맹이가 혈관을 타고 올라오는 것이 느껴졌다.

'뭐, 뭐지? 컥!

알맹이는 칼처럼 창자를 모두 가르며 몸을 한 바퀴 돈 후에 머리 쪽으로 올라갔다.

잠시 고통이 멈춘 듯했으나, 몸 안은 텅 빈 창고 같았다.

바람이 몸을 그대로 관통하여 다른 곳으로 사라진다.

아찔했다.

멍한 시선, 어정쩡한 몸, 텅 비어버린 내부.

악성의 의지로는 조정이 되지 않을 정도로 뇌와 신체가 따로 배치된 듯했다.

쩡─!

'컥!

빙판 위에 금이 가듯, 한 곳에 시작된 균열이 빠르게 전신으로 퍼졌다.

핏줄의 모양이 빙판 위의 금이 간 것처럼 보이고, 새롭게 피를 공급
하는 것처럼 투명하게 변한 몸에 지도처럼 붉은 균열이 가기 시작했다.
　전신에 피가 모두 사라져 감각을 잃어버린 몸이 한꺼번에 확 깨어나
는 것이다.
　이 느낌…….
　저린 것도 아니면서 의지로는 자제할 수 없는 진저리 쳐지는 이 느
낌!
　일위강의 원리가 곧바로 몸에 새겨지는 것만 같았다.
　순환 반복.
　뇌와 심장이 이어지고 난 후에 이어지는 흐름은 일일이 기억나지 않
을 정도로 복잡했다.
　그렇게 시간은 흘러갔다.

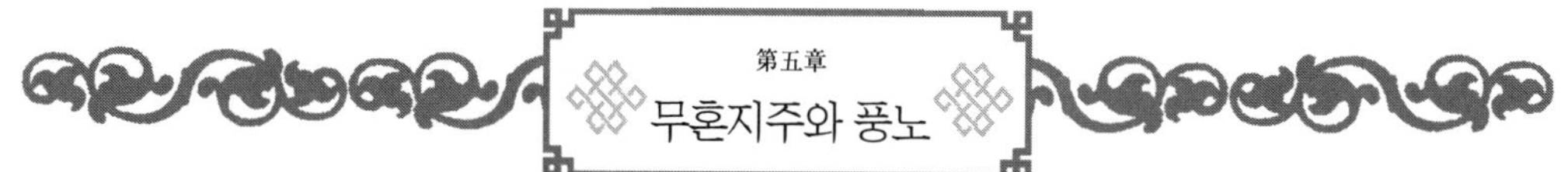

第五章
무혼지주와 풍노

섬 서성 동남쪽 화산(華山).

포성으로 가는 길을 따라 겨울로 접어드는 계절의 아름다움이 곳곳에 만개해 있었다.

붉은 잎과 푸른 잎, 노랗고 쪽빛 짙은 잎까지.

덥수룩한 머리가 길게 늘어져 나이를 알 수 없는 두 사람.

흑발과 백발이란 점을 제외하면 지저분한 모습이 똑같았다.

두 사람은 천산에서 오 년 만에 세상으로 다시 나온 악성과 천 년 만에 외출을 하는 풍호였다.

청해에서 감숙을 지나 곧바로 섬서를 향해 가면서 많은 산을 지나왔음에도 아직도 신기하기만 한 것 같았다.

거기에는 사연이 있었다.

화산까지 오면서 수많은 비경의 감상을 매번 놓쳤기 때문이다.

천 년 만에 세상에 나온 풍호가 천 년 전의 규율이 담긴 생각으로 사람들을 엄중히 꾸짖은 덕분이었다.

당연히 한 자리에 오래 있을 수가 없었다.

그런 걸 알기나 하는지, 풍호는 울긋불긋한 산의 모습을 처음 보기에 한참 동안 멍하니 넋을 놓고 바라만 보고 있었다.

"험. 주군, 이제 어디로 가는지 여쭤봐도 되겠습니까?"

악성 역시 얼굴을 뒤덮은 수염과 머리칼 때문에 표정을 드러내진 않았으나, 감회에 젖은 눈빛이었다.

"산서성으로 갑니다. 만나야 할 사람이 있거든요."

"예? 어딜 들른다고 하지 않았던가요?"

"이미 지났습니다."

사천성에 있던 암황무적군단을 들르려 했으나, 오는 내내 귀가 따갑도록 '암황무적군단과 정천이 사라졌다' 는 얘기를 들은 후였다.

악성의 목소리에 힘이 없자, 풍호는 괜한 질문을 했다 싶었는지 화제를 돌렸다.

"따뜻한 곳에는 색들이 많군요. 껄껄껄."

"따뜻한 곳이니까요. 추우면 간편해야 오래가지요. 반면에, 따뜻하면 다채로워야 오래 살거든요."

다채롭다는 말을 한 이유는, 성격을 종잡을 수 없는 제제의 말투가 생각났기 때문이다. 그녀 생각을 하자, 그래도 기운이 나는 것 같았다.

"자, 빨리 산서로 가야 손녀에 대한 단서를 찾을 수 있어요."

"예?"

풍호는 의아한 표정으로 악성을 바라봤다.

악성이 무림에서 활동한 기간은 불과 반년도 되지 않는다고 해놓고 움직이는 행동을 보면 백 년도 더 산 사람 같았기 때문이다.

아는 곳이 너무 많았다.

"험, 그렇게만 된다면 저야 바랄 것이 없습니다."

천하를 이 잡듯이 뒤져서라도 찾아야 하는 하나뿐인 손녀였다.

대공의 손에서 어찌 버티고 있을지…….

답답한 그의 마음을 읽고 악성이 장난스럽게 말을 건넸다.

"산서에는 예전에 저와 함께 있던 동료가 한 명 있습니다. 똑똑하고 잘 따르던 사람입니다."

"아, 동료였군요! 저는 그자와 관련된 사람이 그곳에 있다는 줄 알고 이를 갈 뻔했습니다. 껄껄껄."

'음…….'

악성은 풍호의 말속에 담긴 뜻을 느꼈다.

대공이란 자의 위치를 알고 있으면 빨리 알려달라는 뜻이기 때문이다.

"말했듯이, 저도 무림에 대해서는 잘 모릅니다. 게다가 그자를 직접 본 적도 없……."

풍호가 우울한 감정이 담긴 목소리로 말을 잘랐다. 깊은 숨을 들이마시더니, 그만큼이나 길게 내뱉었다.

"하아… 주군, 말씀드렸잖습니까. 그자의 생김새는…….."

'또 실수를 했구나. 에휴…….'

풍호는 모용린이 그를 찾아왔을 때 입었던 옷에서 시작해서 이목구비까지 일일이 열거를 한 후에 말을 멈출 것이다.

천산에서 함께 지낸 기간이 벌써 일 년이 넘었다.

이젠 그의 푸념에 익숙해질 만도 하건만, 악성은 도저히 적응이 되질 않았다.

"알았습니다. 일단은 서두르도록 하죠."

"역시!"

악성은 풍호의 감탄 섞인 탄성에 의아한 표정을 지었다.

"역시 대단하십니다, 주군!"

말을 마친 풍호의 시선이 앞쪽 봉우리를 향해 들려졌다.

"이십 리 정도 됩니다."

"예? 아!"

그제야 멀리서 병장기 부딪치는 소리를 들을 수 있었다.

'휴, 이런 분을 죽음 직전까지 몰고 가서 손녀를 데려간 자라니. 앞으로 얼마나 강해져야 할지 난감하기만 하구나.'

여차하면 당장 달려가서 싸우는 사람들을 무릎 꿇리고 자신을 기다리리라.

섬서성까지 오면서 겪었던 일들을 떠올리면 어렵지 않게 예측할 수 있었다.

산을 지날 때도, 강을 건널 때도 그의 원칙에 예외란 없었다.

오죽했으면 악성이 사람들 없는 길을 택해서 움직이겠는가.

"별일 아닐 겁니다."

"아닙니다! 감히 이 풍호가 모시는 주군께서 가는 길을 막아서다니, 그것만으로도 용서할 수 없습니다!"

풍호의 전신에서 위엄과 함께 굵직한 말들이 더 쏟아졌다.

"은인께선 제 목숨을 구해주셨고, 은인의 사제께선 제 상처를 치료해 주셨으며, 무엇보다 주군께선… 엇, 주군!"

듣다가 지쳐서 먼저 몸을 날린 악성이 허공에서 대답했다.

“먼저 갑니다.”

“함께 가셔야지요, 주군!”

핑—

풍호의 신형이 무서운 속도로 악성의 뒤를 쫓아갔다.

악성과 풍호가 도착한 곳에는 십여 명의 인물이 양쪽으로 나뉘어져 싸우고 있었다.

한쪽은 젊은 청년과 세 구의 강시였고, 다른 한쪽은 남자들 대여섯 명에 여자 세 명이 일방적으로 막다른 곳까지 밀린 상황이었다.

몰아붙이는 젊은 청년은 잔주름 하나 없는 얌전한 얼굴에 갸름하고 날카로운 눈매만큼이나 깔끔한 옷차림을 하고 있었다.

상관세가의 상징인 용천검이 그의 허리에 대롱거리고 있었다.

잠시 싸움이 중단된 틈을 타고 그의 입에서 중성적인 목소리가 흘러나왔다.

“아직도 부정하겠느냐? 정파 최고의 무림세가는 상관세가인 것이야. 나하, 오대세가? 흥! 실제 고수는 한 명도 없는 사상누각 집단들.”

정파명문 중 오대세가에 속하는 상관세가의 장남 상관기(上官己)가 바로 그였다. 중후하기로 소문이 자자한 상관세가는 군중들의 대단한 신뢰를 받는 곳이었다.

“닥쳐라!”

호통을 친 사내는 긴 눈썹 끝부분이 은색으로 물들며 벼락같은 기세를 전신으로 보냈다.

서른 중반의 나이로 누씨세가주가 된 누창현(壘昌現)으로, 가문의 독

문무공인 벽력신권(霹靂神拳)을 운기하는 모양이었다.

"말이면 단 줄 아느냐! 네 아비가 진의맹에 붙더니 눈에 보이는 것이 없는 모양이구나. 저깟 강시들을 믿고 너만 보내다니 말이다. 벽력신권이나 받아라! 찻!"

"냐하! 곧 죽어도 입은 살았지."

상관기는 냉소하며 뒤로 한 발자국 물러섰다.

그러자 '딸랑' 거리는 소리와 함께 그를 감싸고 있던 강시 셋이 누창현의 권을 몸으로 막아갔다.

쾅—!

강시들과 부딪친 누창현은 이를 악물며 어쩔 수 없이 물러섰다.

그의 벽력신권으로 부수기에는 강시들의 몸이 너무 단단했다.

"진의맹의 뜻을 그러기에 왜 거슬러. 오늘로 누씨세가는 끝장이 날 줄 알아라."

"뭣이!"

"네가 세가로 돌아가지 못하면, 강시들을 막을 수 있는 사람이 있나? 아! 네 부인이 있겠구나. 한데 어쩔 수 없을 거야. 따로 조치를 취해놨으니까."

"비겁한 자식, 누씨세가는 건들지 마라!"

"늦었어. 너도 알다시피 지금은 진의맹 세상이야. 네가 가입하려는 은하련(銀河聯)이나, 겨우 마흔네 명으로 이루어진 사사림(四四林)은 강물에 빠진 돌멩이에 불과해. 혹 모르지, 과거의 암황무적군단이나 정천과 같은 곳이 나온다면 말이야. 하지만 그걸 진의맹이 가만히 보고 있을까? 냐하하하."

남자도 여자도 아닌 기괴한 목소리가 상관기의 입에서 계속해서 흘러나왔다.

누창현은 주위를 둘러보았다.

상관기가 데려온 강시는 모두 세 구였다.

전력을 다한다면 상대하지 못할 물건들은 아니었다.

그러나 정작 강시들보다는 흑포를 뒤집어쓰고 상관기의 곁에 있는 두 명이 눈에 거슬렸다.

말은 호탕하게 했지만, 그의 일행 중에 부상당하지 않은 사람은 한 명도 없었다. 그 역시도 비릿한 혈향이 목구멍으로 넘어오려는 걸 억지로 막고 있었다.

'여기서 죽으면 안 된다. 여보, 조금만 기다리시오.'

진의맹이 강시를 앞세우고 세력을 넓히기 시작하면서 무림에는 일대 혼란이 일어났다. 실력없이도 진의맹에 가입만 하면 정파명문이나, 사파명문이란 파벌이 필요없으니 너도 나도 몰려들었던 것이다.

상관기처럼 기회주의자들은 진의맹이 대세란 걸 알자마자, 정파명문들을 꼬드겨서 가입을 권유했다. 그러나 이들이 출세가도를 달리기에는 무공이 뒷받침되질 않았다.

지금처럼 진의맹에 대항하는 사람들을 사냥하는 사냥꾼으로 전전긍긍하면서 스스로 우쭐하는 것이 전부였다.

누창현은 턱짓으로 흑포인 둘을 가리켰다.

"저들도 진의맹 소속이냐?"

상관기는 어이없는 표정을 지으며 누창현이 보고 있는 두 사람에게 시선을 돌렸다.

"오! 강시도 벅찰 텐데, 이분들까지 상대하려고? 두 분께서는 저 건

방진 자의 말을 어떻게 생각하십니까?”

악성이 보기에 누창현이 간신히 버티고 있을 뿐, 나머지는 힘들어 보였다.

옆에서 풍호가 거친 숨을 몰아쉬며 씩씩거렸다.

“풍노, 왜 그러세요?”

풍호가 스스로 종복이 되겠다며 자청한 이름이 풍노였다.

악성의 말에 풍호의 거친 숨소리가 딱 멎으며, 그의 입가에 흐뭇한 웃음이 걸렸다.

“주군, 버릇을 좀 고쳐 줘야 할 것 같습니다.”

악성은 풍호의 눈을 보며 고개를 가로저었다.

말려도 어쩔 수 없다는 걸 알기 때문이다.

“적당히 하시는 게 좋지 않을까요?”

“최대한 자제해서 혼만 내는 걸로 끝내겠습니다.”

‘과연 그것이 가능할지…….’

미덥지 못해하는 악성의 눈을 보자, 풍호는 재빨리 한마디를 더 이었다.

“무인은 숫자로 사람을 몰아서는 안 됩니다. 그렇게 되면 그야말로 날뛰는 녀석들이 되는 거지요. 저런 놈들은 혼이 나야 정신을 차립니다. 때가 어느 땐데…….”

악성이 뭐라고 하기도 전에 풍호의 몸이 움직였다.

풍호의 행동에는 말리기 힘든 일종의 원칙이 있었다.

가족을 다루던 행동 양식 그대로 모든 사람들에게 전한다고나 할까? 그 기준을 넘어서면 누구를 막론하고 일단 뜯어 고쳐야 직성이 풀린다.

낯선 무림의 모습에서 유일하게 풍호를 지탱하게 해줄 수 있는 것이었다.

일단 호통부터 치리라.

그의 내공으로 터뜨리는 사자후라면 버티고 서 있을 자가 얼마나 될지.

"모두 멈춰라!"

쩌릉―!

상관기는 급히 손으로 귀를 틀어막고서 뒤를 돌아봤다.

보무도 당당하게 쿵쿵 땅을 지그시 밟으며 다가오는 백발 노인이 보였다.

"누, 누구……."

척.

흑포를 뒤집어쓴 두 명의 사내가 나서며 손을 뻗었다.

"진의맹의 행사요."

풍호는 사람들이 고개를 숙이기는커녕 대뜸 경고부터 던지는 모습에 어리둥절했다.

"뭐라고?"

"진의맹의 행사라고 했다."

"껄껄껄. 그런데?"

"지금 진의맹에 시비를 거는 건가?"

풍호의 눈이 갑자기 커졌다.

"시비? 내가 너희들 따위에게?"

절대육인의 후예가 뭐가 아쉬워 시비를 걸겠는가.

흑포인이 코웃음 치며 되물었다.

"그럼, 지금 하는 행동은 뭐냐."

"뭐― 나아?"

풍호는 인상을 쓰며 손을 들었다.

"이런 버르장머리하곤!"

철썩―!

뺨 찢어지는 소리와 함께 그를 가로막고 있던 흑포인의 신형이 한쪽으로 날아갔다. 전력을 다해 신법을 펼친다 해도 지금보다 빠를지 의문이 들 정도였다.

퍽―

간촐한 소리와 함께 그의 신형이 땅속에 파묻혀 버렸다.

"……!"

"……!"

일시에 장내는 완전히 침묵에 잠겼다.

가장 놀란 사람은 누창현이었다.

'저, 저런… 어처구니없는! 진의맹의 흑포사신을 한 방에 날려 버린다고? 저 사람은 진의맹에 안 좋은 감정이라도 있다는 말인가?'

누창현은 자신의 생각에 모순이 있다는 걸 깨닫지 못했다.

대상이란, 같은 무게를 놓고 저울질할 때나 쓰는 말이었다.

한 사람과 진의맹의 무게가 같을 리 없건만, 그는 동등한 위치에서 비교를 하고 있는 것이다.

나머지 한 명의 흑포사신과 상관기는 얼떨떨한 눈으로 풍호를 쳐다보았다.

평범하게 보였던 풍호의 키가 족히 구 척은 되어 보였다.

겁먹은 사람에게 상대가 커 보이는 건 당연했다.

꿀꺽—

마른침을 삼키며 상관기는 예의 중성적인 목소리를 냈다.

"이, 이보시오. 다, 당신은 누구시기에… 지, 진……."

"그만! 무슨 사내놈의 목소리가… 흠, 하여간 듣기 싫은 그 목소리를 한 번만 더 내면 목젖을 확! 뽑아버릴 테니 조용히 해!"

"컵!"

상관기는 급히 입을 다물고는 흑포사신을 돌아봤다.

한쪽에 있던 사람들은, 처음에는 풍호가 또 다른 적인 줄 알고 걱정이 가득했으나, 적이 아니란 사실을 깨닫고 조심스럽게 그의 주위로 움직이고 있었다.

백발 사이로 비치는 풍호의 눈은 흑포사신을 꼼짝도 할 수 없게 만들었다.

흑포사신은 가슴이 서늘해짐을 느꼈다.

비등한 실력을 가진 흑포사신이 한 방에 나가떨어졌는데, 그 혼자서 어쩔 수 있는 상황이 아니었다.

상관기만 아니었다면 벌써 몸을 피했을 것이다.

정체만 알면 강시를 잃더라도 상관기와 몸을 피할 수 있을 것 같아 용기를 내는 중이었다. 그러나 그럴 명분을 풍호는 제공해 주지 않았다.

"나는!"

"……."

"버르장머리없는 놈들을 싫어한다. 해서, 너희들이 어른을 공경하는 법부터 배울 수 있도록 해주기로 했다."

"……!"

흑포사신의 안색이 급격히 굳었다.

이유 같지도 않은 이유를 대는 걸로 봐서, 적이 분명했다.

딸랑딸랑―

"저 노인을 죽여라!"

그가 강시를 조종하는 방울을 흔들자, 세 구의 강시가 일제히 풍호를 향해 덤벼들었다.

"이따위 것들을 믿고 있었단 말이지?"

반야무극수의 주인 앞에서 강시의 몸은 너무 물렁했다.

퍽―

첫 번째 강시의 머리가 터져 나갔고, 이어서 수평으로 그어지는 풍호의 손에 다른 강시의 몸이 반으로 쩍 갈라졌다. 마지막 강시는 두 번째 강시의 몸이 채 반으로 갈라지기도 전에 사지가 반듯하게 잘려졌다.

"헉!"

"이, 이럴 수가……!"

풍호의 무지막지한 수법은, 막 자리를 벗어나려던 흑포사신과 상관기의 꼴을 우스꽝스럽게 만들었다.

그들이 탄력을 받기 위해 엉덩이를 뒤로 뺀 모습은 가관이었다.

한쪽에서 지켜보던 누창현은 웃음을 참지 못하고 터뜨렸다.

"큭. 하하하하. 꼴좋구나, 상관기!"

긴장의 연속이었던 시간이 한꺼번에 풀어지자, 터져 나온 것이다. 기다렸다는 듯이 그의 일행도 안도의 숨을 내쉬었다.

저런 신위는 누창현이 알고 있는 최고의 고수인, 은하련주 외에는 없었다.

사람들은 풍호 때문에 악성도 그 자리에 있다는 사실을 잊고 있었다.

악성의 고개가 한쪽으로 움직였다.

'누군가 빠르게 다가온다. 모두 셋.'

풍호도 눈치채고 악성이 바라보는 곳으로 시선을 이동했다.

"능력도 안 되는 것들이 항상 몰려다니지. 저 버르장머리없는 녀석들과 한 패겠구나. 사내 녀석들이 하는 짓 하고는. 쯧쯧쯧."

나뭇잎 스치는 소리도 내지 않고 세 명이 모습을 드러냈다.

그들을 본 누창현은 절망 어린 목소리를 냈다.

"헉! 일지섬(一指殲) 규홍, 마검(魔劍) 방만, 철씨무가(鐵氏武家)의 철무정(鐵無情)까지!"

그러나 그뿐이었다.

오히려 그들의 등장으로 각오를 다지게 된 듯, 진지한 표정으로 풍호를 향해 포권을 취했다.

"어르신의 도움에 감사드립니다. 한 가지 부탁을 드려도 실례가 되지 않을지요."

풍호는 예의 바른 누창현의 행동에 웃음을 지었다.

"뭔가. 말해보게."

"자리를 피하십시오."

"뭐라?"

"저들은 진의맹에서도 상위에 속하는 고수들입니다. 하니……."

풍호의 얼굴 표정이 삐딱해졌다.

그가 누군가.

천 년 전에 이미 절대육인의 한 명으로 불리던 풍백의 후예잖은가. 비록 완전한 몸은 아니나, 그 정도만으로도 저들 따위는 장난이었다.

그는 속으로 끓는 울화를 가까스로 자제시켰다.

누창현이 예의 바르게 행동하지 않았다면 당장 뺨과 얼굴을 분리시켜 황당한 몰골을 만들었을지도 몰랐다.

"큼. 저들이 상위면, 난 하늘 끝에 있느니라. 너는 아무 걱정마라. 더구나……."

"……?"

쐐기를 박아주었다.

"이놈이고, 저놈이고… 너무 약해!"

'너, 너무 약하다고?'

그의 무공을 누창현이 어찌 짐작이라도 하겠는가.

풍호와 누창현의 대화를 듣고만 있던 상관기가 갑자기 기가 산 목소리로 떠들었다.

"나하, 네놈 덕분에 사로잡으려 했던 놈들은 끝이다. 이 자리에 있는 누구도 이 세 분의 손에서 벗어나지 못 한다!"

풍호의 수염이 떨렸다.

"이놈! 말을 한 게냐, 지금? 감히 노부가 하지 말라고 한 걸 어긴 거냐 말이다!"

풍호의 몸에서 갑자기 바람이 일어나며 상관기를 향해 불었다.

후와앗―

"……!"

상관기는 하던 말을 멈추고 머리카락을 정리했다.

정말로 바람이 분 것이다.

넓적한 얼굴의 방만이 상관기의 어깨에 손을 올려놓았다.

턱―

"호호호. 아무 걱정 마라. 십이천 중에 한 분이 곧 오신다."

"진의십이천께서!"

"곧 네게 복수할 수 있는 기회를 주마. 저 늙은이가 데리고 다니는 녀석을 네 마음대로 하도록 해라."

그제야 상관기를 비롯해 모든 사람들의 시선이 악성에게로 향했다.

풍호는 방만의 말에 악성을 돌아보고는 헛웃음을 삼켰다.

가당치도 않은 꿈들을 꾼다고 생각한 것이다.

"푸핫! 네놈들의 기대란 것이 얼마나 하찮은 것인지 알려주마."

방만은 지지 않고 대꾸했다.

"늙은이, 너무 나대는 건 좋지 않아."

"이… 이… 버르장머리없는 놈!"

풍호의 손이 더 이상 참지 못하고 방만을 향해 쭉 뻗어갔다.

한 발을 내디뎠다고 생각한 순간 풍호의 손은 그의 안면을 한 손으로 거머쥘 듯이 다가왔고, 급히 나선 규홍과 철무정이 돕기 위해 움직였다.

철썩—

"억!"

방만의 고개가 휙 돌아간 걸로 그쳤다.

규홍과 철무정의 실력이 보통이 넘었다.

풍호는 세 사람을 돌아보며 수염을 씰룩거렸다.

"세 놈이 덤비니 제법 할 맛이 나는구나."

그때였다.

풍호가 싸우는 동안 강시들을 살피던 악성의 표정이 굳어지며 손을 저었다.

“풍노, 멈추세요.”

모두들 ‘뜨악’ 한 표정을 지으며 일제히 악성을 돌아봤다.

누창현과 그 일행은 물론이고 상관기 등도 아연실색한 표정을 숨기지 못했다.

진의맹의 상위권에 속한 실력자 셋을 한꺼번에 상대한 풍호한테 명령을 내렸기 때문이다.

“주군, 하실 말씀이 있습니까?”

“헉!”

여기저기서 경악한 목소리가 튀어나왔다.

풍호의 정중한 대답이 그들의 상식을 완전히 흔들어 버린 것이다.

대화를 보면 악성이 풍호의 주인이 되어야 하기 때문이다.

저 엄청난 실력자를 다루는 젊은 주인이라?

모두들 눈앞에서 벌어지는 일들을 믿을 수가 없었다.

악성은 자신에게로 시선이 집중되자, 멋쩍은 웃음을 지었다.

“에… 알아볼 것이 있습니다. 그들 중 한 명만 멀쩡하게 해놓으시면 안 될까요?”

“껄껄껄. 왜 안 되겠습니까! 이것들을 혼내주고 당장 저 내시 같은 놈의 목을 잡아서 대령하겠습니다.”

상관기는 똑바로 바라보는 풍호의 눈을 피해 머리를 빠르게 회전시켰다.

‘저것들이 수작을 부리는 거다. 저 젊은 놈이 저렇게 하지 않으면 괜히 곤란해질까 봐 미리 약발을 치는 거지. 흐흐흐. 안 속는다, 안 속아. 여차하면 저놈을 잡아서 인질로 삼아야겠다.’

방만은 어처구니없었다.

그야말로 세상 모든 것이 제 것인 양 떠들고 있잖은가.

울화가 치밀지만, 풍호의 실력을 부정하진 않았다.

'가볍게 휘두른 것처럼 보이지만, 저 손에 실린 경력은 엄청난 것이다. 저 늙은이… 확실히 강하다. 굳이 지금 나서서 손해 볼 필요는 없지.'

진의맹의 서열이 오를수록 유리해지는 조건이 있었다.

바로 강시를 사용할 수 있다는 점이다.

"혼강시를 사용합시다."

규홍과 철무정도 같은 생각을 하고 있는지 망설이지 않고 대답했다.

"좋소."

"나도 그걸 말할 참이었소."

악성의 눈에 이채가 떠올랐다.

'혼강시?'

무혼도 무혼시라 불렸던 걸 떠올렸다.

아무렇지도 않게 방만에게 물었다.

"당신, 혼강시가 뭔지 말해주겠소?"

"……."

방만이 듣기에는 맥이 다 빠지는 한적한 목소리였다.

지금과 같은 일촉즉발의 순간에 저런 질문이라니.

"애송아, 목소리를 들어보니 아직 젊은 것 같은데, 저런 폐물과 다니지 말고 진의맹에 들어오는 것이 어떠냐."

"뭐라, 폐물?"

풍호의 백발이 부풀어 올랐다.

악성은 크게 웃었다.

“하하하. 그런 걱정은 하지 말고, 설명이나 해주겠소?”

상관기가 생각할 때, 지금이 최고의 적기였다.

‘기회다.’

악성을 제압할 기회였다.

상관기는 은근슬쩍 다가가며 자신이 알고 있는 지식을 모두 말해주었다.

“진의맹의 무인들은 모두 강시를 다룰 수 있다. 절강시, 혼강시, 종강시, 후강시로 나뉘는데, 저분들이 말씀하신 혼강시는 십이천의 지위를 빼놓고 다룰 수 있는 최고의 강시를 말하는 것이다.”

“아… 그러니까, 일종의 보통 강시인 셈이군요?”

“뭐라고! 보, 보통의 강시?”

“괜한 걱정을 했나 봅니다. 하던 일, 마저 하시죠.”

“하, 하던 일?”

“지금 풍노와 싸우려고 한 것 아닌가요? 아마 조심해야 할 겁니다. 무척 화가 난 모양이니까요. 하하하.”

“……?”

풍호는 벌써 반야무극수를 칠성까지 끌어올리고 있었다.

그제야 상관기의 눈에 방만 등의 긴장한 얼굴이 들어왔다.

‘혼강시까지 부르셨으면서 저토록 긴장을?’

방만의 명령이 들렸다.

“저 늙은이를 죽여라.”

딸랑딸랑―

쉬쉭―

겉으로 보기에는 세 명이 움직이는 걸로 보이나, 언제 합류했는지 여섯 인영이 풍호를 에워쌌다.

"껄껄. 그래, 이 정도는 돼야 칠성까지 사용해 보지. 감히 노부를 상대로 살기를 드러내? 갈!"

그그그극—

풍호의 뒤쪽 땅이 통째로 뜯겨지며 손바닥 모양으로 변하더니, 일제히 세 명의 사람과 세 구의 강시를 향해 뻗어갔다.

그러나 당장 피떡이 돼서 나가떨어질 것이라 여겼던 그들의 대응은 빠르고 민첩했다.

여섯은 순식간에 흩어지며 풍호를 둘러쌌고, 각자의 무기에서 빛을 뿜어내어 서로 합쳤다.

쾅—!

"이것들 봐라?"

풍호의 입에서 흥미롭다는 음성이 나온 반면, 셋은 한마디도 못하고 강시들과 나란히 선 것이 고작이었다.

지켜보던 상관기는 경악으로 눈을 찢어져라 부릅떴다.

'나하! 저, 저들의 합공을 막아냈다. 그것도 칠성의 내공으로! 저자는 상대가 누구든 상관없는 거다. 빌어먹을. 그렇다면……'

상관기의 신형이 조금씩 악성 쪽으로 움직이기 시작했다.

풍호는 여섯이 채 준비를 하기도 전에 짓쳐들었다.

빠르고 적절한 호흡을 무자비하게 뿜어냈다.

빡—!

경쾌한 타격음과 함께 강시가 날아갔다.

소리가 지나기도 전에 방만이 덮쳐들었고, 가볍게 휘두른 손에 의해 검이 '콱삭' 터져 나갔다.

“커헉!”

방만을 받아들기 전에 쏘아낸 규흥의 일지섬이 매섭게 풍호의 허리춤을 때렸다.

푸슉—

“……?”

시뻘겋게 타오르는 장작에 물 한 방울 튀긴다고 꺼질까.

지금이 그랬다.

풍호는 쉬고 있는 손으로 허리를 긁으며 규흥을 돌아봤다.

“끼헉!”

화들짝 놀란 규흥의 세모꼴 얼굴이 겁에 질린 표정을 바뀌었다.

이어진 풍호의 양손은 검이었고, 도였으며, 무자비한 도끼로 화했다.

쿠콰— 팍— 푸학—!

거친 음향이 연속적으로 이어지며 맨 처음 떨어져 나간 강시를 제외한 사람과 다른 강시들의 몸이 만신창이가 되어버렸다.

마지막으로 검면이 빛을 반사한 것과 같은 빛이 풍호의 손에서 흘러나왔다.

싸움이 일어나고 있는 곳에서 한참을 떨어져 있던 누창현은 부르짖듯이 소리쳤다.

“수강(手罡)!”

다른 사람들도 모두 웅성거렸다.

“수강이라니……!”

“그것도 엄청난!”

누창현이 놀란 이유는 풍호의 손에서 강기가 나온 것 때문이 아니었다. 바로 그냥 강기가 아니라, 잔영이 남는 강기였기 때문이다.

강시를 뚫고 지나간 수강이 채 거둬지기도 전에 철무정의 녹슨 검을 막았고, 미끄러지듯이 물러서며 방만을 두들겼다.

지금 누창현은 어마어마한 고수의 출현을 직접 보고 있는 것이다.

"믿을 수가 없구나. 그분과 비슷한 경지라 생각했건만……."

아직도 그들이 죽지 않은 것이 오히려 신기해 보일 정도였다.

또다시 풍호의 손이 들려졌다.

움직일 수 있는 강시 하나와 세 사람의 합공이 풍호를 향해 일시에 쏟아졌다.

"껄껄껄. 이제야 손을 쓸 마음이 생기게 하는구나."

팔성의 반야무극수를 팔방(八方)으로 그려냈다.

슈— 왓—!

'기회다. 윽!'

졸지에 아무것도 아니게 된 흑포사신이, 손에 든 호신강기 파괴 전문의 비수를 날리려는 순간, 등골이 오싹해졌다.

슬며시 악성이 있는 곳으로 고개를 돌렸다.

악성이 바라보기만 하고 있었다.

조금이라도 움직이면 큰일이 날 것 같았다.

'저… 저… 놈도 저 괴물 못지않은 괴물이라고?'

눈으로 그의 등골을 조여들 정도라면 말 다하지 않았는가.

그는 악성에게 다가가는 상관기의 도둑고양이 발걸음을 안타까운 눈으로 지켜볼 수밖에 없었다.

'미안하다, 상관기.'

진심이었다. 비록 밖으로 나오지 못했지만, 그것만으로도 그는 최선을 다한 것이다.

그의 눈이 다시 싸우는 곳으로 돌려졌을 때, 기척도 없이 눈앞으로 날아든 거대한 주먹이 그의 이지를 상실케 만들었다.

픽―!

그는 말 한마디 내뱉지 못하고 즉사했다.

수강에 의해 잘려진 강시가 둘, 머리가 쪼개진 강시가 하나. 진의맹 상위권이라는 세 사람은 몸 이곳저곳이 함몰되어 그 자리에 널브러져 있었다.

풍호는 손을 털며 악성을 향해 돌아섰다.

"내시가 갑니다, 주군."

'컥!'

상관기는 기회를 놓칠세라, 뽑아 든 비수를 악성의 목에 댔다.

"꼬, 꼼짝 마라, 괴물!"

풍호는 뭐가 그리 재미난지 웃기만 하고 정말로 손을 쓰지 않았다.

"껄껄. 알았다. 꼼짝 않으마."

풍호의 여유만만한 표정은 누창현도 모두 지켜보고 있었다.

그는 풍호가 일부러 허세를 부린다고 생각했다.

꽉 쥔 주먹을 들어올리려다가 뒤를 돌아봤다.

"……."

그를 의지하여 이곳까지 온 사람들이 안타까운 눈으로 쳐다보고 있었다. 그러나 악성의 위기를 모른 척할 수는 없었다.

"이놈, 상관기! 그분은 내버려 두고 나와 결판을 짓자."

"냐하, 미친놈. 내가 지금 이 비수를 손에서 놓으면 무사할 것 같아서 그런 말을 하는 게냐? 저 괴물이 물러가기 전에는 절대 그럴 수 없다."

누창현은 풍호를 향해 포권을 취했다.

"어르신."

그러나 풍호는 딱 잘라 말했다.

"안 돼."

"예?"

"네 마음은 충분히 알았다. 남자라면 그 정도 책임감은 있어야지. 하나 그런 걱정은 하지 않는 편이 좋아."

누창현이 생각하기에, 풍호가 아직도 상관기를 속일 수 있다고 여기는 것 같았다. 교활하기 이를 데 없는 상관기가 속을 위인이 아니었다.

두 주먹을 불끈 쥐었다.

막 담판을 짓자고 다시 말하려는 순간.

악성의 전혀 긴장하지 않은 목소리가 또렷하게 들렸다.

"당신은 동료가 다 죽었는데도 괜찮나?"

상관기는 냉소했다.

"나하, 실력이 안 되면 도망갔어야지, 저런 괴물을 상대하겠다고 맹주께서 아끼고 아끼시는 강시들을 잃어? 어리석은 놈들."

"당신도 강시를 잃었잖은가?"

상관기가 비수를 더욱 바짝 들이대며 고함을 질렀다.

"누가 그래? 나하! 저들이 잃은 걸 본 것뿐이라구."

악성은 겁에 질린 상관기의 모습에 피식 웃음이 나왔다.

"그럼, 죽은 사람이 모두 뒤집어쓰겠군."

"원래 무림이란 곳은 그런 거야. 저런 괴물처럼 무식하게 강하지 않으면 머리라도 좋아야… 어?"

꽈득─!

상관기의 비수를 든 손에서 난 소리였다.

'언제…….'

어느새 악성의 손이 상관기의 뼈를 으스러뜨린 것이다.

"끄아아아악!"

멀리서 그 모습을 지켜보던 누창현은 눈을 비볐다.

악성은 분명히 무방비 상태였다. 더구나 상관기의 비명이 터지기 전까지 계속 두 눈으로 지켜봤지 않은가?

풍호는 보란 듯이 껄껄 대며 웃었다.

"내 뭐랬느냐."

"어, 언제……."

"노부가 주군으로 모시는 분이시다. 당연히 엄청날 수밖에."

"정말 엄청나군요."

"자, 저 내시 같은 놈을 잡아볼까?"

누창현이 듣기에는 사람 잡을 소리였다.

서서히 다가가는 풍호의 뒷모습이 도저히 사람같이 보이지 않았다.

상관기의 인내는 풍호의 가벼운 손동작에 의해 무사했던 팔이 바스러지는 순간, 완전히 사라졌다.

"지, 진의맹주는 단목천승입니다! 끄억… 아리대부인께서 그분의 뒤를 봐주는 건만 천하가 다 압니다."

악성은 생각나는 것이 있었다.

"정천… 정천은 완전히 사라졌나?"

"어, 언제 적 얘기를… 힉!"

상관기는 당연한 질문에 화를 내려다 부러진 양팔을 들어올려 막았다. 그러나 풍호의 번뜩이는 눈을 가릴 수는 없었다. 덜렁거리는 팔이 그의 얼굴을 가리지 못했기 때문이다.

옆에 있던 누창현이 상관기 대신 대답했다.

"사파의 절대자였던 제릉이 암황무적군단과 사라지면서 거의 같은 시기에 사라졌습니다. 백리천주께서 계셨어도 지금처럼 정파가 우스꽝스럽게 되지는 않았을 겁니다."

악성은 제릉을 칭하는 절대자란 말에 미소를 지었다.

"그들은 아직까지 나타나지 않았나 보군."

"예."

'백리천… 얼마나 강해졌을까? 후후후.'

잊지 않고 있었다.

이를 갈면서 꺾고 싶은 대상에 올려놓겠다고 하지 않았던가.

그때의 백리천이 잠시 떠올랐다.

악성의 표정이 살짝 굳어지는 것 같았는지, 풍호가 넌지시 상관기를 가리켰다.

"주군, 저 내시는 어찌할까요?"

"풍노가 알아서 하세요."

상관기의 안색이 백지장처럼 하얗게 변했다.

"뭐, 뭐든지 물어봐 주세요! 저 괴… 아니, 저분께만 보내지 않으면 뭐든 대답하겠습니다!"

상관기는 바스러진 자신의 양팔을 억지로 들어올리려 하다 여의치 않자, 악성을 향해 애원 어린 눈물을 마구 흘려댔다.

"끄어엉… 대, 대협, 저는 상관세가를 짊어질 몸입니다. 이런 식으로 이름도 없는 곳에서 죽어서는 안 됩니다. 저를 보내주시면 오늘 일에 대해서는 완전 함구는 물론, 대협과 저 괴… 대협의 수하 분께 일절

해가 가지 않도록 하겠습니다."

얼마나 다급했으면 무릎을 질질 끌면서 말을 하겠는가.

굳이 죽일 필요도 없는 자였다.

"풍노, 이자는 살려주세요."

"예?"

"아는 것이 너무 적어서 도움이 안 되네요. 이자를 구하러 다른 사람이 올 때까지 데리고 있기로 하죠."

악성은 씨익 웃고는 누창현과 일행들을 일으켜 주었다.

"감사합니다."

누창현은 감사하다는 말을 하고, 또 했다.

'아! 그러고 보니 아직 은인들의 이름도 여쭙지 못했구나.'

그는 악성과 풍호를 향해 정식으로 포권을 취하며 자신을 소개했다.

"저는 누씨세가의 가주를 맡고 있는 누창현이라 합니다. 은인들의 존성대명을 여쭤도 되겠습니까."

악성은 이름을 말하려다 조금 전에 누창현이 암황무적군단에 대해 썩 좋은 얘기를 하지 않은 걸 기억했다.

"무혼지주입니다."

"껄껄껄. 노부는 풍노다."

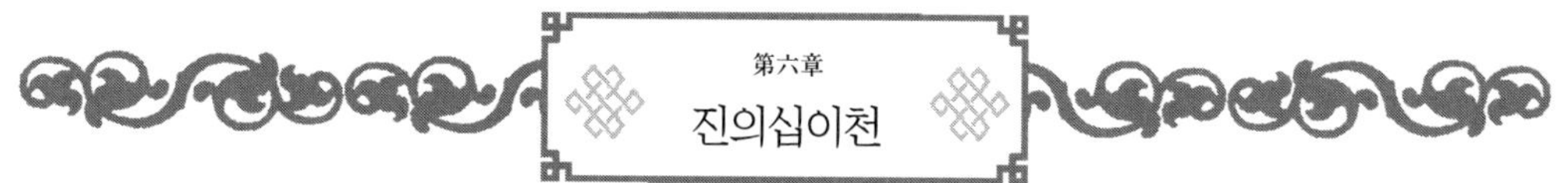

第六章

진의십이천

풍 호는 악성이 이끄는 대로 따라가면서 누창현에게 이것저것 많이 물었다. 실제로 그가 무림에 나온 것은 평생 처음이기에 책으로 읽었던 몇백 년 전의 지식으로는 감당이 되질 않았다.

"주군, 아까 무혼지주라고 하셨는데, 내게는 한 번도 말씀하시지 않으셨잖습니까. 동주라고 하시는 것이 옳지 않습니까?"

악성이 밝힌 신분에 대해 불만이 있는 모양이었다.

"풍노, 천산으로 들어가기 전의 제 신분이 무혼지주였습니다. 제 어르신께서 친히 지어주신 별호라 애착이 갑니다. 제가 묵동의 동주로 나서야 할 때가 되면 그렇게 하겠습니다."

"험, 험. 아니… 꼭 그렇게 하실 필요는 없습니다. 단지, 남자가 자신의 이름을 떳떳하게 밝히지 못하는 것은 아니라고……."

"숨기는 것이 아니니, 염려하지 마세요."

신분의 고하를 결정한 후가 아닌가.

풍호는 고개를 숙이고는, 다시는 그와 관련된 말을 꺼내지 않겠다고 말했다.

그의 이런 점이 악성은 좋았다.

함께 지낸 시간은 불과 일 년 정도였지만, 묵동에서 나오는 순간부터 지금까지 한 번도 악성을 깍듯하게 대하지 않은 적이 없었다.

"주군, 그리고……."

"예?"

"저 내시를 보자니 도저히 그냥 넘어갈 수 없어서 잠시 쉬어갔으면 합니다."

"뭘 넘어갈 수 없다는 말씀이세요?"

"저런 재수없는 놈을 만나게 한 내시의 주인놈을 전 가만히 두고 볼 수가 없다는 말씀입니다."

"그럼요?"

"불러서 호되게 꾸짖어주어야지요."

악성은 이런 모습의 풍호는 또 처음이라 뭐라고 해야 할지 잠시 대답을 미루었다. 그러나 그 순간을 놓치지 않고 풍호가 말을 이었다.

"허락하신 걸로 알고 제가 알아서 처리하겠습니다. 말이야, 가당치도 않은 놈들이 감히. 어험. 너, 이리로 와봐."

누창현을 부르는 소리였다.

"예."

풍호는 대답하며 다가온 누창현을 데리고 잠시 뒤로 빠졌다.

딱히 어떤 계획을 세우기 위함이 아니라, 그가 모르는 것들을 누창현을 통해 보완하려는 뜻이리라.

악성은 저런 풍호의 모습이 너무 좋았다.

순수하기에 저런 마음이 자연히 일어나는 것이리라.

지금 이 길은 악성이 예전에도 지나갔던 길이었다.

다시 보고 싶은 한 사람이 있는 장소로 사람들을 모두 안내할 수 있을 것도 같았다.

해질 무렵.

악성이 사람들을 데리고 멈춰 선 곳은 상당히 고급스러운 주루였다.

누창현은 눈앞의 삼층이나 되는 주루를 빤히 쳐다봤다.

'저분들의 행색으로 봐서는 들어갈 수 없을 것 같은데…….'

휘황찬란한 등에, 화단에, 뒤뜰에 호수까지 있는 곳에서 거렁뱅이 차림의 일행을 받아들인다? 있을 수 없는 일이었다. 그렇다고 은인인 두 사람한테 사실을 얘기할 용기도 없었다.

'지니고 있는 패물을 처리하면 어떻게 되겠지.'

마음을 다지자, 스스럼없이 악성의 뒤를 따르게 됐다.

넓은 실내에는 사람들로 북적였다.

악성은 멀리서 쪼르르 달려오는 점소이를 보고 고개를 갸웃거렸다. 마치 그가 아니라는 듯한 표정이었다.

누창현이 슬쩍 앞으로 나서며 점소이를 눈짓으로 불렀다.

점소이는 재빨리 다가와 큰 소리로 맞이하며 허리를 숙였다.

"어섭서! 저는 일층을 맡고 있는 구칠이라 합니다. 손님들께서는 제가 지금까지 뫼신 분들 중에 가장… 가장……."

악성이 안으로 들어서며 누군가를 찾아 고개를 좌우로 돌렸기 때문이다.

구칠의 안색이 파랗게 질리더니, 입맛을 다셨다.

그러나 체질화 된 웃는 인상은 여전히 풀지 않았다.

"헤헤헤. 손님, 이곳은 입맛이 까다로운 손님들이 많아서 조금이라도 이상한 냄새가 나면 비위 때문에 식사를 그만두시고 나가서서 백년은 이곳을 찾지 않을 분들이 많습니다. 제 사정을 조금, 아주 조금만 이해해 주신다면 다음 기회에……."

악성은 구칠의 말을 듣기나 했는지 아무렇지도 않게 물었다.

"여기 오칠이라고 점소이하는 사람이 있지 않나?"

"……."

"……?"

"지, 지금… 오, 오칠이라고 하셨습니까?"

"그랬네."

"그, 그분은 무슨 일로……."

'그분?

오칠에 관한 얘기가 나오고부터 구칠의 태도는 완전히 바뀌었다.

공손하게 양손을 포개어 자신의 턱 바로 아래까지 올리고는 초롱초롱한 강아지 모양으로 귀여움을 바라는 눈빛을 지어 보이기까지 했다.

"이곳이 예전부터 천상루라 불린 곳이 맞는가?"

"…예."

점소이는 점점 울상이 되어갔다.

"아는 사람일세. 불러주게."

"그, 그것이……."

풍호가 도저히 못 참겠는지 구칠의 이마를 '툭' 건드렸다.

딱—

“꾸엑!”

구칠은 이마를 부여잡고 뒤로 나뒹굴었다.

“버르장머리없는 놈! 어디서 꼬박꼬박 말대꾸를 하느냐. 오칠이란 녀석을 불러오라면 불러올 것이지, 말이 많아!”

구칠의 신형이 번개같이 일어나며 계단을 향해 마구 달려갔다.

쫓아올까 봐 뒤를 몇 번이고 확인하는 것을 잊지 않았다.

잠시 후.

일층에서 식사를 하던 사람들이 일제히 이층 계단을 올려다보는 희한한 광경이 연출됐다.

한 사람의 등장이 그들의 시선을 사로잡은 것이다.

배가 예전보다 더 불룩하고 비단 옷이 이제는 무척 잘 어울리는 오칠이었다.

오 년 동안 많은 일이 있었던 모양이다.

악성은 다가와 허리를 숙이는 것이 아니라, 포권을 취하는 오칠을 보며 크게 웃었다.

“오칠, 오랜만이네. 이젠 손님한테 맞고서 도망쳐 들어오지는 않겠는 걸? 하하하.”

“……!”

오칠의 안색이 해쓱하게 변했다.

그런 경우를 분명히 예전 언제인가 겪었기 때문이다.

덕분에 지금은 천상루를 직접 운영하는 천상루주가 됐잖은가.

그의 기억이 파란만장했던 과거의 그 시절로 돌아가자, 안 접힐 것 같은 그의 허리가 그대로 꺾였다.

한 사람이 떠오른 것이다.

"호, 혹시… 악 공자님이십니까?"

"하하하, 용케도 기억하는군. 근처를 지나가다 들렀네. 우리가 묵을 방이 있나?"

"있구 말굽쇼! 악 공자님께서 다시 찾아주시기를 얼마나 기다렸는지 모릅니다요."

"……?"

"일단은 방으로… 잠시만 기다리십시오."

뭔가를 말할 듯하던 오칠은 구칠을 향해 소리쳤다.

"구칠! 내가 이 바닥의 전설로 통하게 된 지 몇 년?"

"오 년입니다. 그렇게 짧은 시간 동안 주인님과 같은 화류계의 거성이 되신 분은 없… 읍. 읍……."

"하, 하하! 이놈이 원래 좀 주접이 심합니다."

악성은 두 사람의 행동에 웃기만 했다.

"쓸데없는 소리는 집어치우고. 오늘, 특별히 네게 기회를 주겠다. 두 분의 옷을 준비하고, 특실을 비워라. 아니다. 모시는 것은 내가 직접 할 테니, 너는 주방으로 튀어가서 최고의 음식을 준비하라고 일러라. 가시죠, 악 공자님. 구칠, 한 치의 실수도 있어서는 안 된다."

"……!"

오칠의 으름장에 구칠은 마른하늘에 날벼락이라도 맞은 듯한 표정으로 예전에 오칠이 했던 행동을 그대로 따라 했다.

악성과 풍호의 체격을 눈대중으로 확인하고 그와 비슷한 사람을 찾아 포목점으로 뛰어간 것이다.

악성은 오칠을 따라서 올라가며 그 모습에 웃음을 지었다.

풍호가 참다 못하고 은근히 물었다.

"주군, 이놈들을 아십니까?"

"예전에 잠시 도와줬던 적이 있습니다."

'또······.'

풍호는 악성이 무림에서 거의 활동을 하지 않았다던 말을 이제는 믿을 수가 없었다.

'저 녀석에게 무혼지주에 대해서 알아오라고 시켜야겠구나.'

누창현은 슬며시 바라보는 풍호와 눈이 마주치자, 괜스레 뭔가 잘못된 것이 있다는 걸 직감적으로 느꼈다.

'첫 단추를 제대로 끼우지 않으면 나중에 고생한다는 성현의 가르침이 왜 떠오르는 걸까?'

악성 일행이 특실로 올라간 지 한 시진 가량이 지났을 때, 천상루에 한 무리의 인물들이 들어섰다.

제일 먼저 들어온 사내의 눈은 특이했다. 눈이 있어야 할 위치에 긴 선 두 개가 그어져 있었다. 그와 함께 있는 일행들도 마찬가지였다. 그의 옆 사내는 얼굴이 갸름하다 못해 길쭉했고, 다른 자들은 떡판에 머리와 몸이 이등분의 사내도 있었다.

그나마 이들을 통솔하는 것처럼 보이는 두 노인의 모습이 나왔다.

도사 차림의 노인과 성격에 굉장한 문제가 있어 보이는 노인이었다.

평범함은 특별함 속에서 빛이 난다잖은가.

사내들의 모습에 비하면 이들 두 노인은 평범했다.

사륵—

가장 늦게 들어선 사람은 여인이었다.

그녀 역시 이들과 함께 있어 빛을 보는 경우인데, 그리 하얗지 않은 피부에, 그리 늘씬하지도 않은 몸매임에도 화사해 보였다.

길쭉한 얼굴의 사내가 이층으로 두 노인과 여인을 안내하다가 위층에서 내려오는 누창현을 발견하고 불렀다.

"누 형?"

누창현이 뒤를 돌아보았다.

"누 형이 맞구려, 하하하. 이런 곳에서 뵙게 될 줄은 몰랐습니다. 미매도 함께 있었군. 그간 잘 지냈소?"

"……?"

미매는 누창현의 일행 중 눈이 유난히 컸던 여인이었다.

그녀는 화들짝 놀라며 다른 여인들 뒤로 재빨리 숨었다.

누창현은 사내를 기억해 냈다.

섬서에서 두파라는 이름으로 활동하며 진의맹에 가입하기 위해 난리를 피우던 자였다.

"누군가 했군. 세 분 소저는 먼저 은인께 가보시오."

"예."

막 세 여인이 옆으로 움직이려 하자, 두파는 느물거리는 목소리로 눈이 쫙 찢어진 가횡과 함께 막아섰다.

"하하하, 아리따운 여인이 세 분이나 계신 줄 알았으면 진작 합석을 할 걸 그랬습니다. 자, 우리와……."

누창현이 손을 저으며 그들을 막았다.

"우리는 지금 몹시 피곤한 상태요. 할 얘기가 있으면 나중에."

가횡은 찢어진 눈을 교활하게 놀리며 누창현의 말을 무시하고 여인들에게 다가갔다.

"우리가 그 피곤을 풀어주면 될 게 아닌가. 흐흐흐. 이리로 오시오."

누창현의 낮고 위엄이 실린 목소리가 그들을 멈춰 세웠다.

"지금 시비를 거는 건가?"

"흐흐흐. 시비는 우리가 누군지나 알고 걸어라."

가횡은 오히려 누창현이 시비를 거는 것처럼 말했다.

누창현도 지지 않고 대답했다.

"누군지 이제야 알겠군."

"흐흐흐, 알았으면 알아서 자리나 비켜라."

"여인들에게 눈독이나 들이는 파렴치한 자들이었어. 내 별호가 벽력
신권이란 걸 알면 어서 꽁무니 빠지게 도망쳐라. 못생긴 얼굴이 뭉개
지기 전에!"

"뭐라고!"

두파가 가횡의 어깨를 두드리고는 앞으로 나섰다.

"누 형, 좋은 게 좋은 거 아니겠소? 게다가 미매와는 일전에 못다 이
룬 정도 있고 하니, 자리만 좀 비켜주구려. 하하하."

"못다 이룬 정?"

누창현의 시선이 미매라 불린 청미미에게 닿자, 청미미는 얼굴이 빨
개지며 고개를 돌려 버렸다.

"미 소저, 이자가 하는 말이 무슨 뜻이오?"

참다못한 다른 여인이 소리를 질렀다.

"이… 이… 미매를 겁탈하려 했던 주제에 그게 무슨 말도 안 되는
소리냐!"

"……!"

누창현은 눈이 휘둥그래져서 두파를 쳐다봤다.

맞느냐는 질문을 눈으로 대신 한 것이다.

두파는 여전히 능글거리며 긍정도 부정도 아닌 웃음을 지었다.

"사랑하는 사람끼리 마음 맞으면 합방하는 것이 순리 아니요, 누 형. 심각하게 생각할 것 없소. 금방 미매와 화해하고 좋은 얼굴로 술 한잔 합시다."

두파가 누창현의 어깨를 두어 번 두드린 후 여인들에게 다가갈 때였다.

"서!"

두파는 듣지 못하고 계속해서 움직였다.

"서라고 했잖느냐, 이 파렴치한 놈!"

그러나 누창현의 권은 채 뻗지 못하고 멈춰야 했다.

가횡의 손이 그를 잡고 있었다.

가횡이 보기에 남자들이라고 있는 것들은 하나 같이 허수아비만도 못해 보였다. 그래도 누창현이 제법 셀 것 같았으나, 뒤쪽에 있는 두 노인 중 한 명이 도와주면 무의미할 것이라 여겼다. 물론 그가 나서도 누창현쯤은 상대할 자신이 있었다.

겁에 질린 청미미의 비명이 주루 이층을 울렸다.

"꺄아아악……!"

"도대체 이곳에는 왜 이리 버릇없고, 벌서 죽었어야 하는 놈들 천지인 게야!"

쩍─!

찐득하게 달라붙은 밀가루 반죽이 떨어지는 소리와 함께 두파의 몸이 그대로 일층 난간을 날아갔다.

쿵─

이층 전체가 일시에 조용해졌다.

"할 짓이 없어 여자를 욕보이려 해? 죽어도 싸지."

일층에서 귀를 막고 들어도 쩌렁하게 들릴 크기의 목소리였다.

두파와 가횡의 행동을 지켜보기만 하던 여인의 눈에서 기광이 번뜩였다.

'손이 거의 보이지 않았어.'

그녀는 진의십이천 중 목유(木柳)의 첩, 이화였다.

대부분 첩이라면 외모가 뛰어나야 하건만, 그녀는 딱히 특출나지도 않으면서 첩이 됐다. 무공을 좋아하는 목유의 취향이 맞은 까닭이다.

여자 중에 내기를 안으로 갈무리 할 정도의 고수는 흔치 않았다. 그러나 그녀 역시 여자였다.

정실 자리에 욕심이 생기면서 그녀의 좌우에 있는 두 노인과 계략을 짜기에 이르렀다. 물론 두 노인이 그녀를 충동질을 한 것은 말할 것도 없었다.

"두 분께서 수고를 해주서야겠습니다. 곧 목 대가께서 오시니 서둘러 주세요."

그녀의 말에 두 노인이 풍호를 향해 다가갔다.

그러나 채 두 걸음도 옮기지 못하고 멈춰 서야 했다.

"……!"

"……!"

두 노인의 무공 수위는 거의 비슷했다.

몸을 꿰뚫는 예기가 심장을 관통하는 느낌에 멈춰 선 것이다.

두 노인은 동시에 긴장된 눈으로 풍호를 쳐다봤다.

풍호는 단도직입적으로 물었다.

"너희들이 저 버릇없는 놈들의 주인이냐?"

"노, 놈?"

"으와! 도대체 천 년 만에 나온 무림에는 왜 이리 예의를 모르고, 버르장머리없는 놈들이 많은 거냐! 너희들이 그 이유를 말해다오."

두 노인은 서로의 얼굴을 바라보며 파안대소를 터뜨렸다.

"헐헐헐. 재미있구려. 노도는 한때 점창파의 고목이라 불렸소."

"노부는 나혼벽력검문의 나혼수라다. 흐흐흐."

기선제압을 하려 했던 모양이다.

그러나 두 노인은 곧이어 들이닥칠 불행을 감지하지 못했다.

풍호가 전혀 관심 없다는 표정으로 양손을 풀기 시작했다.

"네놈들부터 버릇을 가르쳐야겠구나."

고목 대사가 꾸짖듯이 소리쳤다.

"무엄하다! 노부가 먼저 이름을 밝힌 이유가 기회를 주기 위함이란 걸 모른단 말인가!"

고목 대사의 호통에 풍호는 둘을 딱한 눈으로 바라봤다.

"몰라."

고목 대사와 나혼수라는 얼굴이 시뻘겋게 달아오르며 무기를 꺼내 들었다.

"미친놈이로고!"

"죽어라!"

훙―

두 사람이 풍호를 향해 막 손을 쓰려는 순간.

풍호가 앉아 있던 곳에서 긴장된 분위기에 어울리지 않는 목소리가 들렸다.

"고목 대사와 나혼수라?"

"……?"

"……?"

두 사람은 이미 선공을 펼친 상태라, 허공에서 풍호 등이 앉아 있던 탁자를 쳐다봤다.

뒷모습만 보이며 앉아 있던 흑발의 청년이 고개를 돌린 채로 웃고 있었다.

'컥!'

'저, 저놈은!'

풍호는 풍호 나름대로 열불이 났다.

"이것들이 노부와 싸우는 도중에 한눈을 팔아?!"

그와 싸우면서 시선을 다른 곳에 둔다?

아무리 예의가 없는 세상으로 변했다고 해도 목숨 갖고 장난치면 안 된다. 적당히 상대하려 했던 생각을 버리고 내공을 팔성까지 끌어올렸다.

반야무극수에서 뻗어나간 수많은 줄들이 순식간에 두 사람의 몸을 때려 버렸다.

퍼버벅―!

"응?"

풍호는 자신의 손을 내려다봤다.

반탄력이 전혀 느껴지지 않는 바람에 황당해진 것이다.

나가떨어진 고목 대사와 나혼수라의 얼굴에 절망이 어렸다.

그들은 악성이 얍삽한 수작을 부렸다고 이를 갈았으나, 그걸 입 밖으로 꺼내기도 전에 풍호의 반야무극수가 죽음으로 인도했다.

쿵! 쿵!

둔중한 음향과 함께 두 사람의 신형은 날아가 벽에 처박히고 말았다.

"이, 이게 무슨……."

두 사람이 약속이나 한 것처럼 알아서 벽과 바닥에 머리를 들이받았다고밖에는 달리 설명할 길이 없었다.

그러나 이화는 누구보다 두 사람의 실력을 잘 알고 있었다. 그녀의 남편인 목유에 비하면 차이가 있다 해도, 이렇게 허무하게 당할 실력은 아니었다.

눈앞에서 벌어진 일에 잠시 할 말을 잃은 채로 서 있었다.

'저 노인은 혹시… 전대고수?'

두파와 가횡은 이 상황에서 도움이 되지 못할 것이다.

목유가 올 때까지 최대한 시간을 끌기로 했다.

그녀는 풍호를 바라봤다.

그의 전신에서 엄청난 위압감이 느껴졌다.

최대한 안색을 순화시키고 침착하게 말을 꺼냈다.

"저는 이화라고 해요. 제 이름은 들어보지 못하셨을 테니, 목 대가의 이름으로 이 위기를 넘기려 합니다. 고인께서는 어디서 오셨는지 말씀해 주시겠습니까?"

"풍노다."

"풍… 노? 호호호. 이름이 재미나군요."

이화의 말에 풍호의 얼굴이 싸늘하게 바뀌었다.

그의 이름을 한갓 재미로 치부하는 그녀의 주둥이에 벌을 내리고 싶었다.

“재미나아……?”

“재미있지요. 이름을 알려주기 싫으시면 알려주기 싫다고 하실 일이지, 면전에서 무안을 주십니까. 고인께서 보여주신 신위로 보건대…….”

“보건대.”

“풍노란 이름은 들어보지 못했습니다. 이름을 알려주시기 싫으시다면 별호라도.”

“그런 건 없다.”

그녀는 풍호가 거짓말을 한다고 여겼다.

저런 실력을 가진, 그것도 나이를 짐작할 수조차 없는 고수가 별호가 없을 리 없잖은가.

목유한테 조금이라도 도움이 되기 위해서는 알아낼 필요가 있었다.

그때, 악성이 아래층에서 일그러진 얼굴로 바라보는 오칠을 발견하고 어쩔 수 없이 나섰다.

“부인, 저 두 분의 상세부터 살펴보시죠.”

“뭐?”

이화는 기가 막힌 표정으로 악성을 쏘아봤다.

“너 같은 애송이가 낄 자리가 아니야!”

그녀의 화를 내는 목소리는 제제의 반의반도 되질 않았다.

빙긋이 웃으며 말을 이었다.

“부인, 저들이 죽기라도 하면 이곳 주인이 곤란해집니다.”

“닥치라고 했다!”

“더 싸우실 요량이거든, 자리를 옮기는 것이 좋겠네요.”

"이… 이……."

이화는 자꾸만 끼어드는 악성을 죽일 것처럼 노려봤다.

풍호와 관계가 있다는 것 때문에 살펴보려 했으나, 척 보기에 기라고는 전혀 느껴지지 않는 평범한 자였다.

그러나 그녀가 어떤 표정을 짓든, 악성은 전혀 개의치 않았다.

"저들이 죽으면 부인도 곤란하지 않나요?"

"흥! 저깟 늙은이들은 차라리 죽는 게 나. 어차피 목 대가께서 오시면 죽을 목숨들이었으니까."

"어차피 죽을 목숨?"

악성의 반문에 이화는 고개를 대꾸하지 않고 고개를 돌렸다.

풍호와 대화를 나누기 위해서였다.

그러나 그녀에게 돌아온 것은 풍호의 살기 어린 눈빛이었다.

이화는 깜짝 놀란 눈으로 풍호를 바라봤다.

"왜……."

"네가 말하는 목 대가란 놈이 오기 전에 죽고 싶지 않으면 주군께서 묻는 말에 대답해라."

"주, 주군? 호호호. 고인께선 농담도… 잘……!"

풍호의 눈빛이 점점 차갑게 변했기 때문이다.

'저 녀석이 정말로 이 늙은이의 주군이라고?!'

기세등등했던 그녀의 얼굴은 사색이 됐고, 두파와 가횡은 서로 눈을 부딪치며 어쩔 줄 몰라 했다.

*   *   *

악성이 머물고 있는 섬서성에서 족히 몇 백 리는 떨어진 사천성. 그곳에서 운남성 쪽으로 내려가다 보면 산 두 개가 뒤쪽을 가로막아 음산한 느낌을 주는 곳이 나온다. 이곳은 외부와 단절된 공간이라 사람들의 출입이 통제되어 있었다.

안으로 들어가면 일곱 개의 전각이 위용을 드러내는데, 모두 회색빛 일색의 거대한 건물들이었다. 크기는 예전의 암황무적군단에 비할 바는 아니지만, 구성원만 놓고 보면 그때보다 훨씬 강해진 마벌(魔閥)이 바로 이곳인 것이다.

키가 구 척에 달하는 탑탑마군의 얼굴은 오 년 전에 비해 주름도 늘고 수척해 보였다. 그의 뒤를 바짝 따르는 사내가 있었다. 바로 암황사패 중 북명일패, 북명성이 그였다.

북명성은 넌지시 물었다.

"무슨 안 좋은 일이라도 있으십니까, 사부님? 얼굴이 안 좋아 보이십니다."

"흐헐, 아니다."

북명성은 짚이는 바가 있었다.

"흑강시 때문입니까?"

탑탑마군은 잠시 침묵하다가 입을 열었다.

"세상이 이상하게 변해 버렸어. 헐. 예전 같지 않아. 정천과 싸울 때는 아무리 강한 놈이라도 이 갈고 싸우면 됐는데, 당최 괴물들만 득시글거리니……."

"……."

"가끔씩 나타나기만 해도 이제는 가슴이 다 철렁 내려앉는다."

"단목천승을 말씀하시는 건지요?"

"푸헐, 삼황과 삼선의 후예들 말이다. 오 년 전에 그들 중 겨우 둘이 세상에 나왔는데도 어찌 됐느냐."

"……."

"이제는 달라지겠지. 벌주께서도 이젠 천마신공을 대성하셨으니, 달라질 게다."

북명성은 벌주인 제제의 모습을 떠올리고는 속으로 한숨을 내쉬었다.

천마구로 중 남은 사람은 셋뿐이었다.

제제에게 진원진기를 전하고 여섯 명의 원로가 죽었다.

신도장후의 설득이 아니었으면 제제는 죽어도 그들의 진원진기를 받아들이지 않았을 것이다.

그들의 희생 덕분에 오 년 전의 그녀와 현재의 그녀는 상상도 못할 만큼 차이가 컸다. 천마신공을 대성하여 제룡의 마지막 절기라던 천마구궁연환까지 펼칠 수 있었다.

얼마 전 세력으로 싸움을 걸어온 단목천승과 비등하게 겨룬 것만 봐도 엄청난 성과였다.

현재 무림 최고의 세력은 누구나 거침없이 진의맹을 꼽는다.

단 오 년 만에 이룩한 세력치고는 어마어마했다.

그러나 그들의 성공은 반의 성공 일뿐이었다.

정파무림이 그들을 추종한다고 해도 사파무림은 그들을 따르기는커녕, 하루가 다르게 암황무적군단의 등장을 손꼽아 기다리는 중이었다.

이럴 때 정천이라도 나타나게 되면 그들은 완전히 사상누각이 될 수밖에 없었다.

북명성도 같은 생각을 하고 있었다.

그러기 위해서 오늘 탑탑마군한테 특별한 부탁을 하지 않을 수 없었다.

아리운이 화벌을 나섰다는 소식이 담사우를 통해 도착했다.

"그녀를 데려오면 아리대부인도 나설 것입니다."

"안다."

탑탑마군은 그토록 기다리던 기회가 왔음에도 선뜻 움직이질 못했다.

제제의 안위가 걱정된 것이다.

그러나 이제는 움직여도 될 것 같았다.

더구나 오 년 전에 죽은 소소마군의 복수를 하기 위해서라도 더 이상은 기다릴 수가 없었다.

'주군, 죄송합니다. 악 공자가 돌아올 때까지 기다려야 하겠으나, 그러기엔 소소, 그 친구의 죽음을 도저히 믿을 수가 없습니다. 이 두 눈으로 직접 확인하고 싶습니다.'

소소마군은 오 년 전, 악성과 제룡이 천산으로 향한 직후 아리대부인을 만나보고 오겠다는 말을 끝으로 지금까지 돌아오지 않고 있었다.

찾아볼 생각이야 끝없이 했지만, 제제를 두고서 마벌을 비운다는 것은 있을 수도 없는 일이었다.

마영마군도 준비를 끝내고 곧 합류한다.

탑탑마군의 눈이 그 어느 때보다 더욱 빛났다.

"후우……."

제제는 호흡을 내뱉으며 천마신공 마지막 초식인 천마구궁연환을 끝냈다.

그녀 주위의 거칠었던 숲과 바위들이 거대한 수레바퀴가 굴러간 듯한 자국에 휩쓸려 흔적조차 사라졌다.

제륭과 백리풍이 반경인과 싸우면서 만들었던 그때의 그 모습과 거의 흡사했다.

천진하기만 했던 그녀는 사라지고, 깊어진 눈과 약간은 여윈 듯한 몸이 그간의 고생을 대변해 주는 것만 같았다.

"벌주님, 언제 봐도 천마구궁연환은 전율을 일으킵니다."

제제의 시선이 돌아갔다.

남궁엽이 공손한 자세로 허리를 숙이고 있었다.

"……?"

제제는 시선을 그의 뒤로 넘겼다.

늘 오던 사람의 모습이 보이지 않았기 때문이다.

"탑탑 할아버지는?"

"잠시 볼일이 있다고 자리를 비우셨습니다."

"볼일? 내게 말도 없이?"

"사소한 일인 모양입니다."

"……."

"……."

남궁엽이 말을 줄이자, 제제의 표정이 점점 굳어졌다.

그의 구레나룻 아래로 땀방울이 보였다.

긴장하고 있는 것이다.

"탑탑 할아버지께 무슨 일이 생기면 네가 책임질래?"

"예?"

"내게 모든 걸 상의하시는 분이야. 내 눈 똑바로 보고 대답해."

“……!”

“아무 일도 아니야?”

“…….”

남궁엽의 무표정하던 눈에 서서히 낭패가 떠올랐다.

“벌주님…….”

“어디로 가셨는지 말해.”

“금방…….”

빡—!

남궁엽은 가슴을 부여잡고 몇 바퀴를 구른 후에 다시 일어났다.

“어디냐구!”

“…죄송합니다.”

“뭐? 이런 빌어먹을 자식이 다 있어! 죄송? 마벌을 만들어서 나보고 벌주를 하라고 해 그를 쫓아가지도 못했는데! 이젠 얌전한 강아지새끼 취급을 해? 너 죽을래?”

무슨 말이 더 필요하겠는가.

제제의 분노가 더 커지면 그로서는 감당할 수 없었다.

어쩔 수 없다는 듯이 입을 열었다.

“탑탑마군께서는…….”

“남궁일패는 그만 물러가게.”

“신도군사님!”

남궁엽은 구세주가 나타난 모양으로 크게 외쳤다.

그러나 제제는 남궁엽의 입을 바라본 채로 꼼짝도 하지 않았다.

“벌주님, 제 말씀 좀…….”

“남궁일패, 말해. 어서 말하란 말이야, 이 개자식아!”

　제제의 손이 죽 늘어나는 것 같더니, 그대로 남궁엽의 전신을 인정사정없이 패버렸다.

　퍽퍽퍽—

　신도장후는 급히 제제를 말렸다.

　"탑탑은 사마군 중 가장 강한 친구입니다. 괜찮을 겁니다, 벌주께서 너무 걱정하지 않으셔도 됩니다."

　제제의 물기 어린 눈이 신도장후를 노려봤다.

　이런 식의 반응은 처음이라, 신도장후도 어찌할 바를 몰랐다.

　제제는 또박또박 말했다.

　"제가 걱정 안 하면 누가 해요. 앞장서세요. 탑탑 할아버지께서 가신 곳을 말하지 않으면 나는 이 자리에서 꼼짝도 하지 않겠어요."

　"알겠습니다. 알아보고 오죠."

　막 신도장후가 남궁엽을 데리고 움직이려 할 때였다.

　제제의 목소리가 발걸음을 잡았다.

　"제 허락 없이 앞으로는 한 걸음도 움직이지 못할 줄 아세요. 아셨어요!"

　두 사람은 동시에 대답했다.

　"예……."

　"알겠습니다. 이번에는 제 불찰입니다. 앞으로는 이런 일이 없도록 하겠습니다."

　신도장후의 사과에도 제제의 안색은 풀릴 줄 몰랐다.

　오히려 그의 말에 그녀의 안색이 더욱 어두워졌다.

　"탑탑 할아버지가 돌아가시면요?"

　"허허허, 그럴 리가 없습니다. 마영마군과 함께 갔으니 괜찮을 겁니다.”

“앞으로는 아무리 작은 일도 제게 허락받으세요. 이제부터는 제가 할 거예요, 제가! 한 분도 돌아가시지 않도록 할 거라구요.”

꾹 다문 제제의 입에서 당찬 말들이 마구 쏟아지자, 두 사람은 아무 말도 하지 못했다.

그녀의 모습은 완전히 달라졌다.

그들이 알고 있던 철없는 제제가 아닌 것이다.

＊　　　＊　　　＊

“너희들은 목 대가께서 오시면 다 죽어!”

이화는 이를 갈며 소리쳤으나, 누구 한 사람도 그녀의 말에 대답을 해주지 않았다.

“익!”

인상을 쓰다가 얼굴을 한 손으로 가리고 다시 주저앉았다.

도망치려다 오른쪽 눈에 풍호의 주먹이 적중했고, 지금은 퍼런 멍이 들어 흉측한 몰골이 됐다.

그런 그녀를 향해 먼저 잡혀 온 상관기가 위로의 말을 건넸다.

“그래도 나보다는 낫잖습니까. 나는 양팔을 못 쓰는 신세인데…….”

“그걸 말이라고 하느냐!”

“저 괴물을 만나서 흑포사신 둘에 규홍, 방만, 철무정 대협까지 죽었소. 나도 꼼짝 못하고 잡혀왔는데, 당신이라고 별수있소?”

“다, 당신? 네놈이 죽으려고 환장을 했구나!”

“냐하, 이래 죽나, 저래 죽기는 마찬가진데 내가 왜 당신에게 당신이라고 왜 못해? 왜 못해! 그리고. 내가 목 대협 소속이야? 왜 자꾸 반말을 하는데, 앙!"

딱—

"억!"

경쾌한 소리와 함께 상관기가 앞으로 고꾸라졌다.

풍호가 짜증 어린 표정으로 바라보고 있었다.

"저 녀석들이 고생하는 거 안 보여? 시끄럽게 굴지말고 조용히 있어. 그리고 너."

이화는 멍든 눈으로 화들짝 놀라 고개를 쳐들었다.

엉겁결에 말을 높였다.

"저, 저요?"

"그래. 지금부터 네 남편이 올 때까지 한마디라도 하면 죽어. 어차피 네 남편이란 녀석도 버릇이 없을 테니 죽는 건 당연하겠지만, 적어도 먼저 가지는 말아야 할 것 아니냐. 천 년 전에 비해 요즘 것들은 버릇이 너무 없어……."

벌써 두 번째였다.

이화는 믿기지 않는 풍호의 신위에 정말로 천 년을 살았냐고 물어볼 뻔했으나, 간신히 목구멍을 눌러 참았다.

누창현 일행 중 남자 여섯이 시체들을 치웠다.

고목 대사와 나혼수라는 이미 절명한 상태라 손을 쓸 방도가 없었고, 두파와 가횡은 몰꼴도 그런 몰꼴이 없을 만큼 누창현에게 맞아 죽었다.

방에는 악성과 오칠이 마주 앉아 있었다.

말할 것이 있다며 방으로 안내한 오칠은 곧바로 무릎을 꿇었다.

“뭐 하는 거지?”

“제가 천상루주가 된 데에는 이유가 있습니다.”

“……?”

“담 전주를 아시죠?”

“……!”

“사망적혈전의 도움으로 제가 이곳에 주루로 앉게 됐습니다. 모두 악 공자님을 만나지 않았으면 꿈도 꿀 수 없는 일이었지요. 앞으로 담 전주가 악 공자님을 섬기듯이 저도 최선을 다하겠습니다.”

천상루는 일종의 사망적혈전의 지부 개념으로, 담사우가 산서에 있으면서도 천하 각지의 소식을 빠르게 접하기 위해 만들어 놓은 곳이었다.

‘그랬구나. 역시 담 전주가…….’

악성은 새삼 오 년 전의 그때가 그리웠다.

아무것도 모르는 악성을 도와주었던 그들 중 담사우는 이제 곧 만나게 되리라.

또 한 사람… 막 위지무가 궁금해지려는 순간, 오칠이 악성의 생각을 깨뜨렸다.

“사실, 그… 풍노라는 분이 나서지 않았어도 저 정도의 사람들은 제가 알아서 처리할 수 있습니다.”

“뭐? 무공을 배웠어?”

“헤헤, 악 공자님도. 무공을 배운다고 그 짧은 시간에 고수가 되나요. 담 전주가 이곳 제일의 낭인을 붙여줬거든요.”

“낭인왕?”

오칠의 이어진 말은 섬서성의 패자와 관련된 얘기였다.

아무리 담사우가 뒤를 봐준다고 해도 이곳이 섬서성이다 보니, 직접적인 도움이 항상 늦었다. 더구나 진의맹의 그늘에 숨어 잘 보이지 않는 무리들과 새롭게 등장한 은하련 등이 서서히 모습을 드러내며 세를 뻗기 위해 자주 들락거렸다.

그때마다 오칠을 도와준 사람.

바로 대가를 받고 사람을 죽이거나, 대신 싸워주는 일을 하는 낭인들이 바로 그들이었다. 물론 오칠을 도와주는 낭인들은 달랐다. 강하며 요구 조건이 없었다.

여기까지 잠자코 듣기만 하던 악성의 얼굴이 환해졌다.

"주군, 잠시 들어가겠습니다."

"들어와요, 풍노."

풍호는 들어서자마자 대뜸 오칠에게 질문을 던졌다.

"낭인이 뭐냐?"

"예?"

"듣고 싶어 들은 건 아닌데, 낭인이 도와줬다고 하길래. 그게 뭐지?"

오칠이 멀뚱한 눈으로 악성을 쳐다봤다.

사실 악성도 어감상으로만 짐작할 뿐 이렇다 할 낭인에 대한 정의는 내리지 못하고 있었다.

"그건… 저처럼 어려운 사람들을 도와주는… 하하, 하!"

풍호의 고개가 알겠다는 듯이 끄덕여졌다.

"흠, 어려운 사람들을 도와주는 좋은 녀석들이란 말이지?"

"……."

오칠은 아니라고 하지 못하고 웃으며 고개만 끄덕였다.

악성도 덩달아 웃고 말았다. 낭인에 대해서 알아야 뭐라고 할 것이 아닌가.

낭인왕(浪人王) 장패기(張覇氣).

그는 한때 정파명문으로 불리던 자들을 모았다.

자의에 의해서라기보다는 그를 추종하는 사람이 하나둘 씩 늘어나면서 자연스럽게 이 년도 안 되어 하나의 단체가 만들어졌다. 그것이 바로 낭인촌의 탄생 배경이었다.

톡. 톡.

나뭇가지 끝으로 벽을 두드리는 사내.

머리를 건으로 둘렀으나, 오른쪽 눈썹 끝으로 이어진 상흔은 가리지 못했다.

장비처럼 꼬챙이 수염이 코 아래로 한가득이었으나, 얼굴형은 갸름해서 여자들이 좋아할 만한 얼굴을 하고 있었다.

뚱한 눈으로 벽에 등을 기댄 채 툭 한마디 뱉었다.

"누구라고?"

그는 늦가을임에도 소매를 어깨까지 잘라낸 상의를 입고 있었다.

어깨를 많이 사용하는 무공을 익힌 모양이다.

방 안의 천장이 그리 높지 않았다.

원래는 주루로 사용하던 곳의 벽을 모두 터서 집으로 사용하는 것이었다.

그를 따르는 자들인지, 자세는 모두 자유로웠지만 눈은 그를 향해 있었다.

뚱한 눈과 다르게 꼬챙이 수염이 입을 움직일 때마다 사자 갈퀴처럼 꿈틀거렸다.

심복인지, 가장 가까이 있던 외팔이 사내가 공손히 대답했다.

"진의맹에서 진의십이천으로 불리는 자입니다. 얼마 전에 죽인 장유가 진의맹에서 그의 직속 부하였답니다."

"죽이면 되는 거냐?"

"…쉽지 않을 것 같습니다. 그자가 데리고 있는 강시는 흑강시라고 불리는데, 당할 자가 몇 없답니다."

"흑강시? 후, 요즘은 개나 소나 노리개처럼 강시들을 질질 끌고 다니더군."

"대형, 흑강시는 다릅니다."

"같아."

"……."

"달라?"

"…같습니다."

"별것들 아니야. 담사우, 이 개자식은 도대체 한 번 도와준 걸로 몇 년을 우려먹는 거야!"

그는 지겨운 표정으로 옆으로 쓰러졌다.

"……."

외팔이 사내는 고개를 숙이고 자리로 돌아갔다.

뒤쪽에 있던 거한이 불만 섞인 어투로 말을 꺼냈다.

"당장 진의맹으로 쳐들어가죠. 대형의 실력이라면 진의맹이든, 사망적혈전이든 모조리 때려 부술 수 있잖습니까!"

외팔이 사내는 조소를 띠며 거한을 쳐다봤다.

"네가 하지 그래? 그렇게 쉬운 일이었으면 대형께서 지금까지 가만히 계셨겠냐?"

거한도 지지 않고 소리쳤다.

"낭인들은 하루가 멀다 하고 늘어나, 지금처럼 선별해서 받는 것도 한계가 있는 거라고."

"대형께서 문파를 만든다고 하셨잖아. 싫으면 나가든지!"

"조용."

그의 한마디에 두 사람은 일제히 입을 닫았다.

"나, 불유생 장패기는 형제들을 위해 창을 들었다. 이제 섬서에는 낭인왕 장패기의 이름으로 안 되는 건 없다."

"와아아아!"

"역시 대형이십니다!"

휘이익—!

마치 천하패권이라도 움켜쥔 양, 칠십여 명에 이르는 사내들은 모두 일어서서 환호를 질렀다. 지금 이 순간만큼은 장패기가 그들에겐 신이었고, 지금 있는 이곳이 신전이었다.

장패기의 입가에 거만한 웃음이 떠올랐다.

"봤느냐!"

"예!"

"섬서제일이라던 투골편 아죽이 내 손에 죽었다."

"봤습니다!"

"무슨 지랄인지 몰라도 사천당가의 지랄 같은 새끼들이 실력이 안 돼서 독을 쓰다가 내 창에 꿰뚫렸다."

"봤습니다!"

"이제 곧 너희들의 세상이 온다. 알았냐!"

"예!"

장패기는 외팔이 사내, 현당을 돌아봤다.

"온다는 새끼를 죽이고 곧바로 문파를 만든다. 알았냐, 현 군사?"

현당은 잠시 대답을 미뤘다.

"…빠릅니다. 담 전주님께 말씀을……."

"또!"

장패기의 얼굴이 확 일그러졌다.

"그 새끼에겐 그만큼 해줬으면 됐어!"

"대형의 목숨을 구해주셨잖습니까."

"이이… 내가 왜 하필 그때 거기서 쓰러져서 그 새끼하고 엮인 거야, 썅! 장패기문의 문주가 언제까지 이곳에 처박혀 있어야 하는지 누가 말 좀 해주라. 지 주군이 나타나는 것과 내가 이곳에 처박혀 있어야 하는 것과 무슨 상관이냐고요!"

코까지 벌름거리며 씩씩대다가 흡사 장비가 조금 가늘어진 듯한 모습으로 갑자기 소리를 질렀다.

"으아아아……!"

그때였다. 밖에서 낭인 한 명이 뛰어들어 왔다.

우당탕—

"뭐야!"

"대형, 그자들이 옵니다."

말했던 목유란 자와 흑강시이리라.

"잘됐다. 몇 명이냐."

낭인이 대답하기를 주저하자, 현당이 대답을 촉구했다.

"대형께서 묻잖아. 어서 말씀드려."

"두 명입니다."

"뭐야, 단 둘?"

장패기는 재빨리 창밖을 내다봤다.

정말로 웬 개뼈다귀 같이 마른 노인이 검은 흑포를 뒤집어쓴 놈과 서 있었다.

"이것들이… 아직 제대로 맛을 못 봤군."

생각과 동시에 그의 불같은 성격이 폭발했다.

우지끈!

창을 뚫고 그대로 뛰어내린 그의 눈이 좀 전보다 더 흉폭하게 번들거렸다.

목유는 정파명문이라 일컫는 운남성(雲南省) 영인(永仁)의 창룡문 출신으로, 운남성에서는 백리풍보다 더욱 유명세를 떨치던 인물이었다. 그러나 그에게는 여복이 없었다.

정실로 들인 여자는 아이를 낳지 못하는 신세라 삼십 년째 자식이 없었고, 얼마 전에 들인 첩, 이화는 생긴 것 답지 않게 색을 너무 밝혔다.

그러나 자식만 생길 수 있으면 하루에 한 번이 문제인가.

빨리 장패기란 놈을 처리하고 이화가 있는 천상루로 가야 했다.

'내가 가지 않으면 누구와 붙어먹어 씨를 받을지 모른다. 고목과 나혼수라는 못 믿을 놈들이야. 죽이겠다고 했으니, 함께 왔겠지. 장패기란 놈을 죽이고 그놈들만 죽이면 오늘… 이화, 너는 죽었어.'

그가 급한 상황이란 걸 알았는지, 제 죽을 줄도 모르고 오히려 장패기가 창을 뚫고 나오는 것이 아닌가?

살기까지 마구 뿜어대는 모습이 가관이 아닐 수 없었다.

"크하하. 죽고 싶어 환장했구나. 이 버러지보다 못한 낭인 놈아!"

"뭐, 뭐라고! 닭대가리같이 생긴 늙은아, 죽어!"

"갈! 청룡삼검!"

취리릿—

목유의 검에서 불꽃이 일며 부채처럼 그의 주위에 검막을 형성했다.

그러나 장패기가 노린 건 그가 아니라, 그의 옆에 서 있는 흑강시였다. 물론 장패기는 흑강시인 줄 모르고 손을 쓴 것이다.

부— 웅.

장패기의 깍지 낀 손이 흑강시와 부딪쳤다.

캉—!

"어?"

장패기는 흑강시의 몸에서 나오는 반탄력으로 인해 다시 허공으로 떠올랐다.

'막아?'

목유가 놀란 눈의 장패기를 향해 잔인한 미소를 던졌다.

'웃어?'

장패기는 허공에 뜬 채로 인상을 구기며 내려섰다.

목유의 눈에 이채가 발해졌다.

흑강시가 재차 반응하기도 전에 허공으로 도약한 응변이 놀라웠다.

"낭인 주제에 제법이구나."

"지랄."

장패기가 조금 전에 내려친 공격은 웬만한 바위는 흔적도 없이 사라졌을 위력이었다.

"큭. 좋아."

장패기는 외공을 주로 익힌 듯 구릿빛 피부가 보기 좋게 꿈틀거렸고, 군살 하나 보이지 않는 훌륭한 몸매였다.

주루에서 그의 부하들이 우르르 몰려나왔다.

그는 현당을 향해 손을 뻗었다.

"대형!"

"줘."

현당은 아무 말 없이 가지고 나온 물건을 건넸다.

지켜보던 목유도 그 모습에 생각을 달리하게 됐다.

'껄렁한 행동과는 어울리지 않는 녀석들이군.'

장패기의 외침이 들렸다.

"늙은이, 제법이다. 하지만 그걸로 네 운명은 정해진 거야. 처음으로 '이보반'에 죽는 걸 영광으로 알아."

"이보반?"

차락— 착.

장패기가 받아 든 물건을 낚싯대 던지듯이 하자, 접힌 부분이 하나로 연결됐다.

아래쪽으로 갈수록 넓어지는 형태의 창이었다.

"늙은이도 예기니, 뭐니 하면서 눈깔에 힘주는데. 그딴 거 아무 소용없다는 걸 알게 해주지. 감히 낭인왕이 될 나를 물로 봤겠다!"

피룽—!

묵빛 창이 장패기의 손에서 한 바퀴 돌려졌다.

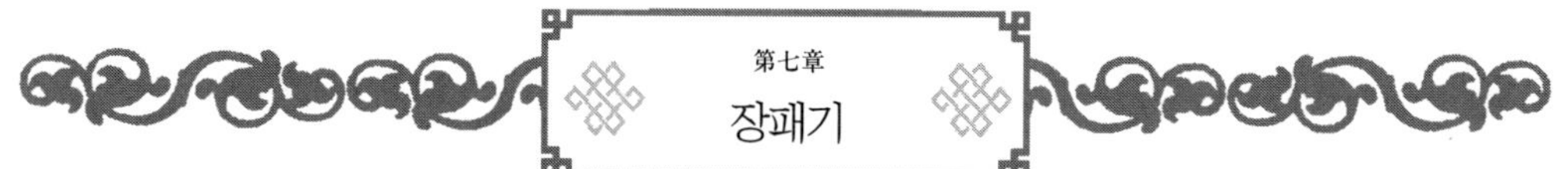

第七章
장패기

“오칠! 빨리 안 나오면 천상루를 확 부숴 버릴 거야!”

‘쿵’ 하는 소리와 함께 주루 바닥에 무언가가 내팽개쳐지는 소리가 이층까지 들렸다.

오칠은 고개를 빼 일층을 내려다보고는 급하게 말했다.

“악 공자님, 그자가 왔습니다.”

“누구?”

“장패기요.”

오칠이 말끝나기 무섭게 아래층으로 내려갔다.

일층에는 장패기가 거친 숨을 몰아쉬며 현당 등과 함께 있었다.

모두 몰골이 말이 아니었다.

장패기는 가죽으로 만든 상의가 상당 부분 찢어져 있었고, 건을 두른 이마에는 굳어버린 핏자국이 덮고 있었다.

"아니, 몸이 왜 그러십니까? 더구나 부르지도 않았는데 어쩐 일이십니까?"

"이 자식아! 이런 괴물이었으면 빨리 얘기를 해줘야 할 거 아냐! 아으… 씁! 흑강신지, 뭔지 때문에 머리 깨지는 줄 알았잖아!"

"……."

일층으로 급히 내려가던 오칠의 발걸음이 느려지다가 완전히 멈춰 버렸다.

"지, 지금 흑, 흑강시라고 하셨소?"

장패기는 대답 대신 뒤를 돌아보며 현당에게 말했다.

"현당, 말해줘."

"목유라는 자가 흑강시를 데려와서 하마터면 우리 모두 죽을 뻔했다."

"모, 목유!"

오칠이 다급한 걸음으로 다가가려 하자, 장패기가 손을 내저었다.

"올 것 없고. 이미 나는 할 만큼 했으니까, 담사우에게 전해. 이젠 끝이라고. 알았어?"

주루는 일시에 조용해졌다.

슬금슬금 빠져나가려던 손님들도 흑강시란 말에 다들 멈춰 서서 얘기를 더 들으려 했다.

흑강시란 말에 누구보다 관심을 가진 사람은 악성이었다.

오 년 전에 아리운이 데려온 화룡에 당한 기억이 났기 때문이다.

"오칠, 비켜주게."

오칠은 잽싸게 몸을 옆으로 비키는 것과 동시에 더없이 공손한 자세로 허리를 숙였다.

장패기는 오칠의 모습에 악성을 고까운 눈으로 바라봤다.

"뭐야?"

"정말 흑강시였소?"

장패기 옆에 있던 현당이 같잖다는 듯이 악성을 막아섰다.

"이봐, 대형께서 지금 대화를 나누고 계시잖아."

두 눈을 부릅뜨고 악성을 노려봤다.

대부분 이 정도면 알아서 물러섰겠지만, 상대는 일반인이 아니었다.

악성이 웃는 얼굴로 말했다.

"몇 마디만 물으면 되니, 비켜주겠나?"

"뭐?"

현당은 장패기를 돌아봤다.

장패기가 고갯짓으로 알아서 처리하라는 신호를 보냈다.

오칠의 대답을 아직 듣지 못했으므로 다시 고개를 돌릴 때였다.

슥—

"……?"

그의 옆으로 웬 노인이 지나갔다.

신경 쓰지 않고 말을 하려고 입을 뗐다.

"오… 어?"

오칠을 부르려다말고 다시 뒤를 돌아봤다.

그리고 들려온 경쾌한 타격음.

퍽—

'억' 소리를 내며 현당의 신형이 그대로 나가떨어졌다.

그가 본 노인, 풍호의 손이 거둬지는 것이 보였다.

"노인장… 엇, 뭐하는 거야!"

말이 끝나기도 전에 다시 뻗어진 풍호의 손이 장패기를 향해 다가왔다.

훙—

"……!"

바람이 장패기의 앞 머리칼 하나를 흔들었다고 느낀 순간, 신형을 옮겨 피했다.

눈이 화등잔만 하게 커진 장패기는 황당한 표정에서 서서히 흥미로운 표정으로 바뀌었다.

"오칠, 담사우가 기다리던 자가 왔구나, 그렇지?"

오칠이 대답을 못하는 걸로 봐서 확실했다.

아니라면 벌써 말리려고 온갖 수작을 다 부렸을 오칠이기 때문이다.

"그럼 진즉에 말을 했어야지. 그래야 떠날 게 아니냐. 킥킥킥. 노인장, 담사우가 꽤나 칭찬을 하던데? 어디 실력이나 한 번 볼까?"

풍호는 억지로 화를 눌렀다.

악성이 아직 묻고 싶은 것이 있다는 걸 알기 때문이다.

묘한 것이, 장패기는 구파나 가휘 같은 녀석들처럼 질이 나쁘거나 하지는 않았다. 일단 눈에서 사심이 느껴지지 않았다. 그저 철모르고 까부는, 치기 정도일 뿐이었다.

풍호는 고개를 저었다.

"이놈아, 가진 재주가 얼마나 되는지 모르지만, 말을 조심해야 오래 살아."

장패기의 표정이 삐딱해졌다.

슬쩍 현당이 쓰러진 곳을 쳐다봤다.

일어서기는 했지만, 아직도 현당의 다리가 후들거리고 있었다.

"담사우가 주군으로 모신다기에 얼마나 대단한가 했는데, 물러서면 실망이지. 한 방에 저런 지경으로 만들 정도로는 안 되지. 함 붙어보지 않겠수?"

뒤에서 입맛을 다시는 장패기를 보며, 오칠은 손으로 얼굴을 가렸다. 그가 아무리 거들먹거려도 풍호나 악성은 차원이 다른 사람들이었다.

악성은 더 기다리지 않고 말했다.

"당신이 상대한 건 흑강시가 아니야. 흑강시라면 이렇게 멀쩡하게 떠들 수도 없을 테니까."

장패기의 고개가 휙 돌아갔다.

"뭐? 네놈이 뭘 안다고 지껄여! 확, 때려 버릴라."

진짜로 때리려는 것이 아니라, 위협만 하려고 그런 것임을 누가 봐도 느낄 수 있을 정도였다.

악성과 풍호는 일순 멍해질 수밖에 없었다.

"……."

"……."

장패기는 악성의 표정을 보고 선심 쓰듯이 인상을 풀며 손짓으로 오칠이 있는 곳을 가리켰다.

"성가시게 얼쩡거리지 말고 저리로 가. 쓰읍, 어서!"

악성은 자신도 모르게 실소를 터뜨렸다.

"하하하."

"뭐야, 웃어?"

"풍노, 아무래도 저를 찾고 있는 모양인데요?"

풍호는 떨떠름하지만 어쩔 수 없이 물러섰다.

이화는 장패기가 목유와 흑강시를 상대했다는 말을 듣고서 안절부절못했다.

'저 지저분하게 생긴 놈이 지금 뭐라고 하는 거야?

그녀의 표정을 읽은 상관기가 특유의 웃음소리를 냈다.

"완전히 복마전이군. 천상루를 그저 그런 주루로 생각한 건 맹주님의 완전한 실수지, 뭐야."

"지금 그걸 말이라고 하느냐? 그이가 무사하지 않으면 너는 저들 손에 죽어."

"냐하, 당신도 같은 입장이면서 더 나은 척하지 말아줄래? 게다가 나이도 어린 게 또 반말이네."

"나는 목 대가의 아내야!"

"흥!"

상관기는 아예 무시하기로 했는지 고개를 돌려 버렸다.

"이이……."

이화는 이를 악물고 일층으로 다시 눈을 돌렸다.

사람들이 일제히 밖으로 나가는 모습이 보였다.

재빨리 누창현을 돌아봤다.

"당신은 안 가나요?"

누창현은 생각에 잠겨 있었다.

'젊은 줄은 알았지만, 저 정도일 줄이야. 무공은 모르는데, 가문이 훌륭해서 저 풍노란 노인을 가신으로 데리고 있는 자인가?

악성을 살피고 있는 것이다.

이화가 이번에는 좀 더 큰 목소리로 상념을 깨뜨렸다.

"이봐요!"

"뭐야?"

"다 나가잖아요. 당신은 안 가나요?"

"엇, 이런. 자네들은 이들을 감시하고 있게."

"같이……."

척.

누창현의 일행 중 남자들이 이화의 앞을 가로막았다.

"조금이라도 움직이면 각오해라."

정말로 죽일 기세였다.

이들을 물리치는 것은 문제가 아니나, 그랬다가 풍호가 다시 들어오기라도 한다면, 멍이 양쪽 눈에 나리라.

"끙……."

그녀의 모습에 상관기가 숨넘어갈 듯이 비웃었다.

"냐하하하!"

진의맹 내의 불화를 보여주는 단적인 예였다.

밖으로 나온 장패기는 대뜸 창을 쥐었다.

천상루를 벗어나 적당한 공간에 도착하면서 악성에 대한 생각이 바뀐 탓이다.

겉으로 보기에 기가 전혀 느껴지지 않는 주제에 너무 담담했다.

조심해서 나쁠 것은 없었다.

흑강시도 평범하게만 보이지 않았던가.

같은 실수를 반복할 만큼 시간적인 여유가 없는 장패기였다.

"대형, 그냥 주먹만 내질러도 죽을 자입니다."

"조용히 해. 내가 알아서 해."

현당의 말을 사뿐히 무시해 준 후에 창끝이 하늘로 향하게 만들며 똑바로 섰다.

'대형이 창을 달라고 한 적은 거의 없는데, 저 녀석이 정말로 고수라도 된단 말인가?'

현당은 뒤쪽에 입을 벌리고 구경을 하는 오칠과 무표정하게 곧 일어날 싸움을 지켜보는 풍호를 돌아봤다.

풍호와 오칠의 시선이 뒤를 향했다.

훙―

'선공까지?'

장패기가 사용하는 창법은 독특했다.

창이란 긴 무기다.

찌르기를 주로 하는 것이 당연하지만, 장패기는 한 손으로 창의 중심을 잡고서 던지듯이 팔을 죽 뻗었다.

"실력 좀 보자!"

핏―

벌써 악성의 눈앞까지 창끝이 다가왔다.

악성은 생각보다 빠른 공격에 놀랍다는 표정을 지었다. 그러나 그뿐이었다. 슬쩍 몸을 옆으로 돌려 세웠다.

그 모습에 장패기는 호탕하게 웃으며 공격을 이었다.

"하하하! 그럼 그렇지. 훼(喙)를 받아보니 정신이 없지? 또 간다. 죽지 않으려면 재주껏 피해라!"

큐웅― 큐릇―

현당이 장패기를 응원했다.

"대형, 빨리 죽여 버리고 떠납시다!"

현당의 외침에 일제히 낭인들이 환호성을 터뜨렸다.

"그럽시다, 대형!"

"가요, 가자구요!"

악성은 고개만 살짝 기울여 창을 했다.

틱—

"어?"

악성의 머리칼 몇 올이 창에 의해 잘려졌다.

장패기의 창은 길이를 마음대로 조절할 수 있는 장치가 되어 있는 모양이었다. 재미있는 무공에 살짝 마음이 동했다.

"좋은 수법이오."

"뭐? 푸하하. 대협이쇼? 장난하지 말고 막을 재주 없으면 저 노인장 보고 도와달라고 해. 크카카카!"

거만한 웃음을 지으며 창을 이리저리 몸 주위로 회전시켰다.

악성이 그래도 별말이 없자, 장패기는 싱겁다는 듯이 풍호를 향해 이죽거렸다.

"노인장, 실력이 꽤 되는 것 같던데, 함 놉시다."

낭인들의 응원은 이어졌다.

"대형, 뭐하세요? 그냥 확 아작을 내버리세요."

"저 자식이 지금 튀려고 준비하는 거라구요."

장패기는 짜증스런 얼굴로 부하들을 돌아봤다.

"아, 모두 조용! 그리고 너. 튀려면 빨리 튀어."

그때, 잠자코 있던 풍호가 크게 고함을 질렀다.

“어유!”

쩌릉―!

낭인들 모두 귀를 막아야 할 정도로 엄청난 소리였다.

장패기의 표정이 더욱 살아났다.

“그렇지. 저 정도는 돼야 할 맛이 나지. 목유란 늙은이하고는 비교가 안 되는데? 노인장…….”

풍호가 말을 끊었다.

“닥치고 싸우기나 해!”

“킥. 왜 그러셔! 곧 나올 거면서. 쿠케케!”

기괴하게 웃자, 풍호는 아예 눈을 감아버렸다.

악성의 실력을 아는 그로서는 답답하기만 했다.

그러나 당사자인 악성은 장패기를 죽일 생각이 없었다.

담사우가 천상루를 부탁한 것만 봐도 만족스러웠기 때문이다.

“더 안 오나?”

“너, 아주 건방지구나. 한 번을 제대로 막지도 못하면서 남자라 이거지.”

장패기가 보기에 악성은 죽여 버려도 괜찮을 정도로 건방졌다.

미간을 모으며 창을 앞으로 쑥 내밀었다.

창은 곧장 뻗어나가며 악성의 옆구리를 찔러갔다.

악성은 창끝을 보면서 생각했다.

‘중심이 곧 이동된다.’

그가 가만히 있을 때는 창의 뒤쪽 삼분의 일쯤을 잡고 있다가, 공격을 할 때는 약간 뒤로, 그리고 상대의 반응에 따라 더 뒤로 이동되는 방식이었다.

그러나 빠르기는 정말 빨랐다.

촤악—!

창에서 바람 소리가 들릴 정도였다.

악성의 고개가 살짝 기울며 지나간 창을 잡았다.

척.

"엥? 나, 참… 그거 잡고서 뭐하려고? 놔."

장패기의 말을 듣기나 했는지, 악성은 그의 창을 만지작거렸다.

"후후후, 성격은 정말 괄괄하군. 창의 재질이 아주 특별난 것 같은데, 뭘로 만들었지?"

이젠 아예 하대를 하고 있었다.

"지랄하고 있구만. 빨리 안 놔?"

"응."

"이게 증말……."

팽그르르—

악성의 짤막한 외침이 입에서 흘러나왔다.

"엇!"

손 안에서 창이 빠르게 회전하는 걸 느꼈다고 여긴 순간, 그의 창이 너무 쉽게 손에서 '쑥' 하고 빠진 것이다.

악성은 어이없는 표정으로 손을 만졌다.

창의 독특한 생김새만큼이나 수법도 특이하다고 생각했다.

"고수였군."

"킥킥. 이제 알았나?"

장패기는 흥이 났다.

사부가 죽기 전까지는 창으로 싸울 생각은 엄두도 못했다.

함부로 사람을 죽이지 말라는 사부의 명령 때문이다.

그런 사부가 죽었다.

휀!

사부는 언제나 창을 사람처럼 대했다.

창을 사용할 때면 허공이든, 땅이든, 물속이든 자유롭다고.

장패기가 그 자유로움을 깨닫게 되면 하늘도 마음대로 움직일 수 있다는 말과 함께 그는 가버렸다.

그는 사부와 대련할 때가 떠오르자, 크게 외쳤다.

"힘을 주면 땅이 말을 한다. 내가 밟은 곳부터 원하는 곳까지 울려주겠다고. 이렇게!"

쿠웅—!

창의 무게가 갑자기 천 근이나 된 것처럼 땅이 울렸다.

악성은 장패기의 얼굴에 화색이 돌자, 자신도 모르게 흥이 나서 묘한 웃음을 지었다.

"나도 그럼 슬슬 힘을 내보기로 할까?"

두 사람의 간격이 서서히 좁혀졌다.

악성은 그의 창이 다가오면 좌측이나, 우측으로 이동해서 창을 손으로 밀면서 뒤로 물러서길 여러 차례 반복했다.

뒤에서 지켜보는 사람들은 흥미진진한 모습이었겠지만, 풍호가 보기에는 이해 불능의 행동이었다.

'주군께서 지금 뭘 하고 계신 거지?'

풍호가 보기에도 장패기는 제법 강한 축에 속했다. 그러나 악성은 장패기 정도의 고수 천 명이 와도 까닥하지 않을 경지에 올라 있는 사람이었다. 이해를 할 수가 없었다.

"우왓, 썅!"

쿵. 쿵.

"와아아아……!"

갑자기 장패기의 부하들이 함성을 마구 지르며 날뛰었다.

여인이 눈앞에서 옷이라도 벗는 걸 본 자들처럼 난리법석을 부렸다.

풍호는 장패기를 돌아보다가 인상을 찌푸렸다.

그가 속옷만 걸치고 상의와 하의를 바닥에 내팽개친 것이다.

"휘유, 이걸 벗을 줄은 꿈에도 몰랐다. 하여간 이젠 각오해. 사부와 약속한 대로 네가 이기면 난 네 부하다. 그리고 내가 이기면 너는 오늘… 죽어."

장패기의 옷에 무슨 사연이 있는 것 같았다.

표정도 이전보다 훨씬 무거워졌고, 전해지는 내공의 무게도 꽤나 묵직하게 전해져 왔다.

악성은 재미난 놀이를 하듯 싱긋 웃었다.

"졸지에 부하 하나 생기겠는 걸?"

"지랄하지 마. 사부만 아니었으면 벌써 뒈졌을 줄 알라고."

장패기는 미꾸라지처럼 이리저리 피하기만 하는 악성의 행동에 별다른 의미를 둘 정도로 민활하지 못했다.

"나는 훼를 부를 때, 가끔은 삼보(三步)라 칭한다. 내 걸음으로 세 걸음이기 때문이지. 일전에 네가 내 흉내를 내는 걸 봤다. 이 보 반이더구나. 어떠냐, 훼를 이보반이라고 부르기로 할까? 허허허."

그 뒤로 장패기는 훼를 이보반이라 불렀다.

사부는 창을 휘두른다고 해서 휘식(揮式)이라 부르게 해주었고, 창을 찌른다고 해서 첨식(尖式)이라 부르게 해주었다. 그러나 유독 죽기 직전에 전수해준 뇌승양(雷昇揚)만은 그대로 사용하도록 부탁했다.

그러겠다고, 말 잘 들을 테니 죽지 말라고 그렇게 사정했건만… 사부는 죽었다.

그 이후.

손 안에서 떨어지지 않고 하루 반나절을 휘두를 수 있으면 된다고 해서, 휘둘렀다. 하루종일 휘둘렀다. 그리고 몇 달이 지나고 몇 년은 된 것 같은 시간이 지나서, 정말 하루 반나절을 휘두를 수 있게 됐다.

장패기는 지금도 뇌승양이란 초식이 이기어창이 가능한 초식이란 걸 알지 못했다. 그저 이보반만 가지고 있으면 누구에게도 지지 않는다는 것만 알고 있을 뿐이었다.

그는 사부로부터 늘 자신의 실력이 모자란다는 말만 듣고서 컸다. 그러나 낭인들로 구성된 이곳에는 그가 지켜주지 않으면 죽을 자들이 너무 많았다.

이들을 함부로 여기는 자들을 하나 둘 혼내주었다. 다시는 이들 앞에서 깝죽대지 못하게 패주었다. 무시당하는 자들을 지키기 위해 창은 더욱 소중해졌다.

섬서에서 제법 잘 나간다는 놈들을 한 뭉텅이 모아다가 제대로 겨룬 적이 있는데, 기세당당하게 싸웠다가 의식을 잃고 쓰러진 적이 있었다.

그때 구해준 사람이 담사우였다.

그 뒤로 낭인들의 전설이 된 그가 천상루를 지켜주며 자리를 잡게 된 것이다.

"사부가 가급적이면 벗지 말라고 했는데, 어쩔 수 없지. 뇌승양을 펼치려면 벗어야 하니까."

장패기는 옷 자체가 지닌 효력을 인지하지 못하고 있었다. 그의 사부가 왜 옷을 벗고도 지면, 이긴 자를 주군으로 인정하라고 했는지 모르는 것이다.

악성과 풍호가 그 이름을 들어봤을 리 없었다.

유일하게 누창현만이 뇌승양이란 이름을 알고 있었다.

악성이 전혀 모르는 표정을 짓고 있자, 재빨리 풍호의 곁으로 다가갔다.

"드릴 말씀이 있습니다."

풍호가 무슨 뚱딴지같은 소리냐는 듯이 쳐다봤다.

"반투창(半投槍)! 저자가 사용하는 초식인 뇌승양은 검강도 깨뜨린 적이 있다고 정평이 난 창입니다!"

이렇게까지 얘기했으니, 사태의 심각을 알았으리라.

그러나 그건 누창현의 생각일 뿐이었다.

말릴 줄 알았던 풍호는 여전히 가만히 서 있었다.

"대, 대협……."

"됐다. 주군이 알아서 하시겠지. 검강? 그 정도로 주군을 어찌해 보겠다는 생각을 가졌다니, 저놈이 불쌍하구나."

"……?"

누창현은 자신이 잘못 들었다고 여기고 계속해서 풍호를 쳐다봤다.

"게다가 제대로 익힌 것도 아니고… 저 엉성한 자세라니. 저 녀석 사부가 누군지 모르지만, 헛고생했어."

"……?"

"자고로 말을 듣지 않으면 때려서 가르쳐야 하거늘. 쯧. 오냐오냐하면서 가르치면 저런 어벙한 자식이 나오기 마련이지. 쯧쯧쯧!"

누창현은 자신이 말한 내용을 흔하디 흔한 삼재검법쯤으로 치부하는 풍호를 더 이상 쳐다보지 못하고 고개를 돌렸다. 더 바라봤다가는 괴물 취급한다고 무슨 봉변을 당할 줄 몰랐다.

'난 최선을 다했다. 저 사람이 죽어도 이제 난 몰라.'

마음은 그랬지만, 은근히 기대가 되는 것은 무슨 조화인지.

악성은 장패기가 옷을 벗을 때부터 묘한 울림에 신경을 쓰고 있었다. 심장의 두근거림이 서서히 빨라졌기 때문이다.

이런 기분… 정말 오랜만이었다.

후우— 우웅—

창이 회전하는 소리가 기묘하게 들렸다.

장패기는 멈춰 있는 것처럼 보이나 무서운 속도로 회전하는 창을 들어올렸다.

"휘!"

촛—

일체의 변화를 무시하고 궤도가 선명히 그려지는 찌름.

말 그대로 정말 휘두르는 동작 하나뿐이건만, 악성은 신형을 멀찌감치 뒤로 물려야 했다.

쫙—!

공간이 채찍에 맞은 것처럼 쩍 갈라지는 소리를 냈다.

엄청난 회전력이 아닐 수 없었다.

장패기가 큰 소리로 웃었다.

"파하하! 벌써 그렇게 놀라면 내가 부하들 보기 민망하지. 한 번 더 간다. 휘!"

그는 어깨까지 으쓱거리며 부하들을 돌아봤다.

'와아아아!' 하는 함성과 함께 부하들은 자랑스럽게 손을 치켜올렸다.

취릭—

악성의 손에 무혼검이 들려졌다.

콰—!

짧은 굉음과 함께 두 사람의 움직임이 빨라졌다.

근접전이었다.

지켜보던 누창현의 손에 절로 땀이 배었다.

'어, 엄청나다!'

눈으로 따라잡을 수도 없는 움직임이 하나도 아니고 둘이었다.

간간이 경기의 충돌로 인해 묵직한 음향이 터졌지만, 둘 중 떨어져 나오는 사람은 없었다.

쉬엑—

장패기의 창이 좁은 공간에서 더욱 빠르게 움직였다.

긴 무기일수록 불리할 텐데, 그는 단 한 번도 창에서 손을 뗀 적이 없었다.

큐웃—

무혼검으로 창끝을 때렸다.

콰—!

가벼운 부딪침이었으나, 굉장한 소리를 동반했다.

이미 장패기에게 있어 거리는 무의미한 모양이었다.

악성은 창에서 뿜어져 나오는 기운이 시간이 흐를수록 강해지는 걸 보면서 대단한 무공임을 실감할 수 있었다.

회전력에 기반을 둔 무공이니 부딪친 후에는 회전이 멈춰야 함에도 장패기의 창은 처음의 회전력을 그대로 유지했다. 아니, 오히려 계속해서 회전력이 가중되고 있었다.

또다시 창이 다가오며 소리를 냈다.

쾌액—

창끝을 피하며 순식간에 몸을 틀었다.

그러나 이번 공격은 이전과 또 달랐다.

푸하학—!

"……!"

악성의 어깨 부근 옷이 찢겨진 것이다.

정말 놀라운 회전력이 아닐 수 없었다.

악성은 창을 잡고 있는 장패기의 손을 쳐다봤다.

계란이라도 쥐고 있는 듯한 형상으로 창을 움직이고 있었다. 아니, 창을 움직인다기보다는 창의 흐름에 손을 얹고 있다는 말이 정확한 표현이리라.

장패기도 고수였다.

악성의 움직임이 결코 예사롭지 않다는 걸 확연히 느끼고 있었다. 헛손질에 짜증이 쌓여갔지만, 쉽게 드러내기엔 자존심이 허락지를 않았다.

그러나 조금 전의 헛손질에 급기야는 폭발하고 말았다.

"좀! 가만히 있을 수 없냐!"

장패기의 외침에 악성은 웃으며 빠르게 다가가 무혼검으로 다시 그의 창끝을 때렸다.

땅—!

“하하하. 지쳤나?”

“뭐야! 말도 안 되는 소리!”

장패기의 창이 자라목처럼 짧아지더니, 다시 쭉 길어지며 공격을 가해왔다.

그런다고 맞아줄 악성이 아니었다.

귀신같이 제자리에서 사라지더니, 공격 방향과 정반대 쪽에서 나타났다.

쉭—

악성의 신형을 쫓아 장패기의 창도 움직였다.

“다람쥐 같은 놈!”

그가 하고 싶은 싸움은 서로 무식하게 때리면서 상대가 항복할 때까지 주고받는 것이었다.

이런 식으로 일방적인 공격과 방어만 하는 싸움이 좋을 리 없었다.

“야! 네 상대는 이보반이 아니라, 나야, 나!”

악성은 웃었다.

“그럼 마지막으로 전력을 다해보지 그래?”

“좋다! 네가 피하지 않고 막는다고 약속하면 내 마지막 밑천인 뇌승양으로 승부를 걸겠다! 어떠냐?”

악성도 쾌히 고개를 끄덕였다.

“나도 이번에는 피하지 않겠네.”

“푸하하. 좋아. 간다, 뇌승양!”

장패기가 지금까지 회전력을 살린 데에는 나름의 이유가 있었다. 회

전력이 강하면 강할수록 손을 떠난 이보반이 자유롭게 상대를 꿰뚫을
수 있기 때문이다.

쿼리릭—

그는 용이 승천하듯이 하늘로 숫구친 이보반을 향해 주문을 걸 듯이
소리쳤다.

"번개의 기운을 실어 하늘로 숫구쳐라!"

손을 떠난 창은 그의 뜻대로 허공에서 방향을 바꾸어 곧바로 악성을
꿰뚫을 것이다.

'네놈은 이제 죽었어!'

그는 만면에 웃음을 가득 담고 곧 벌어질 일을 즐길 요량으로 악성
을 쳐다봤다.

그러나 그것은 그의 생각일 뿐이었다.

악성의 왼손이 서서히 올라갔다.

'잉? 검을 든 손이 아니라, 아무것도 없는 손을 들어? 죽기로 작정을
했구만. 크하하… 응?'

이보반의 묵빛과 비슷한 광채가 악성의 왼손을 감싸는 것이 아닌가?

악성의 왼손을 감싸던 묵빛은 이내 석 자 길이는 족히 될 만큼 길어
졌다.

"헉!"

장패기의 입에서 헛바람 삼키는 소리가 터져 나왔다.

누창현은 황당한 눈으로 악성을 뚫어지게 쳐다봤다.

분명히 장패기가 펼친 무공은 이기어창이었다. 한 번도 본 적은 없
지만, 이기어창에 관한 설명을 해놓은 고서는 도처에 널려 있었다. 저

런 현상… 분명히 시전자의 손을 떠나서 창이 자기 마음대로 움직이는 것이다.

'이런 황당한 일이……'

그러나 악성의 왼손에서 일어나는 변화도 무시하지 못할 정도로 기괴했다.

묵빛이 점점 늘어나고 있잖은가?

'검강? 아니지. 저런 검강은 들어본 적이 없다.'

풍호만이 잔잔한 눈으로 바라보고 있었다.

'저 모양을 보니, 창을 상대하기에 적당한 형태가 검이라고 여긴 모양이군. 누가 믿겠는가. 상대의 무공에 따라, 그 형태가 자유자재로 변하는 무공이라니. 껄껄껄.'

풍호는 묵동에서 악성과 겨뤘을 때를 떠올렸다.

비록 몇 초식을 펼치지도 못했지만, 그의 반야무극천간이 잘리는 황당한 결과로 끝이 나고 말았다. 그 일을 계기로 악성을 주군이라 부르기에 주저함이 없어진 것이다.

반야무극천간은 일반 강기무공이 아니었다. 엄청나게 압축된 강기를 손을 통해서 펼치는 무공이었다. 그 수강들을 망설임없이 잘랐다.

그 무공이 뭐냐고 물었고, 악성은 '일위강'이라고만 간단하게 대답해 주었다. 대공과 싸우면서 잃은 내공을 모두 채우진 못했으나, 그렇다고 그리 쉽게 패배를 인정할 그가 아니었다.

무엇보다!

악성의 중얼거림은 잊혀지지 않았다.

'아직 시작도 못했는걸요'라는 황당무계한 대답에는 헛웃음밖에 나오지 않았다. 그런 악성이 겨우 검강 덩어리를 상대하는 데 걱정할 일이 뭐가 있겠는가.

"저저……!"

누창현은 자신도 모르게 부지불식간에 소리를 내고 말았다.

악성의 왼손의 검과 장패기의 창이 정면충돌했음에도 아무런 소리가 들리지 않았기 때문이다.

이내 누창현의 눈이 커졌다.

악성의 묵빛 검과 장패기의 창이 딱 달라붙어 있었다.

이해할 수 없는 상황에, 도움을 청하기 위해 풍호를 돌아봤다.

"풍……."

그러나 '풍 어르신' 이란 말을 끝까지 할 수가 없었다.

곧이어 어마어마한 굉음이 주위를 일시에 먹어치우듯이 휘어 감았다.

쿠와아— 아아— 아앙—!

엄청난 폭풍이 두 사람의 충돌을 원점으로 퍼져 나갔다.

그 충격을 이기지 못하고 누창현은 피를 한 움큼 토한 뒤에 그대로 무릎을 꿇고 말았다.

"컥!"

내부가 완전히 진탕되어 고개조차 들 수 없었다.

그의 귀에 풍호의 담담한 목소리가 들렸다.

"끝났군."

'끄, 끝났다고? 누가 이긴 거지? 봐야 하는데…….'

안간힘을 쓰며 일어서려는 그의 귀에 또 한 사람의 목소리가 들렸다.

"부하 한 명이 생기게 됐네요, 풍노."

‘······!’

너무도 멀쩡한 음성이라, 맥이 다 빠져 버리는 느낌이었다.

악성은 천상루로 돌아온 뒤 자꾸만 웃었다.

즐거웠다.

장패기의 혼신을 다한 공격을 막고, 그 힘에 따른 대응 방법을 만들어내어 사용할 수 있다는 것이 그토록 즐거울 수 없었다.

마지막 무무환으로 만들어낸 무무검과 이보반이 붙어서 아무런 소리를 내지 않은 이유는, 공명 현상 때문이었다. 즉, 무무검의 진동과 이보반의 회전이 일치하면서 만들어낸 현상인 것이다.

장패기의 몸이 십여 장을 날아가 처박히는 걸, 무혼을 불러내서 구해주었다.

예전처럼 ‘이겼다’ 라는 안도감이 아니라, ‘재밌다’ 라는 상쾌한 생각이 들었다는 것만으로도 충분히 가치있는 대결이라 생각했다.

풍호는 그런 악성을 보면서 자신의 일처럼 함께 즐거워했다.

두 사람이 한참을 웃고 있을 때였다.

탕탕—

거칠게 문 두드리는 소리에 들어오라고 하자, 엉망진창의 몸이 된 장패기가 들어왔다.

“졌소.”

몸 전체가 퉁퉁 부어 우는 건지, 웃는 건지 확실하진 않았으나, 담사우를 받아들일 때처럼 한마디 잊지 않았다.

“후회되면 모른 척해줄 수 있다.”

장패기는 꺼낸 말을 주워 담는 소인배는 아니었다.

콧방귀를 끼며 입을 씰룩거렸다.

"데리고 있는 놈들과 헤어질 시간만 좀 주시구라, 주인."

풍호가 벌떡 일어서며 장패기의 머리를 한 대 쥐어박았다.

딱―

"억! 왜 때려요! 내가 당신 부하요, 가뜩이나 성치도 않은 몸… 아, 왜 때려!"

"허, 이런 모지리 같은 놈! 지금 그걸 말이라고 한 게냐. 구라? 주인? 너는 노부한테 제대로 교육을 받아야겠다. 이리 와."

장패기는 지지 않고 말대답을 했다.

"같은 주… 군을 모시는 처지에 너무 그러지 맙시다. 수틀리면 확 들이받는 수가 있다구요."

"껄껄껄. 이 천둥벌거숭이 같은 놈 말하는 것하고는. 왜 내게 덤비면 이길 것 같아서 그따위 말을 하는 게냐?"

"아, 그러니까 한 번 붙자구요. 이기면 노인장 맘대로 하슈. 그럼 되잖수."

"너는 백 년을 죽었다 깨어나도 노부의 십 초도 못 받아."

"잘됐네, 그럼 구 초로 정하고 한 판 붙고, 나중에 나머지 일 초를 받기로 하자구요. 한 판 붙읍시다."

악성은 두 사람의 모습을 보면서 배꼽이 빠져라 웃었다.

"하하하. 풍노, 그만 하세요. 그리고 자네도 풍노께 정식으로 인사드려. 삼황과 삼선 중 반야무극선의 맥을 이으신 분이네."

풍호는 곧 바닥에 엎어지며 절절 길 장패기의 모습을 상상하자니, 그 역시도 웃음이 나왔다.

그러나 장패기는 한마디로 악성과 그의 상상을 깨버렸다.

"무슨 설명이 그리 장황합니까. 그냥 앞으로 풍노야라고 하면 되겠
네. 아무튼 이름은 됐고. 내가 낫는 대로 한 판 붙는 거유. 그때 가서
딴소리하기 없기요."

"……."

장패기는 풍호가 황당해서 잠시 말을 하지 않는 틈을 타 악성에게로
눈을 돌렸다.

"참, 주군께 감사드립니다. 에구구, 마지막에 주군이 힘을 거두지 않
았으면 이렇게나마 건지도 못했을 겁니다. 소인은 이만 물러갑니다."

문을 닫고 나가는 장패기의 뒷모습을 보며 악성과 풍호는 아무 말도
할 수가 없었다.

"……."

"……."

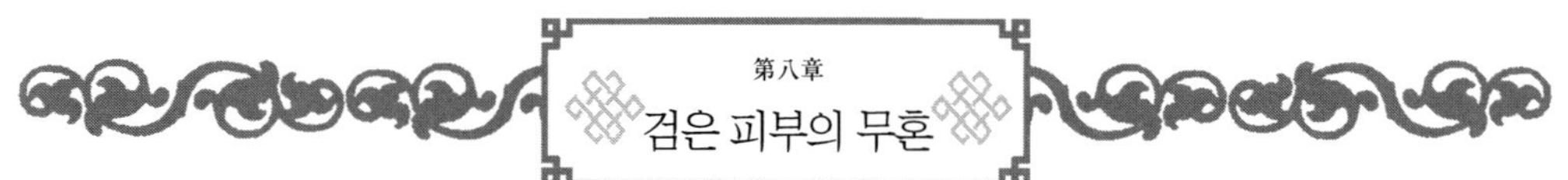

검은 피부의 무혼

"나하, 진의맹을 건드린 것이 얼마나 멍청한 짓인지 알려줄 테니, 여기서 꼼짝 말고 있어라."

이화와 상관기는 도망가면서 악을 썼다.

악성은 이틀이 지나도 아무도 오지 않자, 이화와 상관기를 풀어주라고 지시한 것이다.

풍호는 둘의 모습을 보며 혀를 찼다.

"주군, 저런 것들은 사람이 될 때까지 가르쳐서 보내야 합니다. 안 그러면 이전과 똑같아집니다."

"안 오는 데에야 어쩌겠어요. 그들이 와야 좀 더 자세히 알 것 아니겠습니까? 하하하."

"저 같으면 저런 것들이 하는 말은 믿지 않을 겁니다."

"제 생각은 다른데요? 저들이 어떻게 하든지 데려올 것 같은데요?"

와삭—

장패기는 자신과는 전혀 상관없다는 투로 툭 한마디 던졌다.

"주군. 주군… 흠. 만날 대형이란 말만 듣다가 보니 영 이상하네요. 뭐, 하여간. 그때 말했던 흑강시가 아니라는 말은 뭡니까?"

와삭—

다시 사과를 한 입 베어 물었다.

벌써 다 나았는지 외상이 전혀 보이지 않았다.

튼튼한 건, 튼튼한 것이고. 그의 바뀌지 않은 말투를 가만히 두고 볼 풍호가 아니었다.

심기 불편한 표정으로 묵직하게 말했다.

"그거 내려놓고 이리 와서 똑바로 앉아."

"아, 왜 또 시비를 거세요."

눈까지 부라리는 장패기의 모습이 제법 사나워 보였다.

습관처럼 지내온 말투가 하루아침에 고쳐질 리 없잖은가.

풍호는 잠시 말을 멈추고 가만히 지켜봤다.

화를 내자니 그와 똑같아지는 것 같고, 그렇다고 모른 척하자니 그의 행동이 눈에 거슬렸다.

이럴 때는 앞으로 저런 행동을 하지 못하도록 찍소리 못하게 손을 보는 편이 나았다.

"주군, 잠시 저 녀석과 얘기를 좀 나누고 와야겠습니다."

악성은 장패기의 행동에 사심이 없다는 걸 알기에 별로 신경 쓰이지 않았으나, 풍호가 불편해하는 것 같았다. 되도록 풍호의 의견을 존중하는 쪽이므로 쾌히 승낙했다.

"풍노가 잘 알아서 하세요."

“껄껄껄. 잠시면 됩니다.”

악성과 대화를 그 짧은 새를 못 참고 장패기는 문가에 기대서서 한 손으로 목을 긁고 있었다.

풍호의 눈에서 불꽃이 튀었다.

“따라오너라.”

장패기는 이미 대화를 듣고 어떤 일이 일어날지 알고 있었다.

“좋소. 뭐, 오라고 하면 겁먹을 줄 알고. 주군, 아까 물었던 건 조금 있다가 알려주시오. 영감, 앞장서요.”

“뭐… 영가암?”

풍호는 애써 참았다.

야생마 같은 장패기의 지금 모습과 잠시 후의 모습은 백팔십 도 다를 테니까.

두 사람이 티격태격하며 나가는 모습을 보며 악성은 웃었다.

풍호는 이미 수강으로 이기어검을 막아본 경험이 있는 고수였다. 장패기의 창이 무기로는 유리할지 몰라도 결과는 벌써 결정된 싸움이었다.

방문이 닫히자, 방 안은 금방 차분해졌다.

‘그나저나 며칠 안으로 온다던 담 전주가 너무 늦다.’

며칠째 천상루에 머물고 있는데도 아직 그는 도착하지 않고 있었다. 서찰로는 벌써 출발했다고 전해왔건만.

오칠에게 물어봐도 무슨 일인지 모르겠다는 대답만 반복할 뿐이었다.

‘산서로 가볼까?’

이내 고개를 저었다.

움직였다가 길이라도 엇갈리면 안 되잖은가.

이제 곧 제제를 만나게 된다. 하지만 그녀를 만나도 걱정이 있었다.

'제 어르신의 죽음을 어떻게 말해야 할지 모르겠다.'

묵동을 벗어나면서 가장 먼저 제룡을 찾았으나, 만년빙에 갇힌 채로 죽어 있는 제룡의 시신이 악성을 맞아주었다.

허탈함과 분노가 극에 이른 상태에서 보이는 사람이라고는 풍호밖에 없었다. 당연히 무작정 추궁을 했고 결국 그와 싸우게 된 것이다.

풍호는 싸움이 끝나고 제룡의 말을 전해주었다.

정해진 일이라 여기고 마음 쓰지 말라고… 일위강을 보고 싶어 많이 기렸다고… 그러나 죽어도 무혼의 몸에 모든 것을 담았으니 지켜보겠다고…….

'어르신…….'

제제를 만나기 전까지는 되도록 제룡을 생각하지 않으려 했건만, 또 생각하고 말았다.

검은 얼굴로 괴롭히던 그의 웃음. 거꾸로 올라가 첫 만남에서 으름장을 놓던 모습에 제제와 만나게 하기 위해 일부러 보낸 것까지.

모두 기억났다.

또다시 울먹거려졌다.

그 얘기를 제제에게 들려줘야 하는 것이다.

이화와 상관기는 천상루에서 일단 멀어지고 보자는 생각에 전력을 다해 달리는 중이었다.

덜렁거리는 양팔 때문에 상관기가 한참이나 뒤처져 있었다.

"좀 같이 가요!"

이화는 코웃음 쳤다.

"흥! 욕을 할 때는 언제고? 호호호. 간사한 놈."

"제길… 헥헥. 그땐 그때고. 맹에 돌아가서 내가 뭐라고 할지 겁나지 않으십니까?"

"뭐?"

"호호호. 주루에서 당한 일만 말하면 목 대협이 가만히 있지 않을… 헥헥… 텐데요?"

이화는 신형을 급히 멈췄다.

상관기에게 다가와 멱살을 잡았다.

"내가 무슨 일을 당해!"

"휘유, 일단 손 좀 놔주세요."

숨을 돌린 상관기는 묘한 눈으로 이화를 쳐다봤다.

"그놈들이 진의맹에 악감정을 품어 당신을 범했다고 하면 목 대협께서 믿을까요?"

"뭐야! 지금 그걸 말이라고 하느냐!"

철썩―!

상관기의 뺨이 휘딱 돌아갔다.

그때였다. 그녀를 부르는 익숙한 목소리.

"화매, 무사하구려!"

이화는 몸을 부르르 떨면서 돌아섰다.

돌아선 그녀의 눈에는 눈물이 그렁거렸다.

"흑… 목 대가! 이런, 교 대협은 언제……."

같은 진의십이천 중 한 명인 교묘한이 능글스런 웃음으로 대답을 대신했다.

"호호호. 목 대협이 도움을 청했지 뭡니까."

목유의 인상이 확 구겨졌다.

"교 대협!"

"아아… 알겠소. 상관기, 너도 잡혀 있었느냐?"

상관기는 구세주라도 만난 것처럼 감동해서는 크게 외쳤다.

"냐하하하! 두 분께서 오셨으니, 이젠 그 버러지들을 죽이는 건 시간 문제입니다. 가시죠, 제 양팔을 이렇게 만든 복수를 해주십시오!"

교묘한은 여전히 숭악한 웃음을 잃지 않으며 은근슬쩍 물었다.

"조금 아까 이 부인께서 뭘 당했다고 들은 것 같은데……."

'헉!'

이화의 안색이 파랗게 질렸다.

사실이든 아니든 그런 말이 상관기 입에서 나오게 되면 변명을 해야 하고, 그럼 곤란하잖은가.

다행히 상관기의 대답은 좀 전과 완전히 달랐다.

"저 눈을 보십시오. 여자의 얼굴을 저렇게 만들다니! 제가 막지 못해 죄송하다고 했더니, 이 부인께선 오히려 괜찮다며 도와주셨습니다."

"……!"

이화와 교묘한이 각기 다른 황당한 눈을 했고, 목유만이 이화의 얼굴을 쓰다듬으며 위로를 건넸다.

"이화야, 이제는 아무 걱정할 것 없다. 흑강시 두 구와 교 대협이 그 미친 낭인과 나머지를 쓸어버릴 테니까."

악성과 장패기의 싸움을 보지 못한 이들 네 사람과 두 구의 흑강시는 자신들의 운명도 모르고, 보무도 당당하게 되돌아가는 걸음에 힘을 실었다.

천상루 밖으로 나온 풍호와 장패기는 동시에 말을 꺼냈다.

"준비 됐느냐."

장패기가 지지 않고 말했다.

"준비 됐수."

"이놈 말버릇하고는!"

"이 정도면 최상 대우란 것만 알아두쇼. 킁."

"……."

"……."

조금도 물러설 생각이 없는 장패기는 눈을 부릅뜨고 언제든 묵창을 꺼내 들 준비를 했다.

풍호의 기세가 만만치 않은 건 처음 볼 때부터 알고 있었다.

'이 늙은이를 꺾지 않으면 겨우 세 번째 아냐. 그건 나, 장패기의 삶에 있을 수 없는 일이다. 안 되고, 말고.'

악성 다음 풍호, 풍호 다음 장패기란 뜻이기 때문이다.

그가 세상에 나와서 언제 이등을 해봤는가.

이등도 서러운데, 삼등이란 있을 수도 없는 서열이었다.

삼등이라니!

막 창을 잡고서 풍호를 향해 조금씩 움직이려 할 때였다.

풍호가 갑자기 손을 들며 멈추라는 신호를 보냈다.

"……?"

"미끼가 너무 일찍 물린 모양이다."

장패기는 여전히 어리둥절한 표정을 지었다.

풍호의 말인즉슨, 누군가 이곳으로 오고 있다는 것인데… 장패기는
전혀 그런 낌새를 알아차리지 못했다.

그러나 이미 알고 있었다는 듯이 화를 내며 풍호를 따라 허공으로
시선을 돌렸다.

"어떤 잡놈들이 또 나타난 거야!"

그러나 이내 뚱한 눈이 됐다. 이미 본 적이 있는 얼굴 넷에 처음 보
는 둘이 함께 날아 내리고 있었다.

풍호는 상관기와 이화를 바라보며 한숨을 내쉬었다.

"뭐냐, 겨우 저들을 데려온 게야?"

장패기가 나섰다.

"목유란 늙은 개뼈다귀요. 지원군이라고 데려온 사람이 저 늙은이면
너희들 운도 여기까진가 보구나. 흐흐흐."

섬뜩한 장패기의 웃음에 이화와 상관기가 몸을 부르르 떨었다.

둘은 풍호와 장패기가 함께 있는 모습을 보고 얼굴을 구겼다.

특히, 풍호에게는 안 좋은 기억을 갖고 있는 두 사람이기에 말도 못
하고 목유와 교묘한만 바라봤다.

"저… 괴물입니다."

이화의 속삭이는 듯한 말에 목유의 기분이 나빠졌다.

"괴물?"

"나하, 걱정할 것 없습니다. 목 대협과 교 대협, 두 분에 비하면 아무
것도 아닌 자입니다."

풍호의 얼굴에 노기가 떠올랐다.

"그래에……?"

그때, 장패기가 아주 마음에 드는 제안을 해왔다.

“풍노사, 누가 먼저 인간 하나에 강시 하나를 처리하는지에 승부를 봅시다.”

풍호는 자신에 찬 장패기의 얼굴을 보며 놀리듯이 말했다.

“순순히 풍노사라고 부르는 걸 보니, 어지간히 자신이 있는가 본데… 나중에 딴말 않기다.”

“남아일언 중천금이오!”

“말은… 아무튼 좋다. 받아들이마.”

“그전에. 잠시만 기다려 주쇼.”

“……?”

“처리해야 할 일이 하나 더 남았잖소.”

“뭐냐?”

장패기는 눈을 가늘게 뜨고는 이화와 상관기를 돌아봤다.

‘힉!’

‘저 미친놈이 왜 나를…….’

두 사람이 깜짝 놀라서 뒤로 슬쩍 물러설 때였다.

장패기의 창이 갑자기 쭉 늘어나며 그들을 향해 날아가는 것이 아닌가?

쾌액—

목유는 갑작스런 공격에 당황해서 검을 뻗으며 급하게 외쳤다.

“멈춰!”

풍호는 그제야 왜 장패기가 저런 행동을 했는지 알 것 같았다.

“생긴 것 답지 않게 약삭빠른 놈!”

“쿠케케. 이 승부는 내가 이긴 것 같소.”

장패기의 창이 급히 돌아서 다가오는 목유를 찔러갔다.

“헛!”

그러나 목유에게는 흑강시가 있었다.

쾅―!

역시나 목유의 근처에도 가기 전에 묵창을 거둬야 했다.

창을 거두고 목유와 흑강시를 어떻게 죽일지 궁리하는 사이 옆쪽에서 거친 폭음이 들렸다.

쿠콰와앙―!

장패기의 고개가 재빨리 돌아갔다.

“헛! 영감, 치사하잖아!”

풍호가 교묘한과 흑강시를 한꺼번에 날려 버릴 심산이었는지, 둘의 앞에 떡 버티고 서서 먼지가 가라앉기를 기다리고 있었다.

장패기는 머리에 김이 나는 것 같았다.

“니들도 함께 와! 안 오면 내가 간다. 휘! 참!”

목유를 찌르고, 막으려는 흑강시를 베었다.

풍호에게 밀릴지도 모른다는 생각에 같은 초식을 세 번이나 반복해서 펼쳤다.

쾌액―

‘흡!’

목유는 정신없이 뒤로 밀렸다.

일전에 상대할 때와는 속도가 달랐다. 급히 몸을 뺐다가 달려들라치면 어느새 창의 길이가 쭉 늘어나 있었고, 흑강시의 도움을 받기 위해 고개를 돌릴라치면 ‘저렇게나 긴 창이었던가?’ 싶을 정도로 긴 호선이 둘의 합공을 막아갔다.

완전히 봉쇄시킨 것이다.

악성과 싸우고 난 후, 장패기의 회전력은 무식하게 강해졌다.

그의 손에서 묵창이 돌아가는 소리가 멀리서도 또렷이 들릴 정도였다.

퀴리리릭―

'이대로는 저 무식한 놈에게 당한다.'

츠츠르릇―

푸른빛이 목유의 검을 감쌌다.

뒤쪽에서 싸움을 지켜보던 이화가 탄성을 터뜨렸다.

"검강!"

목유의 목젖을 찔러오는 묵창과 검강이 충돌했다.

격렬한 음향을 기대했던 이화의 눈이 찢어질 듯 부릅떠졌다.

"……!"

푸학―!

창과 부딪쳤다고 여겼던 목유의 검이 그대로 퉁겨지는 것이 아닌가.

목유의 손은 아직 위로 향해지는 반면, 검면은 무서운 속도로 땅을 향해 튕겨졌다.

중심을 잃지 않기 위해 목유가 취할 수 있는 행동은 창끝을 피해 고개를 우측으로 숙이고, 검의 회전을 살려서 한 번 더 창의 옆면을 노리는 것뿐이었다.

"하… 흑!"

그러나 기합이 채 이어지기도 전에 가슴이 허전해지고 말았다.

푸카― 학―!

묵창의 회전력이 심장에 어른 주먹 두 개는 합쳐져야 할 정도의 구멍을 만들었다.

장패기는 묵창을 목유의 몸에서 빼내면서 흑강시를 돌아봤다.

"부릴 놈이 없으니, 이건 쓸모없는 물건인가?"

그때, 거의 들릴 듯, 말 듯 목유의 목소리가 들렸다.

"죽… 여……."

꾀득—!

목유의 목을 부러뜨린 장패기는 뱉듯이 중얼거렸다.

"하여간 오래된 인간들은 너무 질겨. 쳇."

보란 듯이 고개를 들었을 때.

그의 눈에 들어온 광경은 흑강시를 무지막지한 주먹으로 때리는 풍호의 모습이었다.

쾅—!

"……."

교묘한은 죽어서 저 멀리 버려져 있었고, 흑강시와 몇 차례 주먹을 오고간 듯이 보였다.

"제기……."

밀렸다는 생각이 들자, 창을 잡은 손에 힘을 주었다.

다행스럽게도 목유의 흑강시가 알아서 공격해 주기까지 했다.

'아니지.'

묵창을 사용하려던 생각을 고쳐 먹었다.

풍호가 주먹을 썼으니, 그도 주먹을 쓰는 것이 밀리지 않게 여겨진 것이다.

창의 회전력을 잡아낼 정도의 힘이라면 손아귀 힘이 강해질 수밖에 없었다.

쾅—!

엇비슷한 폭음과 함께 목유의 흑강시도 날아가 처박혔다.

풍호에게 한마디 하는 것을 잊지 않았다.

"풍노사, 도와드릴까요? 푸하하하."

벌써 흑강시를 두 번이나 날려 버린 풍호가 장패기의 싸우는 모습을 지켜보지 않았을 리 없었다.

"허세는. 또 오잖아."

"엑?"

정말로 흑강시가 다시 일어나고 있었다.

"주인이 죽어도 혼자서 움직이네?"

"뭘 궁시렁거려. 주인하고 똑같이 만들어주면 되잖아, 멍청아! 아무리 생각이 없어도 그렇지, 그 정도도 생각 못해?"

"엥? 댁이나 잘하슈!"

"주둥이 나불거릴 시간 있으면 머리나 한 번 더 굴려."

풍호는 장패기의 얼굴을 '확' 한 대 후려치는 대신 흑강시를 힘껏 때렸다.

쾅―!

장난스럽게 흑강시를 상대하는 풍호와 장패기를 누가 괴물이라고 생각하지 않겠는가.

특히나, 상관기와 이화에겐 더한 공포였다.

상관기가 다급하게 물었다.

"이 부인, 이제 어쩌죠?"

"나도 몰라."

"뭘 몰라요. 도망쳐야지."

“목 대가의 시신을 두고 갈 수는 없어.”

“열녀 나셨군. 그럼 난 갑니다.”

“자, 잠깐.”

“같이 가시게요?”

“금방 따라나서면 우습잖아, 같이 가.”

“냐하, 그렇긴 하지요.”

“가자.”

막 두 사람이 슬그머니 빠져나가려고 할 때였다.

“헉!”

두 사람은 제자리에 멈춰 섰다.

누창현이 그들의 뒤에 떡 버티고 있었다.

“어, 언제…….”

악성이 두 사람을 보며 한심한 표정으로 고개를 저었다.

“도망치지 않으려 했으면 살려줬을 텐데. 누 가주, 이들 문제는 알아
서 하도록 맡기겠소.”

“감사합니다, 무혼지주님.”

누창현은 주먹을 쥐고서 서서히 두 사람에게 다가갔다.

그 모습을 뒤로하고 악성도 풍호와 장패기를 향해 움직였다.

‘예전에 봤던 화룡이란 흑강시와 너무 다르다. 약해.’

풍호와 장패기가 싸우는 강시도 제법 강한 몸뚱이를 지니고 있었지
만, 너무 쉽게 나가떨어졌다.

시험해 보기로 했다.

새롭게 바뀐 무혼의 모습을 불러내기로 한 것이다.

“풍노, 장패기, 손을 멈추세요.”

퍼펑—!

두 사람은 흑강시들을 각각 한 방씩 먹이고는 뒤로 물러섰다.

“저 강시들은 제가 맡도록 하지요.”

장패기가 인상을 쓰며 풍호를 돌아봤다.

풍호의 얼굴에 웃음이 번졌다.

“저야 상관없습니다. 이놈아, 승부가 났으니 앞으로 한 번 더 버르장머리없이 굴면 용서없을 줄 알아!”

“에? 승부? 그게 무슨 말이죠?”

“놈! 저것들 둘을 누가 먼저 해치우나, 내기를 했잖느냐!”

“글쎄요…….”

“지고 나서 발뺌을 할 셈이냐?”

“지기는 누가 졌다고 그래요! 아니, 내기를 했다 칩시다. 한데, 풍노사가 그놈을 먼저 해치웠다는 증거가 있습니까?”

“그럴 줄 알았다. 네놈이 머리 쓰는 것이 뻔하지. 아까 목유란 놈을 밟으며 돌아본 것 다 봤다.”

‘윽!

장패기의 안색이 해쓱해졌다.

그러나 이제 와서 인정할 순 없었다.

“그런 일 없었습니다.”

“이… 이……!”

풍호의 얼굴이 점점 험악해져 갔다.

악성은 낮은 한숨을 쉬고 둘의 싸움을 끊었다.

“장패기, 저번에 말한 강시가 저 강시인가?”

장패기는 화제를 돌리기 위해 고개를 크게 끄덕이며 목소리를 높였다.

"맞습니다!"

"저건 역시 흑강시가 아니야."

"무슨 소리! 저 늙은 개뼈다귀가 죽기 전에 분명히 그랬단 말입니다. 야! 너희… 어?"

이화와 상관기를 부르려던 그는 입맛을 다셨다.

누창현이 그들을 처리한 후였기 때문이다.

"아무튼, 흑강시가 맞다니까요."

악성은 더 얘기를 해봐야 소용없다는 걸 알았다.

"흑강시는 무혼이 잘 알아."

"어? 이 여자는 누구… 가만. 언제 나타났지?"

무혼이 어느새 악성의 곁에 서 있었다.

누창현은 상관기와 이화를 때려죽인 뒤, 풍호와 장패기가 어떻게 흑강시를 부수는지 기대 어린 눈으로 지켜봤다.

'응? 무혼지주님이 직접?'

풍호와 장패기의 실력을 잘 아는 그로서는 굳이 악성이 나서지 않아도 되지 않나 싶었다.

그러나 그의 생각은 무혼의 등장으로 머릿속으로 쏙 들어가고 말았다.

'헉!'

분명히 두 눈을 똑바로 뜨고서 세 사람을 지켜보고 있었다.

'언제 나타났지?'

약간 검은 피부에 감정없는 눈, 세류요(細柳腰)가 그대로 드러나는 옷을 입고서 여신처럼 악성의 곁에 서 있었다. 마치 처음부터 그녀가 그곳에 있었는데, 그가 몰랐던 것처럼 너무 자연스러운 등장이었다.

놀라기는 아직 일렀다.

그녀가 나타나는 순간부터 흑강시들이 움찔거리며 공격을 하지 못했다.

악성 때문이리라.

누창현은 그렇게 믿었다.

그러나 나타난 여인이 한 발 앞으로 움직이자, 흑강시들이 주춤, 뒤로 한 걸음 물러서는 것이 아닌가.

누창현의 몸이 부르르 떨렸다.

여인 때문에 흑강시들이 겁을 집어먹은 것이다.

재빨리 악성을 돌아봤다.

그는 흑강시들의 행동이 당연하다는 듯이 지켜만 보고 있었다.

'도대체 저분의 정체가 뭐지?'

무혼지주란 이름을 들어본 적이 한 번도 없었다.

나이도 그리 많지 않은 이십대 중반이나 후반 정도로 보였다.

누창현의 궁금증이 커져갈 때, 여인이 움직였다.

'움직… 응?'

곧 악성과 장패기의 싸움처럼 굉장한 광경을 볼 수 있을 거라 여기던 그의 입이 쩍 벌어졌다.

쾅—!

거친 폭음과 함께 흑강시 한 구가 땅에서 반 보 정도 뜬 상태로 일자로 날아갔고, 또 다른 흑강시도 먼저 날아간 흑강시와 똑같은 자세로 뒤로 날아갔다.

쿵— 쿵—!

연달아 벽이 무너지는 소리와 함께 흑강시 두 구는 일어나지 못했다.

여인이 공격하기 위해 취한 행동은 아주 단순했다.

돌멩이라도 던질 생각이던가?

한 팔을 뒤로하고 허리를 뒤튼 것이 전부였다. 악성과 무혼만이 알고 있는 오 년 전의 그 공격을 연습이라도 한 것처럼.

'이, 이건 도대체……'

무혼에 대해 아무것도 알지 못하는 누창현은 떨리는 양 어깨를 부여잡았다.

장패기는 무혼을 향해 엄지손가락을 치켜들며 파안대소를 터뜨렸다.

"우하! 주군, 저 검은 피부의 매력적인 여인은 누굽니까?"

무혼의 가냘파 보이는 몸에서 저런 위력적인 힘이 나올 줄 몰랐던 것이다.

누창현은 아직도 떨리는 몸을 주체하지 못했다.

풍호만이 이미 알고 있었다는 듯이 너털웃음을 흘렸다.

"껄껄껄. 주군, 무혼의 위력은 언제 봐도 공포스럽습니다."

악성은 풍호가 일부러 흑강시들을 부수지 않은 걸 알고 있었다.

아마도 장패기의 패기를 꺾지 않으려 배려한 것이리라.

"풍노가 봐주지 않았으면, 무혼을 부를 일도 없었겠지요."

장패기가 깜짝 놀라 악성을 쳐다봤다.

"에이, 그건 주군이 몰라서 그런 거유. 저 노친네가 몇 번이나 손을 썼는데도 저 강시들은 멀쩡했다구요."

풍호가 장패기의 말버릇에 또다시 혀를 찼다.

"저저… 말버릇을 언제 고치려고. 쯧쯧쯧."

악성은 웃기만 할 뿐 이렇다 할 대답은 하지 않았다.

풍호의 진정한 실력을 알고 있기에 장패기의 바짝 약 오른 얼굴이 그렇게 재미있을 수가 없었다.

"힘을 쓰기 싫으셨겠지."

"한 명 죽이는데 걸린 시간은 저와 비슷했는데요?"

"설마."

"서, 설마?"

장패기는 심호흡을 하며 끓는 속을 진정시켰다.

"진짜라니까요!"

"하하하. 알았네."

"아니, 알았다고만 할 게 아니라, 인정을 해줘야지요!"

"알았다니까."

"……."

악성이 순순히 인정하는 것이 더 못미더웠다.

"그게 아니라……."

딱—!

뒤통수가 번쩍했다.

뒤를 돌아보자, 풍호가 한심하다는 듯이 쳐다보고 있었다.

"또 왜에……!"

"네깟 놈이 우긴다고 주군께서 인정해 주실 것 같아! 그만 주둥이 놀리고 시체나 치워. 정 확인하고 싶으면 저기 있는 누 가주에게 물어 봐."

장패기는 풍호가 가리키는 누창현을 돌아봤다.

"너… 봤어?"

누창현은 고개를 끄덕였다.

이번에는 장패기가 잔뜩 인상을 쓰고 물었다.

"나와 저 노친네가… 죽이는 것까지 모두?"

시체를 가리키며 묻자, 이번에도 누창현은 고개를 끄덕였다.

장패기의 얼굴이 뭐 씹은 표정이 됐다.

굳이 확인해서 망신을 자초할 필요는 없었다.

"됐다."

"예?"

"아, 됐다고!"

"…예."

누창현은 준비하고 있던 대답을 하지 않아 얼마나 다행인지 몰랐다. '풍노사께서 더 빨리 죽이셨습니다' 라는 엄청난 대답을 해야 하는 위기였기 때문이다.

차라리 장패기가 돌아서서 다행이었다.

'휴우…….'

장패기가 서둘러 천상루로 들어가자, 악성과 풍호는 서로 얼굴을 마주보고는 마구 웃었다.

"하하하하!"

"껄껄껄껄! 제놈도 창피한 걸 아는 모양입니다."

장패기는 천상루에 들어가자마자 방으로 마구 뛰어 올라가더니, '쿵쿵' 소리나도록 머리를 벽에 박았다.

"미인 앞에서 이게 무슨 개망신이냐고! 으아!"

*   *   *

탑탑마군이 화벌(華閥)에 도착했을 때는 곧 땅거미가 질 무렵이었다.

평상시의 그라면 별 어려움 없이 성벽을 뛰어넘었겠지만, 망설이지 않을 수 없는 묘한 기운이 성벽 위를 훑고 있었다.

정문 위쪽 망루를 지키는 사람은 오직 한 명뿐이었다.

그러나 그 한 사람으로 인해 성벽을 넘기가 여간 신경 쓰이지 않았다.

거대한 검을 바닥에 내리고 손잡이를 잡은 그.

검의 크기는 일반적인 검에 비해 무려 두 자는 길었고, 넓이도 다른 검보다 손바닥 하나만큼이나 넓었다.

사람이라면 저런 귀기를 뿌려낼 수 없었다.

'푸헐. 저 정도 되는 강시를 겨우 위사로 쓴다고? 기가 막히군.'

둘레만 해도 몇 백 장은 족히 넘을 거리지만, 오 년 전에 봤던 화룡 정도의 강시라면 그곳보다 더 넓은 곳을 지키는 것도 가능하리라.

일단은 성벽을 넘어야 했다.

소리를 전혀 내지 않기 위해 손가락을 돌 틈에 끼어 넣었다.

스슷—

성벽 위쪽의 공간을 훌쩍 넘어 반대쪽 성벽에 또다시 손가락을 돌 틈에 끼워 넣어 신형을 멈추었다.

그 자세에서 주위를 둘러보았다.

중앙에 네 개의 거대한 탑이 우뚝 솟아 있었고, 그 주위를 몇 개의 전각이 보호하듯이 감싸고 있었다.

‘진법으로 이루어져 있군.’

아리대부인을 쉽게 찾기는 힘들 것 같았다.

손가락을 살짝 떼며 신형을 아래로 떨어뜨렸다.

툭—

미세한 돌조각이 성벽에 부딪쳤다.

망루에서 전혀 움직임이 없던 흑강시의 고개가 움직였다.

정확히 탑탑마군이 떨어진 곳으로 돌려짐과 동시에, 손가락으로 잡고 있는 거검을 ‘툭’ 하고 건드렸다.

퀴이— 잉—

거검이 빠르게 회전하며 탑탑마군이 움직이는 곳으로 날아갔다.

“대부인님, 보고드릴 것이 있습니다!”

문밖에서 총관 임우기가 다급히 소리쳤다.

“뭐냐.”

차를 마시고 있던 아리대부인은 비녀들을 물리쳤다.

들어선 임우기는 대뜸 말을 시작했다.

“오 년 전에 사라졌던 암황무적군단의 탑탑마군이 맹 내부로 들어왔다 합니다.”

“탑탑마군?”

“예.”

“혼자더냐?”

“예. 지금 귀룡(鬼龍)이 상대하고 있습니다.”

“그래?”

아리대부인의 눈이 이채를 발했다.

‘호호호, 하민중을 찾아왔나 보구나. 일찍도 왔다. 이제야 그의 죽음이 궁금하다, 이건가?’

그녀의 눈이 제법 흥미롭게 변했다.

“귀룡을 제압할 사람은 흔치 않지. 같은 흑강시라도 화룡과 마룡(魔龍)이 아니면 힘들어. 괴롭히도록 내버려 둬.”

“예.”

쉐엑—!

탑탑마군은 떨어지던 신형을 급히 멈추고 아래를 내려다봤다.

“……!”

멈추지 않았으면 손 한 번 못써보고 거검에 몸이 잘렸을 것 같았다. 떨어지는 시간까지 계산한 수법이었다.

파바밧—

“……!”

무언가 빠르게 다가오는 느낌.

고개를 들자, 주먹을 쥔 채로 성벽을 평지처럼 달려오는 강시, 귀룡이 보였다.

빨랐다.

‘손가락을 떼면 곧바로 떨어진다.’

한 손으로 흑강시의 주먹과 맞부딪쳤다.

쾅—!

막은 한 손이 튕겨 나가며 그의 등이 성벽에 박혔다.

박힌 자리에서 시작된 금이 아래로 이어졌다.

쩌저적—

아직도 허공에 떠 있는 귀룡이 무표정하게 바라보고 있었다.

탑탑마군도 반격할 준비를 한 상태로 응시했다.

'주군께서 전해주신 천마신공에 나의 변, 황, 절 삼 초식을 응용하는 데 성공했다. 주군의 천마섬전칠격이 천마칠부법으로 바뀌면 어떻게 되는지 보여주지.'

마침 성벽에 등이 박힌 상태라 양손도 자유로웠다.

충분히 해볼 만했다.

슥―

도끼를 잡은 손을 쭉 내뻗었다.

"이것이 바로 천마칠부법이다!"

아무리 흑강시라도 잘라내지 못한다는 생각은 하지 않았다.

반달 모양의 강기가 도끼에서 빠져나가며 귀룡의 전신에 꽂혔다.

모두 강기가 응축되어 있어 엄청난 위력을 지니고 있었다.

쿠쿠쿠쿠콰쾅―!

묵직한 음향이 탑탑마군의 귀에 들렸다.

'성공이다!'

손으로 전해지는 느낌과 멀리 튕겨 나가는 귀룡의 모습을 보고 안심했다.

그때, 허공에서 여인의 흐드러진 웃음소리가 들렸다.

"호호호. 그 정도로 귀룡을 물리쳤다고 생각하면 곤란하죠, 탑탑마군?"

"……!"

듣기만 해도 전신이 얼어버릴 것 같은 차가운 냉기가 풀풀 날리는 여인의 음성.

"푸헐. 당신이 아리대부인인가?"

"잘 아시는군요?"

칠십 살이 넘은 모습이라고는 믿어지지 않는 젊음이 그녀의 얼굴은 물론 전신에 퍼져 있었다.

두둥실—

그녀 혼자만 앉을 수 있을 정도의 가마를 두 사내가 받쳐 들고 있었다. 그들 역시 강시였다.

"저것들도 흑강시냐?"

"이런, 그렇게 말하면 순서가 아니죠. 하… 아참, 소소마군이라고 해야 하나요? 그를 찾는 것이 순서가 아닌가요?"

탑탑마군의 눈에 불꽃이 일었다.

"……!"

"살아 있느냐고요?"

"어서 말해라, 이 빌어먹을 계집아!"

"글쎄요. 가르쳐 달라고 애걸복걸하면 또 몰라도… 호호호."

"……!"

탑탑마군의 눈에서 불길이 확 치솟았다.

놀리는 듯한 아리대부인의 말이 이어졌다.

"그자는 오 년 전에 죽었어요. 제가 직접 사지를 잘라서 들짐승들에게 던져 주었지요. 찾으려면 많이 힘들 거예요. 벌써 오 년이나 지나서 들짐승들이 벌써 소화를 했을 테니까. 호호호!"

"이이… 죽일 년!"

"죽일 년? 흥! 그자가 한 짓에 비하면 너무 보잘것없는 복수였어. 아버님을 죽인 것도 모자라, 내 모든 기반을 무혼시 하나로 없애 버린 자가, 그자야!"

"헐! 소소는 이유없이 화를 내지 않는다. 네년이 잘못한 것이 있겠지. 나 같았으면 그 자리에서 죽여 버렸겠지만."

탑탑마군은 말을 끝내고 이를 갈았다.

빠드득―!

그 모습에 아리대부인은 코웃음 쳤다.

"나는 지금도 그때를 생각하면 이가 갈려. 암황무적군단이 다시 나타나길 내가 얼마나 학수고대했는지 알아?"

"……?"

"그 자식을 보호해줬으니, 너희들도 공범이야."

"헐! 지랄을 하는군. 그따위는 아무래도 좋아. 소소가 죽었다면 더 망설일 것도 없지. 암황무적군단의… 헐헐헐. 이젠 마벌이라고 하는 편이 낫겠군. 나, 탑탑마군이 그동안 어떠한 길을 걸어왔는지, 확실히 보여주지."

"호호호, 얼마든지!"

그녀는 흐드러지게 웃었다.

탑탑마군이 이 자리를 모면하기 위해 몸부림치는 것으로 밖에는 보이지 않았다.

그의 천마칠부법에 맞은 강시가 어느새 아리옥향의 뒤에 나타나 있는 것이 보였다.

후회는 없었다.

탑탑마군은 성벽에서 등을 떼어내며 아래로 천천히 내려갔다.

'마영, 먼저 가네.'

만약을 위해서 마영마군과 따로 움직였다.

이 정도 소란이라면 모든 신경이 탑탑마군을 향했을 테니, 벌써 저 안 어딘가로 잠입했을 것이다.

탑탑마군이 내려가는 속도에 맞춰 아리옥향과 성벽을 지키던 강시가 무서운 속도로 따라갔다.

파라락—

진의맹에서 멀지 않은 숲.

타다닥—

흑의를 몸에 딱 달라붙게 입고서 나무와 나무 사이를 비행하는 인영의 움직임이 느려졌다.

"전주님, 적진의 상황을 보고 왔습니다."

전주라 불린 사내가 급히 돌아섰다.

붉은 적의를 입고서 짙은 눈썹으로 바라보는 사내.

담사우였다.

사망적혈전에서 급히 탑탑마군과 마영마군이 마벌을 떠났다는 소식을 전해온 것이다.

담사우는 천상루로 향하던 발걸음을 급히 돌려 하북으로 올 수밖에 없었다.

"말해라. 탑탑마군과 마영마군께서 화벌에 무슨 일로 가신 게냐?"

"아리대부인까지 나서는 바람에 가까이 갈 수 없었습니다."

"흠……."

"게다가 못 보던 강시가 한 구 더 늘었습니다."

"한 구 더?"

담사우가 놀라는 것도 당연했다.

오 년 전에 산서로 돌아가 제일 먼저 한 일이 바로 화벌의 흑강시에 대한 조사였다.

당시만 해도 아리대부인이 부리고 있는 흑강시는 두 구였다.

열두 강시를 만들어 진의십이천에게 주었지만, 그것은 아리운이 데리고 있는 화룡에 비하면 한참 모자라는 수준의 강시들이었다.

무언가를 또 준비하고 있는 것이다.

'뭐지? 왜 자꾸만 강시를 늘리는 거지? 일반 강시들을 소모시키면서 얻는 게 있을 텐데, 그걸 모르겠다.'

단목천승과 진의십이천만으로도 마벌의 견제가 가능했다.

소소마군이 행방불명되면서 탑탑마군과 마영마군을 단목천승과 진의십이천이 상대하는 것만 봐도 알 수 있었다.

물론 이제는 달라진다. 제제가 천마신공을 대성했을 테니까.

'주군께서 세상에 다시 나오신 걸 아직 주모는 모르고 계신다.'

악성과 만나서 마벌로 가려던 계획이 탑탑마군의 진의맹 방문 때문에 완전히 틀어져 버린 것이다.

담사우는 부하에게 서찰을 건넸다.

"너는 이 길로 섬서성 천상루로 가서 오칠에게 서찰을 전달해라. 상황이 급하니 서둘러라."

"최선을 다하겠습니다!"

"그래."

말을 마친 흑의 인영은 숲을 해치며 빠르게 달려갔다.

담사우의 얼굴에 그늘이 드리워졌다.

그가 오 년 동안 알아낸 정보는 많았다. 그러나 얕았다. 알 것 같아 조사를 해보면, 일은 깊은 곳에서 진행되던 일이 한 가닥 밖으로 튀어나온 정도에 불과한 일들이 태반이었기 때문이다.

그중에는 몇백 명의 식솔들이 피가 빨린 채 죽은 경우도 있었고, 우뚝 솟은 봉우리가 갑자기 잘려져 천신이 내려와서 잘랐다는 곳도 있었다.

이상한 소문이 들릴 때마다 직접 가서 확인해 보면, 모두 상식적으로 일어날 수 없는 일이거나, 상상을 불허하는 무공들이 아니고서는 만들 수 없는 흔적들이었다.

얼마 전 확인한 마지막 징후가 진의맹과 이어져 있었다.

'진의십이천의 열두 강시와 부딪칠 때마다 마벌의 정예고수들이 입은 피해는 이루 말할 수 없다. 그들을 상대하기 위해서는 우리도 강시가 필요해. 소소마군께서 남기신 강시제조법 덕분에 만들기는 했지만……'

불과 오 년 만에 만들어낸 강시들이 열두 강시와 싸운다는 건 어불성설이었다. 그러나 마벌 정예고수들의 피해를 조금이라도 줄일 수 있으면 그걸로 만족할 수 있었다.

第九章
천고기병

누 창현은 일행들을 이끌고 새벽같이 길을 나섰다.

며칠 동안 악성과 함께 했던 이유는, 자신 때문에 생긴 일이기에 빠질 수가 없었던 것이다.

그런 모습이 풍호의 마음에 든 모양이다.

"껄껄껄. 네 녀석처럼 마음에 드는 녀석이 없었거늘. 조심해서 가거라. 괜한 호기 부리지 말고 서둘러라."

"감사합니다, 풍 노사님."

"이렇다니까. 험. 어떤 녀석과는 이리도 다르지, 쯧."

장패기는 자신의 얘기를 하는 줄도 모르고 풍호의 흉내내기에 여념이 없었다.

"너를 죽이려고 드는 녀석이 있거든, 언제든지 이 장패기의 이름을 대라. 부리나케 도망갈 테니까. 우하하하! 뭐… 그전에 죽으면 어쩔 수 없고.”

“…….”

누창현 일행은 기대도 하지 않았다는 듯이 일제히 돌아섰다.

장패기는 손짓을 하며 누창현을 불러 세웠다.

“어이, 이봐!”

“예?”

“나한테는 왜 고맙다고 안 해?”

누창현은 마지못해 대답했다.

“…고맙습니다.”

“우하하! 그 정도가지고 무슨.”

장패기는 엎드려 절 받고도 기분이 좋은지 우쭐거리는 표정을 잃지 않았다.

풍호가 옆에서 혀를 차며 한숨을 내쉬었다.

“쯧쯧쯧. 저런 걸 왜 거두서 가지고.”

악성에게 마지막으로 정중하게 포권을 취하며 꼬박꼬박 ‘은인’ 이란 표현을 썼다.

장패기가 그 말을 듣고 가만히 있을 위인이 아니잖은가.

또 나서려는 걸 풍호가 떠밀 듯이 누창현을 보냈다.

그들을 보내고 나자, 악성이 오칠을 불러 한참 동안 대화를 나누고서 방으로 돌아왔다.

“우리도 이만 떠나야 할 것 같은데요.”

풍호는 자리에서 일어나 악성의 곁에 섰으나, 장패기는 묘한 눈으로 악성을 쳐다만 볼 뿐, 이렇다 할 말을 하지 않았다.

악성은 어리둥절한 표정으로 고개를 갸웃거렸다.

"장패기, 안 가?"

"주군, 조금만 기다려주세요. 불쌍한 녀석들을 만나고 올 테니."

"불쌍한 녀석들?"

"아, 낭인 녀석들 말이유. 내가 없으면 만날 얻어터질 텐데 걱정이 돼서 그럽니다."

악성은 장패기가 의외로 마음이 여린 걸 보고서 빙긋 웃었다.

"그렇게 해."

기다렸다는 듯이 풍호가 장패기에게 한마디 던졌다.

"늦으면 불쌍한 녀석들 돌봐주느라, 못 오는 걸로 알겠다."

"아, 진짜!"

"가기 싫다는 소리 아니었냐?"

장패기는 장비수염을 바짝 세우고 풍호를 쏘아봤다.

"에이, 내가 상대를 말아야지."

"엥, 이놈 봐라?"

"시간없으니, 일단 갔다 와서 봅시다."

"보긴 뭘 봐."

풍호는 장패기가 씩씩거리며 나가는 걸 보고서 흐드러지게 웃으며 통쾌해 했다.

"껄껄껄. 주군, 저놈이 제법 귀여운 구석이 있습니다."

악성은 풍호의 말을 들으며 왜 '아들 중에 장패기를 닮은 녀석이 있습니다' 로 들리는지 몰랐다.

"녀석이 말은 저렇게 함부로 해도 잔정도 있고 제법입니다."

악성도 동의하는 부분이었다.

"나는 풍노가 장패기를 싫어하는 줄 알았는데요."

“제가요? 저런 귀여운 녀석을 왜 싫어합니까. 껄껄껄.”

“그럼 다행이고요.”

하루가 지났다.

발 없는 말이 천리를 간다고 했던가?

진의십이천 중 둘이 죽은 사건은 불과 하루도 지나지 않았건만, 아침 일찍부터 천상루를 찾는 손님이 있었다.

검은 장포를 걸치고 머리를 늘어뜨린 사내.

진의십이천 중 일월쌍검(日月雙劍) 모대건이었다.

그와 함께 온 자들은 벌써 천상루를 샅샅이 뒤지고 다녔다.

그는 오칠을 보자마자 끌어당기는 시늉으로 멱살을 잡더니, 무서운 눈으로 질문을 던졌다.

“누창현이란 자는 어디 있느냐?”

악성이 아니라, 누창현을 찾았다.

오칠은 생각을 굴릴 필요도 없이 곧바로 대답했다.

“새, 새벽같이 떠났습니다.”

“어디로?”

“저, 저는 그저 떠나는 것만…….”

“좌, 우.”

“좌측입니다.”

“알았다.”

오칠은 모대건이 부하들을 데리고 사라지는 걸 확인하자마자, 특실로 올라가 자초지종을 설명하고 빨리 떠날 것을 청했다.

그러나 악성은 얘기를 다 듣고 나서 잠시 뜸을 들였다.

오칠이 다시 한 번 재촉하려 입을 열 때.

"풍노는 이곳에서 장패기를 기다렸다가… 오칠, 이곳에서 산서성으로 넘어가는 제일 빠른 길이 어디지?"

"합양(合陽)입니다. 만나실 장소로는 이곳에서 백여 리 떨어진 만가촌이란 곳이 좋습니다."

"역시. 담 전주가 이곳을 맡길 만했어."

오칠은 넙죽 허리를 숙였다.

"별말씀을 다하십니다."

"풍노, 그곳에서 봐요."

"알겠습니다."

누창현이 가는 곳은 은하련의 련주와 만나기로 한 장소였다.

시간은 상관없이 그 장소에만 도착하면 알아서 찾아온다고 했으니, 곧 만나게 될 것이다.

일행들 모두 은하련에 들어가길 희망하는 터라, 함께 움직일 수밖에 없었다.

천상루에서 거꾸로 이백여 리 내려가면 작은 사찰이 나오는데, 그곳에 연락을 취해놓으면 주지스님이 알려줄 것이라 했다.

며칠 편안하게 쉬어서 그런지, 다들 지친 기색은 별로 없었다.

청미미를 보호하며 움직이는 청년들 중 한 명이 꽤나 진지했다.

이번 일로 급격히 가까워진 두 사람이었다.

두파가 천상루에서 난리를 피울 때, 청미미가 기절 직전까지 간 이유도 거기에 있었다. 그러나 그 사실을 안 청년은 그날부터 이전보다 더욱 적극적이 됐으니, 전화위복이 된 셈이다.

“두 사람, 좋은 소식 있으면 내게 제일 먼저 알려야 해.”

농담처럼 던진 누창현의 말에 두 사람을 얼굴이 붉어졌다.

“하하하.”

그때였다.

허공에서 누창현을 부르는 음산한 목소리가 웃음을 그치게 만들었다.

“진의십이천 중 둘을 죽인 누창현이 누구냐!”

“……!”

돌아보지 않아도 상대의 외침에 섞인 내공은 누창현의 힘으로 막을 수 없다는 걸 알 수 있었다. 더구나 진의십이천을 평어로 말하고 있었다.

그것은 허공에 있는 자도 진의십이천에 속해 있다는 뜻이었다.

흑포사신 둘에도 쩔쩔매는 그로서는 상대할 수 있는 자가 아니었다.

누창현은 재빨리 일행들을 향해 소리쳤다.

“무조건 범운사(範雲寺)로 뛰어!”

동시에 뒤를 돌아보며 허공에 대고 좀 더 큰 목소리로 말했다.

“내가 누창현이다!”

죽음을 각오한 그 짧은 사이에 사람이 확 달라진 듯이 보였다.

그러나 땅으로 내려서는 그들… 그가 아니라 그들을 보면서 절망할 수밖에 없었다. 더구나 하나같이 징그럽게 강한 기운을 품고 있었다.

누창현은 자신도 모르게 웃음이 나왔다.

“푸하하! 나 한 사람을 잡기 위해 그 대단하다는 진의십이천 중 다섯이 왔단 말이지? 뭐, 그 정도면 죽어도 그리 나쁠 것 없겠군. 와라!”

누창현이 말을 끝낼 때까지 기다리던 모대건이 입을 열었다.

"지금… 네가 진의십이천 중 두 사람과 수호시를 죽였다고 하는 게 냐?"

"그렇다."

모대건은 들을 것도 없다는 듯이 도망치는 누창현의 일행들 중 한 명을 가리켰다. 그러자 그의 곁에 있던 강시가 가리킨 사람을 향해 땅과 수평으로 날아갔다.

"안 돼!"

이미 늦었다.

퍽—

몸이 터져 나가는 모습이 누창현의 눈을 파고들었다.

"다시 묻겠다. 이번에는 전부 죽는다. 네가 진의십이천 중 두 사람과 수호시를 죽였느냐?"

불끈!

누창현은 몸이 터져 나간 일행의 모습이 눈에 아른거렸다.

곧 짝이 될 두 사람도 있었다.

결심을 했는지 충혈된 눈으로 모대건을 똑바로 쳐다봤다.

"그렇다."

"큭큭큭. 어디 저들이 다 죽어도 똑같은 말이 나오나 보자."

모대건의 차가운 눈이 누창현의 마음을 읽기라도 하려는 것처럼 움직이지 않고 고정됐다.

누창현은 그들이 죽으면 다음 차례가 자신이란 걸 알고 있었으나, 이미 죽은 목숨이라고 생각하기로 했다.

'미안하다, 두 사람.'

질끈.

두 눈을 감았다.

그때였다. 조금 전처럼 사람 몸이 터져 나가는 소리가 들릴 줄 알았으나, 엄청난 폭음이 터졌다.

쿠콰—!

'응?

누창현은 깜짝 놀라 폭음이 들린 곳을 쳐다봤다.

강시들과 정면충돌해서 오히려 강시들을 물러서게 만든 두 사람이 보였다.

검을 든 노인과 괴장을 든 노파가 욕지기까지 뱉어냈다.

"이런 제길! 이미 신의(信義)는 땅에 떨어져 지옥으로 사라졌고, 의기(義氣)는 하늘로 꺼졌는지 찾을 수도 없는 세상이거늘! 무슨 놈의 의리를 찾는다고 지랄이야, 지랄이! 그냥 확 불어버리면 되잖아."

"영감, 너무 꾸짖지 마슈. 저 녀석이 무슨 잘못이유. 노구를 드러내게 만든 저놈들이 잘못이지. 끌끌끌."

"그런가?"

"영감은 그냥 보고만 계슈."

노파는 모대건을 향해 돌아섰다.

모대건의 눈빛이 처음으로 변했다.

노인이 한마디 거들었다.

"진의맹 놈들은 당최 인간 같지가 않아. 귀신이 되다만 것들하고 같이 다니더니, 다들 귀신이라도 된 것처럼 눈빛이 그게 뭐냐. 에잉……."

말하는 모습이 예사롭지 않았다.

누창현은 재빨리 자신을 소개했다.

"누창현이라고 합니다. 범운사를 찾다가……."

노파가 누창현의 말을 끊었다.

"안다. 흘흘. 오랜만에 의리를 지킬 줄 아는 놈이 와서 흐뭇하다."

좋은 음성은 여기까지였다.

친절함이 채 가시기도 전에 신경질적인 음성이 주위를 날카롭게 만들었다.

"쌰, 이 개잡놈의 강시들! 내가 정성 들여 가꾼 화단을 이 모양으로 만들어? 니들 다 저승으로 보내주고 말겠으!"

누창현이 듣기에 분명히 화단이라고 했다.

그러나 아무리 둘러봐도 꽃은 찾아볼 수도 없는 허허벌판일 뿐이었다.

모대건은 전혀 물러서지 않고 음산한 목소리로 응했다.

"후후후. 미친 늙은이들. 죽을 때가 됐으면 곱게 죽을 것이지, 왜 죽여 달라고 안달을 하느냐."

"흘흘흘. 노신, 철혈파파(鐵血婆婆)가 가장 싫어하는 것이 뭔지 아느냐? 바로 꼬박꼬박 말대꾸하는 거야."

모대건이 의외라는 듯이 노파를 쳐다봤다.

"철혈파파!"

"흘흘흘. 이름은 들어봤나 보구나. 하지만 이미 늦었어. 너희들을 죽이기로 작정했거든."

득의해하는 철혈파파를 보며 모대건은 크게 웃었다.

"크하하! 자신들이 대단한 줄 착각하고 있군. 내가 놀란 것은 사실이오."

철혈파파는 '그럼 그렇지' 하는 표정을 지었다.

그러나 이어진 모대건의 말에 얼굴이 와락 구겨졌다.

"당신들 둘을 보내 우리를 막으라고 한 자가 어이가 없어서 놀랐소. 크크크큭."

"겁 대가리를 상실했구나!"

"그럼 죽여보든지."

모대건의 낮게 착 가라앉은 음성이 두 사람을 자극했다.

"이이… 은하십성(銀河十星)!"

철혈파파는 누군가를 부르더니 살기를 뿜어내며 손을 치켜 올렸다. 그러자 땅속에서 열 명의 청년이 솟아오르며 삽시간에 모대건 등을 포위했다.

"명을 기다립니다!"

누창현은 은하십성의 면면을 살피다 깜짝 놀랐다.

그들 개개인의 실력에 놀란 것이다.

'은하련주의 무공이 엄청난 거야 이미 봐서 잘 알지만, 일개 수하들의 저런 가공스러운 모습이라니.'

들은 말로는 은하련의 모든 무기는 검이라고 했다.

철혈파파가 다시 한 번 괴장으로 땅을 치며 명령을 내렸다.

"내 오늘 너를 죽이지 못하면 성을 간다."

"존명!"

지금까지 가만히 있던 노인이 고개를 저으며 한마디 거들었다.

"이봐, 할망구. 떠들지만 말구, 아가씨가 오기 전에 끝내자구."

아가씨란 말에 철혈파파는 반박도 못하고 서둘러 명령을 내렸다. 아니, 명령을 내리려 철혈파파의 입이 벌어지려는 순간, 허공에서 낭랑한 음성이 들렸다.

“두 분께서는 그들을 제게 양보하실 생각이 없으십니까?”

“……!”

두 노인은 물론이고, 모대건과 진의십이천 다섯도 깜짝 놀라 급히 허공을 쳐다봤다.

자신들의 이목을 속이고 이토록 가까이 올 수 있는 자가 있다는 사실이 믿기지 않은 표정들이었다.

허공에 서서 그들을 내려다보는 사람.

누창현의 입에서 이젠 살았다는 긴 숨이 흘러나왔다.

“무혼지주님… 와주셨군요.”

“누 가주, 너무 늦지 않았나 모르겠소.”

“당치않습니다.”

성격 급한 철혈파파가 악성을 향해 소리부터 질렀다.

“대가리에 피도 안 마른 녀석이 어디 어른들을 아래로 내려다봐! 빨리 내려오지 못하겠느냐!”

악성은 노인, 철혈신검과 철혈파파를 보며 서서히 내려와 포권을 취했다.

“인사가 늦었습니다. 무혼지주가 두 분 선배님을 뵙습니다.”

예의 바르고 나무랄 곳 없는 자세였다.

철혈신검이 철혈파파를 나무라며 고개를 끄덕였다.

“저 할망구는 다 좋은데 성격이 너무 급해. 이해하지? 그나저나 그 나이에 대단하이. 한데, 조금 전에 한 말이 뭔가?”

“말 그대로입니다. 제가 저들을 상대할 수 있도록 해주셨으면 합니다.”

“자네 혼자서 말인가?”

“정확히는 둘입니다.”

“둘?”

철혈신검은 악성의 주위를 둘러봤다.

“한 사람은 어디 있지?”

“때가 되면 모습을 드러낼 겁니다.”

가만히 듣고 있던 철혈파파가 냉소를 터뜨렸다.

“야, 이 미친놈아! 노신과 저 영감탱이도 불가능한 일을 네가 하겠다고? 죽기 전에 물러나!”

자존심 강한 그녀의 강짜였다.

“끙…….”

철혈신검은 그녀의 성질을 핑계로 아무 말도 하지 않았다. 물론 그 이면에는 똑같은 생각을 하고 있기 때문이었다. 죽었다 깨어나도 그런 결과는 있을 수 없다는.

그러나 그건 악성과 무혼을 한 번도 본 적이 없기에 할 수 있는 생각이었다. 누창현은 이미 알기에 벌써 뒤로 물러서며 일행들을 모으고 있었다.

철혈파파는 거치적대는 누창현이 신경 쓰였다.

“넌 뭐하는 게냐. 가만히 있지 못 해!”

누창현은 오히려 눈으로 악성을 가리키며 대답했다.

“무혼지주님이 나서신다고 해서…….”

“그런데?”

“가까이 있으면 방해될까 봐 물러서는 중입니다.”

“뭐?”

누창현의 황당한 대답에 철혈파파는 입을 다물지 못했다.

“영감, 이 말을 믿어야…….”
“벌써 시작했구먼. 그냥 지켜보자고.”

　모대건은 악성의 등장이 마음에 걸렸으나, 아무 거리낌 없이 바라보는 모습에 애송이란 것을 확신했다.
　“무혼지주라고 했느냐?”
　악성은 대답할 생각은 않고 강시들을 살폈다.
　‘목유와 교묘한이란 자가 데리고 있던 강시들과 별 차이가 없구나. 이 정도면 무혼 혼자서도 가능하지 않을까?’
　그제야 모대건의 시퍼런 살기 어린 눈을 바라보며 말했다.
　“이곳에는 다섯 사람만 온 건가요?”
　“크크큭. 왜, 너무 적은 것 같으냐?”
　“내 친구를 위험에 빠뜨리기엔.”
　“뭐?”
　모대건은 악성의 표정을 보며 한 가지 말도 안 되는 생각이 들었다. 목유와 교묘한에 수호시까지 죽인 자가 눈앞의 악성일지도 모른다는 생각이 든 것이다.
　‘어처구니가 없군. 내가 그런 생각을 하다니. 큭큭큭.’
　그러나 고개를 저으면서 한마디를 잊지 않았다.
　“마치 진의십이천 둘을 죽이고 수호시 두 구를 부순 자가 너라도 되는 것처럼 떠드는구나.”
　악성이 나타나면서 혼자 모대건은 물론이고 강시들을 모두 상대하겠다는 말을 잊고 있는 것이다.
　악성은 모대건의 말에 고개를 저었다.

“그들의 공격을 막은 건 내가 아니오.”

‘큭. 그럼, 그렇지.’

“내 부하들이오.”

“뭐라고, 네 부, 부하들?!”

“그렇소.”

철혈신검과 철혈파파는 악성과 모대건의 대화에 황당한 표정을 지었다. 그들도 은하십성의 도움 없이는 나서기 힘든 상대들이었기 때문이다.

“영감, 저런 사기꾼의 말을 듣고만 있을 거유?”

“그래도 뭔가 한 가닥 할 줄 알았더니. 쯧쯧쯧. 그냥 우리가 나서는 게 낫겠네 그려.”

그때, 뒤쪽에서 듣고 있던 누창현이 두 사람을 말렸다.

“두 분께서는 그냥 지켜만 보시면 됩니다.”

“뭐? 지금 저 녀석이 한 말을 우리보고 믿으라는 말이냐?”

“예.”

“윽.”

“제가 그 자리에 있었습니다. 무혼지주님의 두 부하가 목유와 교묘한을 처리했고, 저분의 또 다른 부하가 강시 두 구를 한 방에 부숴 버렸습니다.”

“……!”

“……!”

모대건은 더 이상 들을 것도 없다는 듯이 악성과의 거리를 좁히며

덮쳐들었다.

허공에선 그가 검으로, 아래쪽에서는 몸을 낮게 구부린 강시가 양손을 흉폭하게 내밀며 덤벼든 것이다.

혹시 모를 상황까지 염두에 둔 공격이었다.

악성은 내리 꽂히는 모대건의 검을 피하고 강시의 양손을 바라보기만 했다.

"무혼지주님, 조심하세요!"

누창현의 다급한 외침이었다.

그러나 그의 외침이 끝나기도 전에 강시의 앞을 막아서는 인영이 나타났다.

"무혼, 화룡이 나타나려면 좀 더 괴롭혀줘야 할 것 같은데?"

뚝—

모대건은 검을 든 채로 자신의 눈앞에서 일어나는 일을 지켜봤다. 아니, 움직일 생각이 들지 않았기에 서 있을 수밖에 없었다.

검은 피부의 엄청난 미인이 나타나 수호시의 두 팔을 부러뜨렸다.

표정의 변화라도 있었다면 다른 조치를 강구했겠지만, 초점없는 눈의 그녀는 공포, 그 자체였다.

"이, 이럴 수가……."

악성이 그의 검을 피한 동작은 머릿속에 이미 남아 있지 않았다.

'이놈이다. 정말로 이놈이 목유와 교묘한을 죽인 것이다.'

부하들이 아직 보이지 않는다. 지금이 절호의 기회라고 여겼다.

"이놈을 도울 자가 오기 전에 죽입시다!"

그 말이 나오길 악성이 기다렸다는 걸 알면 어떤 표정을 지을까.

악성은 흥미로운 눈이 되어 무혼검을 꺼냈다.

스스슷―

꺼내자마자 묵빛이 무혼검을 감쌌다.

무혼도 잡고 있던 강시의 손을 놓고 악성의 뒤에 등을 대고 섰다. 마치 둘은 처음부터 한 몸이었던 것처럼 동작이 자연스럽게 이어졌다.

모대건 등이 일제히 허공으로 떠오른 것이 실수였다.

신법을 펼치는 속도가 다르다고는 해도 나란히 움직일 수밖에 없는 것이다.

악성의 눈에 그들이 모두 들어왔고, 이미 시선이 미치는 곳이라면 지배가 가능한 악성이었다.

무혼검을 좌에서 우로 죽 그었다.

슈― 각―

모대건은 빠른 속도로 다가오면서도 악성의 행동을 주의 깊게 살폈다.

무혼검에서 나오는 묵빛은 분명히 검강이었다.

그 정도라면 진의십이천 누구라도 펼칠 수 있는 강기와 다르지 않았다.

속으로 쾌재를 불렀다.

'흐흐흐. 잘 가라.'

모대건 등은 무혼검에서 빠져나온 묵빛의 검강을 막았다.

뚝―

가장 먼저 막았던 모대건의 검이 부러졌다.

"헉!"

그러나 그것은 시작에 불과했다.

두껍고 얇은 것엔 상관없이 나머지 네 명의 무기에서 똑같은 소리가 났다.

뚜두두둑—

“……!”

무기들이 엿가락이라도 되는가?

아주 간단하게 부러지고 말았다.

모대건 등은 재빨리 잘려진 무기를 회수하며 허공을 밟아 신형을 뒤틀며 수호시를 불렀다.

“수호시는 모두 저놈을 죽여라!”

말이 떨어지기 무섭게 다섯 구의 수호시가 날아올랐으나, 악성과 거리를 좁히기 전에 어느샌가 나타난 무혼의 주먹부터 막아야 했다.

쾌액—

무혼의 신형이 놀라운 속도로 첫 번째 수호시의 얼굴을 때렸다.

빠각—!

아주 단순한 주먹질이었으나, 주먹이 순식간에 얼굴을 뚫었다.

뿍—

네 구의 수호시가 가만히 있을 리 없었다.

무혼이 미처 손을 뽑아내기도 전에 격렬한 충돌이 일어났다.

손이 자유로워지기도 전에 등을 내주고 만 것이다.

쾌쾅—!

아래쪽에서 지켜보던 모대건이 크게 외쳤다.

“잘했다, 수호시들아! 하하… 하…….”

웃음이 서서히 잦아들었다.

수호시 넷의 주먹을 고스란히 맞았다면 곧장 땅으로 처박혔어야 정상이지 않은가?

황당하게도 무혼은 허공에 뜬 상태로 꿈쩍도 하지 않았다.

오히려 무표정한 얼굴로 수호시들을 돌아봤다.

섬뜩!

모대건은 보는 것만으로도 등골이 오싹해질 정도였다.

주먹으로 등을 때린 것이 아니라, 등으로 주먹을 막은 것이 되고 말았다.

싸움의 여신이 있다면 저런 표정을 짓지 않을까?

나름대로 기대했던 모대건을 비롯한 다섯 명은 난감한 얼굴이 됐다.

더구나 이어진 무혼의 활약에 점점 사색이 되어갔다.

어깨를 튕겨 수호시의 주먹들을 모두 물러서게 했고 제일 늦은 수호시의 주먹을 잡아당겼다.

퍽—

또 한 구의 몸이 뚫렸다.

뇌가 터지지 않는 이상 움직이는데 문제가 없는 강시들이었으나, 물러서는데 급급해졌다.

스스슷—

기묘한 소리와 함께 무혼의 옷자락이 펄럭였고, 검게 변한 손이 수호시들을 향해 뻗어졌다.

흑수(黑手)를 봤다 싶은 순간, 무혼의 몸은 눈으로 따라잡을 수 없는 움직임과 함께 수호시들의 중간에 나타났다.

피— 잉—

그제야 바람이 따라왔다.

무서운 속도였다.

사악—!

수호시 한 구의 몸통이 잘려 버렸다.

"……!"

소름 돋는 소리와 함께 잘려진 수호시의 몸이 바닥으로 떨어져 내렸다.

주춤.

모대건 등은 지금 눈앞에서 벌어진 일들을 믿을 수가 없었다.

그러나 놀랄 일은 아직 끝이 아니었다.

양손을 펼친 무혼이 갑자기 회전을 일으켰다.

검은 회오리에 당겨진 수호시들의 몸이 몇 조각으로 분해되며 먼저 떨어진 수호시의 몸통 위로 쌓였다.

후두둑―

모대건은 더 이상 지켜봤다가는 피할 수도 없을 것 같다는 생각에 급히 내공을 끌어올렸다.

'헉!'

단전이 텅 비었다.

한 줌의 진기도 모이질 않았다.

돌아봤으나, 이미 다른 진의십이천들도 마찬가지로 당혹스러워하고 있었다.

부랴부랴 악성이 나타났을 때부터 생각을 더듬었다.

'호, 혹시…….'

급하게 악성을 돌아봤다.

"네… 네가 한 짓이냐?"

악성은 이미 기다리고 있었다는 듯이 웃으며 대답했다.

"참 둔한 사람들이오, 당신들. 하하하."

“……!”

모대건 등 다섯은 무기만 잘렸다고 생각했지, 무기에 집중됐던 기운까지 잘린 것을 모른 것이다.

열두 강시 중 다섯을 주먹 하나로 날려 버린 천고기병 무혼에, 검강을 시전할 수 있는 고수 다섯의 내공을 일순간에 잘라내는 악성이라니!

모대건은 자신들을 이곳으로 보낸 단목천승이 원망스러웠다.

‘단목맹주, 이 개자식아!’

＊　　　＊　　　＊

마벌을 견제하기 위해 몇 달째 사천성에서 지내던 단목천승이 진의 맹으로 돌아오자마자 찾은 사람은 당연히 그의 아내, 아리운이었다.

그러나 그녀 대신 아리대부인이 그를 맞아주었다.

“고생했네.”

“운매는 어딜 갔습니까?”

“잠시 심부름을 보냈네.”

“…….”

“그동안 마벌을 견제하느라 고생이 많았을 텐데, 푹 쉬게. 이젠 그럴 필요 없으니까…….”

아리대부인은 마지막 말을 길게 끌었다.

‘그럴 필요 없다고?’

단목천승의 굵은 눈썹이 꿈틀거렸으나, 그냥 넘기기로 했다.

“운매는 언제쯤 옵니까.”

“말했잖은가. 곧 온다고.”

"그 곧이 언제입니까."

"……!"

아리대부인의 안색이 차갑게 변했으나, 이내 평상시의 표정으로 되돌아갔다.

"쉬게."

나가려는 그녀를 단목천승의 딱딱하고 진지한 말이 붙잡았다.

"변했습니다."

"뭐?"

"몇 달밖에 지나지 않은 이곳이 낯섭니다. 그동안 도대체 무슨 일이 있었던 겁니까?"

단목천승은 사과는커녕 아리대부인을 똑바로 주시했다.

그의 생각을 안 좋은 쪽으로 몰고 가게 만든 것들.

아리운 대신 아리대부인이 맞이한 것이며, 하늘이 무너져도 꿈쩍 안 할 저 표정이며, 여러 번 봐왔던 상황을 떠오르게 만들고 있었다.

아리대부인이 누군가를 제거하려 할 때면 어김없이 밟는 수순과 너무도 비슷했다.

상대의 감정을 흔들 수 있는 걸 만들어내고, 그의 심기를 흩뜨려 서두르게 만들며, 절망에 이를 때까지 그를 친절하게 몰고 가면서 미끼를 던진다.

대상이 단목천승 자신이라고는 아예 생각하질 않았다.

적어도 그를 압도적인 힘으로 누를 수 있는 자가 있어야 하기 때문이다. 그러나 이곳엔 그럴 만한 사람이 없었다. 그런 사람이 있다면 그가 모를 리 없잖은가.

그럼에도 뭔가 모르게 불안했다.

밖으로 나온 아리대부인의 입가에 잔인한 미소가 걸렸다.

'넌 그동안 너무 멈춰 있었어. 내 곁에는 늘 움직이는 사람이 필요하지. 단목가의 검이 천검부를 상대할 수는 있어도 그 이상은 무리라면… 물러나야 하지 않을까, 단목천승? 호호호.'

더 이상 필요 없는 단목천승에 공을 들일 이유가 어디 있는가.

탑탑마군을 제압할 때 보여주었던 귀룡의 힘은 상상 이상이었으나, 단목천승을 죽이는 것은 사람이었다. 바로 귀룡의 주인이자, 그녀가 평생 놀랄 것을 한 번에 놀라게 만들어준 사람.

그는 숨어든 마영마군의 목을 잡고 나왔다.

마영마군과 같은 고수를 잡으면서도 소리 한 번 내지 않았다는 것을 어떻게 믿을 수 있단 말인가.

그러나 그는 그렇게 했다.

'삼황의 후예와 그의 강시가 약할 리 없지. 이제 곧 세상은 그의 도움으로 내 것이 된다. 아무리 무공이 뛰어나도 더 뛰어난 자가 나타나면 소용없는 것. 천 년 동안 삼황과 삼선보다 더 강한 사람이 있었다는 걸 몰랐듯이, 사람들은 나만을 기억하게 될 것이다. 나, 아리대부인을! 호호호. 운아, 그를 더욱 필요로 해라. 남자는 자신을 필요로 하는 여자를 버리지 못하는 법이니.'

아마도 단목천승은 어떻게 해서든 아리운을 찾아낼 것이다.

그렇게 되면 깨닫게 되리라.

하늘 위에 아주 높은 하늘이 있다는 것을.

'곧 마벌의 주인이란 계집이 오겠군. 아주 재미있겠어. 마벌과 은하련. 화벌이 아닌, 진의맹의 이름으로 완전히 몰살시켜 주마.'

삼 년 전인가, 아리대부인이 거처를 옮길 생각이라며 새롭게 지은
건물이 있었다.

단목천승은 그곳이 지나치게 화려해서 그녀의 허영심에 인상을 찌
푸렸던 기억이 났다.

'혹시나……'

예감이 맞지 않기를 바라며 그곳으로 가고 있는 중이었다.

아리운이 감금됐을 수도 있었다.

아리대부인이라면 충분히 그러고도 남을 사람이잖은가.

그러나 그곳에서 들려온 웃음소리에 단목천승은 억장이 무너지고
말았다. 그의 믿음을 단번에 깨뜨리는 저 웃음소리가 악마의 목소리처
럼 들렸다.

"까르르! 마가가, 어쩌면 그리 강하세요?"

'아니겠지.'

좀 더 다가갔다.

마침 두 비녀가 다과상을 들고 다가왔다.

다른 사람의 이름을 부르리라.

"운 아가씨, 술상 봐왔습니다."

다시 한 번 그의 바람은 꺾이고 말았다.

'아닐 거야, 운매가 그럴 리 없어……'

선뜻 움직일 수가 없었다.

그의 두 눈으로 확인했다가 사실이라면?

그러나 방 안에서 들려온 아리운의 밝은 목소리는 그를 움직이게 만
들었다.

"응, 어서 들어와. 까르르."

'⋯⋯!'

단목천승은 비녀들이 들어가는 것을 확인하고 창 쪽으로 신형을 이동시켰다.

'손님이 와 있을⋯⋯!'

반쯤 열린 창문 안.

속옷만 걸친 남녀가 침상 위에서 묘하게 엎어져 있는 것이 보였다.

부르르―

아리운과 처음 보는 남자였다.

당장 창문을 향해 도를 날리고 싶었으나, 한 가지 미련이 남아서 행동으로 옮기지 못했다.

오해일 수도 있잖은가.

그녀가 문신을 새기기 위해 초빙한 사람일지도 모르잖은가.

속옷만 입고서 편안하게 누워 있는 그녀의 모습이 무엇을 뜻하는지 알면서도 모른 척하고 싶었다.

'그녀의 입으로 듣기 전엔 아무것도 믿지 않는다!'

신형을 되돌려 문 앞에 서서 아리운을 불렀다.

"운매, 나요."

이제 곧 반가운 음성이 들릴 차례다.

단목천승을 향해 달려들 그녀가 곧 나온다.

무뚝뚝하기만 했던 그를 누구보다 생각해 주던 그녀가 아니던가.

아리운은 밖에 단목천승이 왔음을 알면서도 모른 척했다.

그녀의 탐스럽고 하얀 허벅지를 만지는 사내 역시 단목천승이 왔다는 것을 알면서도 표정 하나 변하지 않았다.

살짝 경직된 걸 느꼈던가?

사내가 부드럽게 말을 건넸다.

"후후후. 누가 온 모양인데, 나가보지?"

"……."

"이런, 그렇게 질린 표정 지으면 좋아하는 운매의 얼굴이 엉망이 되잖소."

"당신이 해결해 주면 안 되나요?"

"내가?"

아리운은 재빨리 사내의 가슴에 안기며 애교를 부렸다.

"당신은 최고잖아요. 약한 운이를 지켜줘야죠. 예?"

"푸하하! 그럼 저자가 나, 마엽의 여자를 뺏어가려는 도둑인 셈인가?"

"그렇죠. 까르르."

마엽은 아리운의 몸을 슥 훑고서 겉옷만 간단히 걸쳤다.

"흐응……."

아리운은 어느새 단목천승이 밖에 있다는 걸 잊고서 마엽의 잘 빠진 뒷모습을 음미하고 있었다.

지난 며칠간은 정말이지 그녀에겐 최고의 나날이었다.

'곰보다는 여우가 좋아. 뼈가 녹는 줄 알았다니까. 마 가가께서 오지 않았으면 화룡을 껴안고 잤을 걸? 까르르.'

아리운은 재빨리 이불을 뒤집어쓰고 꼼지락대다가 고개를 살짝 내밀며 마엽을 불렀다.

"마 가가……."

돌아보는 마엽을 향해 이불을 내렸다.

"오……."

"이렇게 하고 기다려도 되죠?"

"물론. 금방 오리다."

"까르르."

마엽은 불끈거리는 몸을 추스르며 방을 나섰다.

당연히 아리운이 나올 것이라 믿었던 단목천승은 심장이 덜컥 내려앉았다.

마엽은 단목천승이 움직이려 할 때 고개를 저었다.

"이미 알고 있지 않나. 굳이 확인할 필요 없네. 더구나 그녀는 지금 이불 속에서 나를 기다리고 있거든."

"뭐라고!"

"쯧쯧쯧. 내 사제가 죽기 전에 그러더군. 여자란, 아주 섬세해서 그때그때 상황에 맞는 기술을 넣어줘야 한다구. 후후후. 때론 가볍게, 때론 깊게 말이야."

"…꺼져."

단목천승의 목소리가 낮게 깔렸다.

그러나 마엽은 개의치 않았다.

"운매가 그러더군. 나보고 해결해 달라고."

"닥쳐!"

단목천승은 북받치는 화를 이기지 못하고 검을 들었다.

불꽃처럼 일어나는 분노가 그대로 반달 모양의 강기를 이루며 마엽의 가슴을 향해 날아갔다.

쉬— 악—

마엽은 움직이지 않은 채 날아오는 검강을 바라만 봤다.

둘 사이의 거리는 불과 십여 보.

단목천승은 마엽의 죽음을 의심하지 않았다.

그러나 마엽이 그 정도 강기로는 건드릴 수도 없는 사람이란 걸 그
는 몰랐다.

흥분한 탓도 있겠지만, 그만큼 그는 자신의 무공에 자신이 있었다.
왜 마엽이 여유만만인지, 그의 실력을 잘 아는 아리운은 왜 나와 보지
않는지, 한 번쯤 생각을 했어야 했다.

슛—

"……?"

갑자기 시야에서 사라진 마엽.

퍽—!

"커헉!"

그의 복부를 강하게 파고드는 충격이 멈추지 않는다.

"꺼르륵……!"

복부에서 시작된 고통이 삽시간에 전신으로 퍼졌다.

저항할 의지조차 마비시키는 기묘한 마력을 지닌 기운이었다.

"여의의 의지를 네가 어찌 견디겠느냐. 후후후."

'여, 여의의… 의… 지…….'

단목천승은 바닥에 얼굴을 부딪치면서도 아리운이 나올까 봐 문을
바라보고 있었다.

속옷 차림이라도 좋으니, 한 번만이라도 봤으면.

손을 뻗었다.

"우, 운매… 나… 거짓… 나……?"

마엽이 대신 대답해 주었다.

조롱 섞인 비웃음이 가득했다.

"운매는 최고를 원해."

"……!"

최고… 단목천승은 최고였다.

아리운은 늘 그렇게 불렀다.

곧이라도 눈이 튀어나올 것같이 부릅떠졌다.

어디에서 힘이 솟았는지, 단목천승은 고개를 들었다.

"난… 죽을… 수 없… 컥!"

그는 마지막 말을 할 수 없었다.

마엽의 발이 친절하게 입을 짓눌렀기 때문이다.

단목천승은 속으로 외쳤다.

'왜… 왜!'

모두 죽이고 싶었다.

아리운, 아리대부인, 얼굴을 짓밟고 있는 마엽까지!

꾹!

'…살고 싶다.'

그러나 그것이 그가 할 수 있는 마지막 생각이었다.

쾅—!

신체 어디라고 할 것 없이 전신을 한꺼번에 눌러오는 이런 충격이란.

끝이었다.

"호호호. 역시 마 대협이시군요."

기다렸다는 듯이 아리대부인이 내려섰다.

마엽은 벌써 알고 있었는지, 당연하다는 듯이 웃으며 아리운이 있는 곳으로 시선을 돌렸다.

"이젠 확실히 내가 날개란 것을 알겠소?"

"물론이에요. 운이가 기다리지 않나요? 이 곰 같은 자는 제가 알아서 처리하도록 하지요."

＊　　　＊　　　＊

진기의 운용이란, 내공을 끌어올려 사지백해로 보내고, 무기를 사용하는 사람이라면 그 끝까지 힘이 전달되게 한다.

모대건은 옴짝달싹 못하고 철혈신검과 철혈파파의 손에 죽어가는 네 명의 동료를 지켜볼 수밖에 없었다.

죽음을 기다리는 그에게 악성은 손을 쓰지 않았다.

"……?"

오히려 도망이라도 가라는 것처럼 시선을 들어 허공을 쳐다보고 있었다.

'기회다!'

그는 급히 신형을 날렸다.

역시나 악성은 빤히 보고 있으면서도 가도록 내버려 두었다.

그때, 뒤쪽에서 급한 외침이 터져 나왔다.

철혈파파의 목소리였다.

"은하십성은 저놈을 죽여라!"

진의십이천 중 넷을 죽이고 돌아서던 와중에 모대건의 모습을 본 모양이다.

그러나 악성이 죽이려 했다면 왜 일부러 살려뒀겠는가.

무혼이 알아서 은하십성을 가로막았다.

이미 악성이 생각하는 것과 같은 순간 움직이는 무혼이었다.

"비키시오!"

은하십성이 투기를 드러내며 정중히 부탁했으나, 무혼은 꿈쩍도 하지 않았다.

"하하하. 도망가도록 내버려 두세요."

성질 급한 철혈파파가 한참이나 어린 악성의 말을 들을 리가 없었다. 들은 척도 안 하고 재차 명령을 내렸다.

"뭐하고 있어. 쫓아가!"

"……."

은하십성은 난감한 표정으로 철혈신검을 돌아봤다.

'무혼의 엄청난 활약을 봤지 않습니까' 라는 눈들이었다.

철혈신검이 어쩔 수 없다는 듯이 고개를 저었다.

"그것 참… 은하십성은 추격을 그만두어라."

"엥? 영감탱이, 미친 거 아냐? 저놈을 죽여야 우리가 이곳에 있다는 게 밝혀지지 않는다구."

"그렇다고 진의십이천의 수호시 다섯 구를 지나가는 강아지마냥 다루는 괴물여인과 싸우게 할 수는 없잖아."

철혈파파도 그 점은 인정하지 않을 수 없었다.

"끙……."

철혈신검은 입맛을 다시며 악성에게 물었다.

"이보게, 자네. 도대체 무슨 생각으로 그 녀석을 돌려보낸 건가?"

"저 사람이 데려올 진짜 흑강시를 보고 싶어서 그렇습니다."

"진… 짜 흑강시? 저 강시들은 가짜고?"

"예."

"엥?"

철혈신검과 철혈파파는 깜짝 놀라 쳐다봤다.

두 사람의 표정을 보지도 않고 한마디 더 했다.

"흑강시는 저 정도로 약하지 않거든요."

"……!"

"……!"

무혼이 오 년 전에 당한 빚을 갚기 위해서는 화룡을 불러내야 했다. 저런 가짜 흑강시로는 무혼의 상대가 안 된다는 걸 이제 모대건을 통해 전해졌을 것이다.

곧 그들이 말하는 흑강기가 아닌, 화룡과 같은 존재감있는 진짜 흑강시를 데리고 오리라.

누창현이 나타날 때부터 쭉 지켜보던 두 개의 시선.

그중 여인의 눈은 악성이 나타나면서부터 한 번도 다른 곳에 시선을 주지 않았다. 동작을 하나라도 빠뜨리면 큰일이라도 나는 것처럼 평소보다 눈을 크게 뜨고 있었다.

종종 사람들은 너무 아름다우면 외면하게 된다. 올라가지 못할 나무를 쳐다보지 않는 것과 마찬가지의 뜻이리라.

이 여인이 그랬다.

단아한 이목구비에 하얀 살결만으로도 아름다웠지만, 갸름한 얼굴에 완벽한 몸매까지 지닌 완벽한 미인이었다.

또 하나의 시선.

여인의 곁에서 악성의 무공을 지켜보던 사내의 것이었다.

그는 악성이 무공을 펼치는 것을 보며 감탄에 감탄을 터뜨렸다.

'평범한 강기인 줄 알았는데, 상대가 속기 쉽도록 무슨 장치를 해놓은 듯하구나. 그것만으로도 충분히 대단하다 할 만하다.'

겉으로 보기엔 문약한 서생처럼 얌전했으나, 사람을 배려할 줄 아는 깊은 눈을 가진 매력적인 사내였다.

은하련주인 옆의 여인을 사랑하기에 모든 것을 포기한 사내이기도 했다.

그는 진심을 담아 말을 꺼냈다.

"대단한 사람이로군요. 저런 사람을 제가 어찌 몰랐을까요?"

"아니요. 단 공자도 들어본 적이 있으실 거예요."

"……?"

"무혼지주… 그분이세요."

"……!"

무적암살부의 장남이자, 단소동이 천 년 내 제일기재란 말을 서슴없이 꺼냈던 단정이 바로 이 사내였다.

"후후후. 이제야 만나게 됐군요."

"예? 단 공자님도 만나 보고 싶으셨다고요?"

"북궁 소저 덕분에 한 번 보고 싶은 사람이었습니다."

"제가 저분에 대해서 말한 적이 있던가요?"

"……!"

단정은 여인, 북궁운혜의 말속에 담긴 감정을 느끼고 깜짝 놀랐다. 지난 오 년 동안 한 번도 본 적이 없는 표정이었다.

갑자기 가슴이 콱 막히는 것 같았다.

"북궁 소저?"

"단 공자님, 부탁 하나 할게요. 저 분 앞에서 내 이름을 말하지 마세요."

"이름… 말입니까?"

단정은 북궁운혜의 내심을 짐작하기에 씁쓸했다.

악성이 그녀를 알아보는지, 기대를 하고 있다는 것을 알기 때문이다.

'이런 기분이라니.'

지난 몇 년 동안 겪은 수많은 시련보다 지금 이 순간이 너무 힘들었다.

북궁운혜는 머리를 살짝 쓸어 등으로 넘긴 후 단정에게 물었다.

"저, 괜찮은가요?"

'흡!'

순간적으로 단정의 호흡이 멎었다.

'괜찮은 정도가 아니라, 여신처럼 보입니다.'

생각을 입 밖으로 꺼내지는 못했다.

북궁운혜는 금방 시무룩한 표정으로 후회를 했다.

"이럴 줄 알았으면 단장이라도 하고 나오는 건데……."

"……!"

악성과의 만남을 얼마나 설레 하는지, 곁에서도 느껴질 정도였다.

'아아… 단정아, 단정아…….'

단정은 가슴은 무너질 것 같으면서도 그녀의 고혹적인 모습에 눈을 뗄 수가 없었다.

‘아름다움이 이제는 향기로 느껴지는구나.’

북궁운혜는 단정의 대답이 없자, 다시 한 번 물었다.

“이상한가요? 그럼, 어쩌죠? 예?”

“…괜찮습니다. 그 어느 때보다 아름답습니다.”

“정말요? 호호호. 됐어요, 그럼. 가요.”

“저도… 말입니까?”

북궁운혜의 교구가 잠시 멈칫거렸다.

그러나 이내 활짝 웃으며 말했다.

“당연하지요.”

‘당연하다고? 나와 함께 가는 것이 당연하다고……’

단정의 머릿속에 벌들이 수없이 지나가는 것처럼 ‘윙윙’ 소리가 그치질 않았다.

그녀와 함께 있으면서 처음으로 들은 말이었다.

쿵쿵쿵—

가슴이 터질 것처럼 뛰었다.

『일위강』 5권에 계속